QIU NI LE,
BIE AI WO!

轩辕离别 著

求你了，别爱我！

广西人民出版社

图书在版编目（CIP）数据

求你了，别爱我 / 轩辕离别著. —南宁：广西人民出版社，2013.2

ISBN 978-7-219-08019-1

Ⅰ.①求… Ⅱ.①轩… Ⅲ.①长篇小说-中国-当代 Ⅳ.①I247.5

中国版本图书馆CIP数据核字（2012）第184761号

监　　制　白竹林
策划编辑　郑　洁
责任编辑　寇晓旸
责任校对　张雪芹　唐柳娜
印前制作　麦林书装

出版发行　广西人民出版社
社　　址　广西南宁市桂春路6号
邮　　编　530028
网　　址　http://www.gxpph.cn
印　　刷　广西大一迪美印刷有限公司
开　　本　880mm×1230mm　1/32
印　　张　10
字　　数　150千字
版　　次　2013年2月　第1版
印　　次　2013年2月　第1次印刷
书　　号　ISBN 978-7-219-08019-1/I·1593
定　　价　24.80元

目录

第一章　我的名字是林教瘦，瘦弱的瘦

每个人第一次听到林教瘦这个名字的时候，反应都不一样。有的人哈哈大笑，有的人面露惊异，有的人会冲口而出："真的假的?"有的人则会说："不会吧，这么年轻?"更多的人则是满脸狐疑地打量着他，仿佛他是个骗子。每当遇到这种情况，林教瘦就会很耐心地跟人解释："我的名字是林教瘦，瘦弱的瘦。"

可以肯定的是，林教瘦之所以叫这个名字，绝非出自他本人的意愿。

20 世纪 80 年代某一年的某个秋日的傍晚，老林家得了一个九斤重的大胖小子，这个不大不小的消息在半个小时之内便传遍了整个村子。林家五代单传，老林不惑之年得子，自然乐得脸都笑抽筋了。等到高兴劲稍微缓和过来，老林第一个想到的自然是给自己的宝贝儿子起一个绝好的名字。犹如醍醐灌顶，在三十秒之内，老林便想到了一个自己认为简直是"神来之名"的名字，于是立刻提上自酿的米酒，半夜敲开村里唯一的一个小学教师的家门，央求其把儿子的名字写出来——老林自己是不认识字的。

当年近半百的山村教师问及老林给儿子起了什么名字时，老林嘿嘿一笑："教授。"因为某次老林偶然到山外办事时，听到人说起这两个字代表很有学问的意思。于是这位山村老教师很郑重地拿出珍藏的稿纸和钢笔，在纸上工工整整地写下"教瘦"两个字。从那一刻起，这两个字就成了林教瘦的名字。

老林对于这个宝贝儿子是寄予了非常高的希望的。在林教瘦尚未上学时，老林就每日不辞辛苦地教儿子写自己的名字，并一遍又一遍不厌其烦地告诉他这两个字的意思。直到很久以后，当林教瘦有机会到山外读中学，才知道当初山村教师所写的这两个字有一个是错别字。而且林教瘦发现自己父亲所使用的教育方法所产生的效果是如此显著，以至于林教瘦知道那个教师专业职称的正确写法是"教授"而不是"教瘦"后，每每遇到"教授"这个词，还是会本能地写成"教瘦"，然后林教瘦要经过几分钟的思想斗争后，才很勉强地改成"教授"。为此林教瘦也颇为苦恼了几年，直到有一天他知道了名字可以到派出所修改，打算给自己改个名字，这才想到，如果把自己的名字改成"林教授"则会给自己带来更大的麻烦。而老林在这件事情上表现得无比强硬，坚持要让儿子叫"教授"，并且对儿子能够考入山外的中学一事，坚定不移地认为是托了名字的福，沾了名字的光。所以老林对儿子要改自己为他精心取的这个"神来之名"这件事情大为光火。无奈之下，林教瘦只得放弃了改名字的想法。过后再来想，倒对于当初山村老教师写下的是“教瘦”而不是“教授”这件事感到有些庆幸了。

有时候幸福感来得就是这么莫名其妙。

也不知道是真的因为这个名字起得好，还是他勤奋好学的关系，林教瘦不负众望，很顺利地考上了大学，成为那个小山村里有史以来第一个大学生，也因此被称为村里的“第一才子”。虽然只有林教瘦自己知道，自己毕业后找工作是如何的不容易，在这个熙熙攘攘的大城市中生活是如何的艰辛，但是在村里人的眼中，这个林家的小子已经是“飞黄腾达”了。

北京，这个国际化的大都市，对于林教瘦来讲，一直有一种既熟悉又陌生的感觉。熟悉，是因为从小除了“教授”，“北京”是林教瘦听得最多的一个词，毕业后又在北京工作已经两年多了；陌生，是因为北京太大了，大到没有道理，大到随便出去办点什么事情都要坐一两个小时的车，大到无论你在这里住了多久，都要准备一张地图。但就是这么大的北京，却是寸土寸金，对于林教瘦这种收入水平的人来说，如果没有被金砖砸到脑袋，这辈子是无法在北京买得起房子的。所以林教瘦也明白，对于北京来讲，自己始终只是一个过客。

此时林教瘦正在回家的路上。公共汽车里已经是挤得连转身的空间都没有了，但是每到一站，便又有一群人蜂拥而上，售票员还在高声叫着："都往里挤挤，都往里挤挤，里面还有地儿！"虽然夏季已过，但是车厢里依然十分的闷热，人们的情绪都有些烦躁，所以售票员的叫声并没有起到多大的作用。售票员又喊："大伙儿都着急回家，相互体谅一下啊！"这才有几个人往里面挪动了半只脚，但是车厢里本就没有多少空隙了，所以这挪动的半只脚并未给要上车的乘客腾出多少空间来。不过，即便如此，还是有六七个人依靠勇气和力量挤了上来，不得不佩服人类的潜能是如此巨大。一番混乱之后，车门才艰难地关闭，公共汽车缓缓启动。

林教瘦就又把自己往人群的缝隙里塞了一塞，暗中叹了一口气。好在林教瘦虽然没有成为教授，但是却是真正的"瘦"，就这一点来说，老林当年给儿子起名字时是颇具前瞻力的。不过除了"瘦"之外，林教瘦身上也找不出其他什么特点了，基本属于那种丢到人堆里找不到的人。如果硬要说他有些什么异于常人的地方，那就是林教瘦从小就比其他孩子运气差。在同一时间同一地点打回来的猪草，别人家的猪吃了都没事儿，林教瘦家的猪吃了却上吐下泻，差点要了小命；同样是要在晚上停电的情况下熬夜苦读，林教瘦所买回来的蜡烛却总是比别人的烧得快。当然，或许这些事情不能都简单归为运气差，这其中可能有某些我们不知道的因素在起作用。但是，在林教瘦身边的人的眼中，这个倒霉孩子是倒霉到家了。

林教瘦到山外去上中学，情况似乎没有好转。开学的第一天，林教瘦穿上刚发的新校服，高高兴兴地出了门，却发现袖子上不知道什么时候蹭上了一块油污。就在他低头想办法擦拭的时候，又被过路的汽车溅了一身泥水。为了不迟到，林教瘦还是赶往学校，却在校门口被教导主任勒令回家换衣服，于是林教瘦就“顺利”地在开学的第一天迟到了两个小时。

在这风风雨雨的二十多年里，林教瘦就一直倒霉事不断。不过这个世界上确实有人生来就比较幸运，有人生来就比较倒霉，林教瘦当然属于后者。有人说林教瘦灾星缠身，注定一辈子倒霉。也有人用西方的占卜术给林教瘦占卜未来的运程，但死活不肯告诉林教瘦占卜的结果。还有人用比较科学的口吻解释说，林教瘦天生负面磁场比较强，这种负面磁场会影响林教瘦及林教瘦周围的事物，导致他比一般人倒霉。无论是哪种解释，似乎都不怎么对林教瘦有利。总之，大家一致认为林教瘦这种倒霉的特质是天生的，而且是无法改变的。而林教瘦特别容易倒霉的结果是他的朋友特别少，除了时雨之外，林教瘦想不出还有什么谈得来的朋友。

不过，林教瘦叹气倒不是因为车上的拥挤，对于这种每天都要经历两次的情形，他早就已经习惯了。林教瘦之所以叹气，是因为他正在为今天所发生的事情而心烦，而这件倒霉事情也是与公共汽车有关的。

今天本来是个高兴的日子，因为要发薪水了。和那些兜囊早已干瘪的同事一样，林教瘦也已有好几天是数着钢镚儿过日子了：下个月的房租要及时交上；煤气卡、电卡、水卡上的钱也不多了，要再去银行充上一点；下个月的伙食费要先预留出来；最后再把剩下的那点数目不多的钱存起来，以备不时之需等等。

不巧的是今天公司的出纳病了，大家又各自有事。胖老板（实际上林教瘦现在的老板姓庞，不知道是谁先叫起来的，大家私下里都叫他胖老板）就让林教瘦带着支票去银行取钱。林教瘦找不出合适的理由推托，只得听从老板安排。到了银行，居然很顺利地取到了钱，林教瘦很谨慎地将厚厚的几沓钱放进包中，将包搂在胸前。他知道胖老板一定不肯给他报销车费，所以不敢坐出租车，只得乘坐公共汽车回去。等上了车，林教瘦才发觉坐公共汽车是一个非常愚蠢的决定，虽然不是上班高峰期，但公共汽车上人也不少，而自己又身怀“巨款”，所以他不得不加倍小心，四处打量着有没有可疑人物。

站在林教瘦身边的是一位非常漂亮的年轻女子。林教瘦不是遇到什么事儿都倒霉，不过事情一旦与钱或女人有关系的时候，倒霉的概率就特别大，如今两个条件都具备，悲剧当然是避无可避的了。

就在公共汽车即将到站时，几个将要下车的人往车门处挤去，那个漂亮女人突然尖叫起来：“啊！我的手机丢了，车上有小偷！”于是车上立刻混乱起来，有人问了漂亮女人的手机号并拨打过去，结果发现已经关机，于是确定漂亮女人的手机在车上丢失了的事实。随后，漂亮女人借旁人的手机报了警。按照规定，这种情况下公共汽车要停靠在路边，不能开车门放任何人下车。车上的其他人也纷纷检视自己的物品，并且开始用怀疑的目光观察着身边的每一个人，又是一阵混乱。没过多久，警车开到。警察来到公共汽车上，建议漂亮女人再拨打一下她的手机试试，这次手机铃声却叮当悦耳地从林教瘦的衣服口袋中传出。林教瘦惊出一身冷汗，才想到莫非小偷见情形不好，又将手机打开塞到了自己的兜里？不过这种解释林教瘦自己都不会相信。

接着警察又从林教瘦的包里搜出“巨款”，鉴于林教瘦衣着寒酸，自然怎么看也不会像是那种能带着几万块逛街的人。而在“疑人偷斧”那种心理的影响下，其他人看林教瘦自然是越看越觉得可疑，纷纷指出林教瘦上车后的种种反常举动，那名女子更是说林教瘦一直鬼鬼祟祟地站在自己身边，目光闪烁云云。林教瘦本想为自己辩解，但见到这种群情激愤的场面，索性闭起嘴来，在一片鄙夷的目光中被警察“请”回了派出所。

在派出所中，林教瘦整理了一下思路，仔仔细细地将事情的原委解释清楚，又有胖老板亲自来作证，最后，因为林教瘦一贯表现良好，而且也没有证据证明手机是他偷的，于是做完笔录后，警察就让他离开了。不过这么一折腾，一天也就过去了。虽然胖老板因为晚上还有应酬而没有来得及斥责林教瘦，但是一向笑眯眯的大胖脸板成了铁板一块，加上临走前那冰冷的目光，这一切充分表明了胖老板非常的生气。林教瘦只得收拾一下破碎的心情，挤公共汽车回家。

回想到这里，林教瘦不由得就叹了一口气。只是他忘了，当他心情不好时，他的负面磁场似乎就会变得格外的强。果然，就在林教瘦叹气的同时，他所乘坐的这辆公共汽车前面有辆小轿车速度突然减慢，公共汽车司机也连忙刹车。汽车里已经挤得密不透风，这一刹车就有人被挤得大叫起来。公交汽车司机嘟囔了一句，又重新发动汽车，结果发现这次汽车怎么也发动不起来了。

此时正是下班高峰，不一会儿公共汽车后面就开始排起了长龙。无奈之下，售票员只得高声喊道："各位乘客帮帮忙，下去推一下车子，谢谢各位了啊！"车门打开，就有十几个身强力壮的男子跳下车，准备推车。

林教瘦也跳下车，站在车尾，售票员一声令下，大家都弯下腰开始使劲推，直到车子发动的那一刻，林教瘦才发觉自己站的位置前面正好是排气管。下来推车的人都争先恐后地挤上了车。林教瘦没有上车，他独自走到人行道上，步行回家——还有四五站的路。

空气中仍然残留着一丝夏天的味道，不过黄昏时分的风吹在身上已经能感到丝丝凉意。这段时间是北京真正的黄金季节。在北京，你会感觉过完夏季就是冬季，上半个月你还挥汗如雨，感到酷热难耐，下半个月可能就不得不穿起夹克，以抵御一天天加重的寒意。也只有在这热与冷交替的很短的一段时间内，才能让人感觉气候有点舒适。

林教瘦慢慢走着，他是一个非常喜欢走路的人，小时候每天穿梭在山间那些弯弯曲曲的羊肠小道中，感觉乐趣无穷。只是到了北京后却很少走路了，原因自然是他上下班有十多公里路程，不可能采取走路这种方式。另外，他也不想走在马路边，呼吸着“新鲜”的尾气。

林教瘦习惯于在路上思考问题——每天上班在路上就要花费一个多小时，如果不想点什么就会感到十分的枯燥和烦闷。所以林教瘦走着走着，就习惯性地开始思考这几天所发生的事情。虽然自己一向运气都比较差，但是这几天所发生的倒霉事无论在数量上还是造成的后果上都大大地超越了以往的水平。而且他的负面磁场的影响范围似乎也扩大了——就在前几天的时候，林教瘦楼下租户所有靠近房顶的东西，包括电灯、壁挂、臭袜子什么的，都莫名其妙地在一夜之间掉了下来。于是传得人心惶惶，有人说是要闹地震，有人说是那座楼房地基不稳有倒塌的危险，甚至有更离谱的说是什么灵异事件，因为同一栋楼的其他房子都没事，吓得那一家人连夜退了房子搬出去，那家房主也没有敢再出租，所以到现在还是空着。不过，根据林教瘦猜测，之所以发生这些事情，可能是那家的房顶距离自己太近的缘故。自己本就强大的负面磁场居然变本加厉了，莫非有什么大事要发生？

低着头思考的林教瘦这种缥缈的思绪并没有持续多久，因为他突然感觉到头上嗖地划过一道冷风，然后一个可疑物品砸落在脚尖前。林教瘦吓了一跳，定了定神，仔细看去，发现是一柄小铁锤落在了脚边，把坚硬的路砖砸了一个坑。他抬头看去，才发现上面有个工人正在修理广告牌的灯，见到林教瘦抬起头，连声道歉：“对不起，对不起啊，我让小高在下面看着来着。”然后又高声喊：“小高！小高！你这家伙死哪去了?!”

林教瘦看看四周，才发现不远处立着施工的警示牌，而且周围也用细绳围了起来，自己一直在想问题，不知不觉地就跨了进来，所以才险些被锤子砸到。知道自己也有责任，林教瘦连忙说了两声没关系，然后跨出圈子，匆忙离开。

有时候林教瘦自己也不清楚，自己究竟是太倒霉呢，还是太走运了?

快到家的时候，林教瘦擦了擦头上的冷汗，想道：这几天无论做什么都要加倍的小心，千万别再出什么差错了。

第二章　可以托起别人作掌上舞的赵小燕

林教瘦所租的是远郊地区一套一室一厅的房子，月租近一千块。对于林教瘦这样收入的人来讲，这个价格委实有些承受不起，每个月房租几乎占了林教瘦收入的一半。这个地方原本是时雨毕业后租下的，那时候房租还没现在这么贵，后来林教瘦也毕业来到这里，就跟时雨合租，再后来时雨到沿海城市发展，林教瘦却留了下来。再后来房租一涨再涨，结果这个比鸽子笼大不了多少的地方，林教瘦感觉自己也快住不起了。本想换个便宜一点的房子，找来找去要么是地方太远，交通不便，要么是没有厨房和洗手间，而且他住在这里也习惯了，所以最终也没有搬成。

走到最顶层，楼梯右边便是林教瘦租的房子。他掏出钥匙打开房门，进屋后把外衣脱下来挂在门后的衣钩上。客厅不大，摆设也很简陋，因为尚是初秋季节，所以虽然已经是七点多了，但屋子里的光线并不暗。林教瘦没有开灯，因为今天发生的事，他也没有胃口吃饭，所以径直走到电脑桌边打开电脑。

对于现代人来讲，网络已经成为一种非常重要的生活工具，可以认识新朋友，也可以及时了解新闻，而且很多人还会通过网络来查资料、开视频会议、炒股等等。所以网络不仅是一种休闲工具，也是一种工作技能，因此林教瘦再怎么拮据，也要包月上网，上网费用也就成为他必要的生活开销之一。对于林教瘦来讲，上网还有另外一个作用，就是玩网络游戏。

林教瘦玩游戏，并不是因为无聊，而是他发现网络游戏的世界其实很简单，无论是现实背景还是魔幻背景，无论是真人主题还是机械主题，无论操作是简单还是复杂，这些游戏都是由一些很简单的生存规则构成，你达成什么条件可以完成游戏任务，你攻击力达到多少可以减少怪物多少血，你可以学习什么技能赚钱，等等。而现实世界里这些事情就复杂得多。

林教瘦也不认为玩游戏是浪费时间，比这更没意义的活动比比皆是，有人就说足球是二十二个需要休息的人在场上拼命地跑，而几万个需要运动的人却坐在那里看。光是每年花费在足球上的金钱和啤酒就不知道有多少，无数人宁可不上班也要深夜守在电视机前看足球。饶是如此，还是有很多人在赞美说：足球这项体育运动体现了人类的精神！

当然，林教瘦只是在游戏测试期间玩而已，包括各类封测、内测、公测等等。这些测试就是让游戏玩家在一段时间内免费来玩这个游戏，一方面可以测试出游戏中的漏洞，另一方面也可以积攒一些人气，其性质与商场里面的食品试吃差不多。

林教瘦点开游戏图标，漫长的加载过程后，出现的却是一行小字：本次游戏公测期已结束，请充值后再玩，祝您游戏愉快！

林教瘦愣了半晌，才想起今天确实是这个游戏测试期结束的日子，一时不知道做什么才好，只得又将电脑关闭，一个人坐在椅子上发呆。

屋里的光线逐渐黯淡下去，林教瘦把脸埋在黑暗中，脑子里一时静不下来，似乎想了很多事情，但又记不起究竟想了些什么。就在林教瘦感到有些疲惫，正想站起来煮点东西吃的时候，客厅的灯却突然被打开了。林教瘦吃了一惊，转头过去看究竟发生了什么事情，但因为在黑暗中待得久了，眼睛一时不能适应突然到来的光亮，只是朦胧中看见一个高大的长发女子，身穿白色运动服，正站在电灯开关旁。

林教瘦的第一反应是：糟了！我又走错门了！

林教瘦跳起来，冲到门边，一边取自己的衣服一边连声道歉："对不起，对不起，我走错门了。我不是什么坏人，你也不要生气……对不起，实在是抱歉！"就在他伸手拉门的那一刹那，才突然反应过来，转身看着白衣女子，声音有些惊恐地说道："你……你是谁？怎么会在我屋里？先说好，我这里可没有什么值钱的东西！"

那女子看到林教瘦惊慌的样子，似乎觉得非常有趣，走过来拍了一下林教瘦的肩膀。林教瘦拼命向后缩，无奈后背已经靠上门了，无处可躲，所以被拍了个结实，感觉自己差点儿就要被拍散了。

那名女子很爽朗地笑道：“你想什么呢，我也不是坏人。我叫赵小燕，是时雨的朋友，这次来北京办事，时雨介绍我来找你。我上午下的火车，到这里没见到你，就先在卧室里休息了一下。”

林教瘦揉着被拍痛的肩膀，说：“哦，时雨介绍的，怪不得你能找到这里呢。哎，不对啊，时雨走的时候已经把钥匙留下来了，你是怎么进来的？”

“我在门外站着无聊，就拿自己的钥匙试着开门，没想到真的打开了。”

“啊？”林教瘦当然不太相信。

赵小燕看他一脸的不相信，就抓起他的胳膊：“不信我去开给你看！”

林教瘦只觉得手腕被箍得生疼，挣扎了一下没有挣开，只得表情痛苦地被赵小燕拉出门外。

赵小燕把门关上，掏出自己的钥匙一拧，门果然很顺利地被打开了。

林教瘦挠了挠头，自言自语地说：“看来明天我要换个门锁了。”

赵小燕满意地笑了，“没骗你吧？你还没吃饭吧，我下午煮了泡面，应该还留有一点，要不你先吃点？”

“不……”林教瘦刚想说不用了，赵小燕已经一把抓住他的胳膊，把他拖进了屋里。

即使是泡面，在被泡了四五个小时以后，也就变得跟糨糊差不多了。这样一碗东西摆在面前，只要不是快饿得发疯，谁也不会情愿吃的。但是在赵小燕那不知道是充满期待还是威胁的目光下，林教瘦只得拿起筷子吃了一口，仔细嚼了半天，才缓慢地咽了下去。

赵小燕笑呵呵地问：“怎么样，好吃吧？”

林教瘦仔细斟酌了一下，才说：“这是我吃过的最特别的泡面。”

“真的？”赵小燕似乎十分高兴，拍了林教瘦的后背一下，差点把他拍得背过气去，“对了，我还带了特产来，放在行李里了，我去给你拿！”说完转身走进卧室。

林教瘦用最快的速度将剩下的泡面倒进厨房的垃圾桶里，然后返回桌子前坐下，暗想：能把泡面做得这么难吃的，一定不是一般人。

卧室里突然传来木头断裂的声音，然后林教瘦就看到赵小燕拿着衣柜的门手柄走出来：“你那柜子怎么回事？怎么我把行李放进去的时候能打开，现在怎么拉也拉不开了?!”

林教瘦叹了一口气，站起来随赵小燕走进卧室，看到衣柜右边门手柄已经被赵小燕拉掉了。

林教瘦问：“你是怎么把行李放进去的？”

“我就这么放的啊。”赵小燕做了一个右手抱行李，左手拉柜子的动作，在左面的把手上轻轻一拉，柜门就打开了。赵小燕面带惊讶，“这是怎么回事？”

林教瘦解释道：“这个柜子右边是卡死的，平时拿东西我都是开左边的门。”

赵小燕看着手里的柜柄，有些不好意思：“你看这……要不明天我过来给你修吧！”

林教瘦连忙摆手：“不用了不用了，我自己修就可以了！”

“那怎么行，怎么说也是我不小心拉坏的。”

“千万别客气了。”林教瘦生怕赵小燕坚持要来，连忙转换话题，“已经八点多了，我去给你弄点东西吃，然后给你找个便宜的旅馆，明天你就去办你的事儿，我还要上班。”

林教瘦的判断是正确的，赵小燕对吃的兴趣立刻盖过了对修柜门的坚持。林教瘦对自己做菜的功夫十分有信心，家里的菜也准备得十分充足，所以不到一个小时，一桌子丰盛的菜肴便摆在了赵小燕的面前。当米饭和满桌子的菜被赵小燕风卷残云般解决掉之后，林教瘦才发现自己犯了一个很大的错误，那就是低估了赵小燕的胃口。

赵小燕一边狼吞虎咽，一边说：“你再去给我炒个菜，好不好！”完全是一种命令的口气，不容商量。

林教瘦无奈，只得说：“吃太快对胃不好，你慢点吃，我再去炒一个菜。”

这顿饭吃了一个多小时，赵小燕似乎吃得十分满意：“时雨告诉我你做菜很好吃，原来我还有点不信，现在才发现你比外面那些馆子里的厨师强多了。”

林教瘦有些得意地笑了笑。

不料赵小燕接着说：“要不我干脆住你这里好了。”

林教瘦吓了一跳，立刻高声叫了起来：“那怎么能行!”叫完才意识到自己的声音太大了，所以又放低了声音说：“我是说，你住我这里不方便。”

赵小燕说：“有什么不方便的，时雨告诉我你是他的铁哥们，所以住你这里没问题。而且他说你这个人特别胆小，不会有什么危险的。”

林教瘦揉了揉依旧发疼的肩膀，也不知道刚才被赵小燕拍过的地方有没有肿起来，喃喃道：“我是怕我有什么危险。”

赵小燕没听清：“你说什么?”

林教瘦连忙回答：“没什么。我这里只有一个卧室，让你睡哪儿啊?”

赵小燕瞪着他。

林教瘦点点头：“好吧，明白了。那我睡哪儿?”

赵小燕眼睛瞪得更大了。

林教瘦想了想，无奈地说：“也明白了。”

林教瘦站起来准备收拾桌子。赵小燕抢先站起来，拦住林教瘦，说：“我来收拾吧。”然后十分麻利地将剩余的菜汁倒到一个盘子里，将空的碗碟摞好，端起来向厨房走去。

林教瘦看着赵小燕走进厨房，苦笑了一下，双手高举伸了个懒腰。厨房里突然传来瓷器碎裂的声音，林教瘦的手顿在空中，笑容也僵硬在脸上。

赵小燕一脸愧疚地走出厨房。

林教瘦很勉强地笑了笑："没关系，你也累了一天了，先去休息吧，这里我来收拾就好。"

林教瘦进到卧室里，取出干净的床单、褥子和毛巾被，把床上原来的被褥换了下来，抱到客厅，又到卧室里简单地收拾了一下，然后对赵小燕说："你早点休息吧，晚上记得把门窗关好。如果暂时睡不着的话可以先看会儿电视。"

"要不我帮你收拾屋子吧。"

"不用了，我一个人就行了！"不等赵小燕再说话，林教瘦就急忙走出卧室，顺手把门带上。

林教瘦把赵小燕打碎的碗碟扫起来，倒到垃圾桶里，把所有的锅碗都洗干净，又把地扫了一遍，然后将所有的垃圾都装进垃圾袋，跑到楼下扔进大垃圾桶里。做完这所有的工作，时间已经接近晚上十一点。若是按照林教瘦以往的习惯，这个时间应该是已经睡熟了的，但是，林教瘦还有每天最后都要做的一件事情。他从电脑桌的抽屉里拿出一个本子，将今天的花费一笔一笔都记在账上。由于今天白天发生的事情，他没有领到上个月的薪水，如果明天再领不到，那么别说是存钱了，恐怕还要动用银行的那点“储备基金”了。而且白天发生了那样的事情，还不知道明天胖老板见到他会是怎样一种脸色。不过担心这些事情也没有用，所以林教瘦并没有想太久。他把账本放进抽屉里，然后把被褥铺在地上，关灯，和衣而卧。

夜，其实并不静。

林教瘦努力地让自己的思绪静下来，直到大脑腾出足够的空间，林教瘦才开始思考今天所发生的这些事情。要说对于突然出现的赵小燕，林教瘦没有什么奇异的感觉是不可能的，但这并不是说林教瘦起了什么邪念，事实上他不会，也不敢。对于一个从未交过女朋友的男人来说，一个陌生的年轻女子突然闯入自己的家里，并霸占了自己的床，终归是自己人生中具有开创意义的一件事情，就好像一碗白水煮面中突然出现了一个荷包蛋一样。只是林教瘦一时还分不清楚自己究竟是喜欢还是不喜欢这种新奇的感觉。

另一方面，林教瘦也在想那个突然离开，现在又莫名其妙地介绍这位“神秘女子”到来的时雨。林教瘦刚考上大学时，学的是材料科学与工程专业。时雨也是材料工程学院的，但是比林教瘦大一届，在学生会负责新生接待的工作，就这样认识了前来报到的林教瘦。因两人住在同一栋寝室楼里，经常见面，也就逐渐熟悉起来。

渐渐地，林教瘦发现，时雨可能是一个受自己负面磁场影响比较小的人，所以便有意去接近他。后来，林教瘦看出来时雨并不是不会被自己的负面磁场影响，而是这个人身上具有一种特质，他可以用自己的办法，把一些不利于自己的情况转变为有利的情况。

有一次，林教瘦借时雨的电子词典去自习，结果在自习教室中，一转身的工夫，电子词典就被人顺手牵羊了。丢了东西自然是要赔偿的，虽然那个电子词典也就一百来块钱，但对于林教瘦这个月生活费只有两三百的人来说，仍旧是一笔不小的数目。时雨却反过来安慰林教瘦，让他不要懊恼，并执意不肯接受林教瘦的赔偿。后来，他将这件事情写成一篇议论散文，借助这件事情来反思当代大学生的人生观和道德观，居然在某刊物上发表了，并且得了两百多块钱的稿费，他用这笔钱买了个功能更多的电子词典。

还有一次，学校邀请一位老将军给新入学的学生做爱国主义教育，原本的安排是在学校大礼堂中，由老将军坐在主席台上以报告会的形式为大家演讲。布置会场的事情自然落在了学生会身上。由于人手不够，时雨就找来林教瘦帮忙抬音响设备。当一切都准备好，只待老将军到来时，几个大音箱却莫名其妙都发不出声来，虽然过后那些音箱又莫名其妙地恢复了正常，但是在事发当时，距离老将军的到来只剩下不到一个小时的时间了，临时又找不到替代的，这可急坏了学生会和学校领导等人。后来时雨提出，这次演讲只是给新入学的几个班级听的，只有几百人而已，本就没必要在这能容纳几千人的大礼堂中进行，不如将地点改在自习用的阶梯教室，那里没这么空旷，本就是为教师讲课而建造的，所以不需要什么扩音设备就能让后面的人听得清楚。

众人抱着试一试的心态听从了时雨的建议，没想到效果却意外的好。赋闲在家已久的老将军看着围坐四周的年轻人，似乎找回了当年指挥千军万马的感觉，索性连椅子也不坐了，在讲台上昂首踱步，声如洪钟地即兴演讲。在座的同学们也为老将军的情绪所感染，听到精彩动人之处更是报以热烈的掌声，几个大胆的同学甚至会不时地向老将军提出一些问题，不少其他学院的同学也被吸引前来旁听。事后老将军非常高兴地对校领导说，在其他学校演讲，都是坐在高高的主席台上，自己干巴巴地念着稿子，下面交头接耳没有几个人在听，实在是念稿子的人累，听的人也累。只有在这里，能够这么近距离地接触到这些年轻人，让他们知道将军也是有血有肉、会哭会笑的普通人，这样才真正起到了爱国主义教育的目的嘛。于是时雨也得到了学校领导的表扬，并以此为契机，最终当选了学生会主席。

时雨早林教瘦一年毕业，毕业后他没有接受学校给予他的研究生保送名额，也没有留校，而是选择了到北京闯荡。林教瘦毕业后之所以会来这里，不能说没有受时雨的影响。然而两年多以前，两人合租房子没多久，本来工作得好好的时雨却突然觉得这里并不适合他，立刻收拾行装南下，到沿海城市寻求发展去了。开始的时候两人在网络上遇到，还相互谈一些自己的情况，后来时雨的工作似乎变得越来越忙，联系也就逐渐少了。时雨这个人做事一向都会考虑得很周到，这次却事先没有给他打招呼，就把这样一个“神秘女子”推到这里来，究竟打的什么主意？

第三章　时雨归来

早上五点半，林教瘦被自己的手机闹钟吵醒。他急忙把闹钟关上，轻手轻脚地爬起来，将席子连同褥子卷起来放到角落。洗漱之后就快速地准备了两份早餐，自己匆匆忙忙吃了一份，另一份用盘子扣着放在桌子上，又怕赵小燕没有注意到，所以特意留了一张字条。他仔细听了听声音，确定没有吵醒赵小燕之后，才舒了一口气，带好自己的东西上班去了。

平时林教瘦都是六点才起床，而且他也没有做早餐的习惯，都是在路边随便买点煎饼油条充当早餐。他之所以起那么早也并非是因为公司上班早，事实上他们公司是九点上班，他坐车到公司也只需要一个多小时的时间。不过他如果出门晚十分钟的话，公共汽车就会变得非常拥挤，甚至出现过几次车门被挤坏的情况，而且路上也会变得十分拥堵。也就是说，假如他六点出门的话，八点就能够到达公司，但如果他是六点十分出门，那么可能要九点半才能到公司了。

林教瘦到达公司后，又在公司门口等了半个小时，会计才到公司开门。林教瘦感到头有些发蒙，就坐在自己的椅子上休息了一会儿。同事们陆续都到了，只是胖老板还没有来，林教瘦才想起来要给时雨打个电话，问清楚到底是怎么回事，于是拨通了时雨的手机。

“喂，你好，请问是哪位？”电话里传出时雨礼节式问候的声音。

“时雨，我是林教瘦。”

“哦，是小林啊。”时雨的声音立刻变得热情起来，“昨天下午我给你打手机，为什么一直打不通呢？”

“昨天……”林教瘦想了一下，“哦，昨天下午我有点事，所以手机关机了。”昨天下午林教瘦被关在派出所，这件事情可不是什么值得炫耀的事情，所以没必要对时雨细说。

时雨带着笑声说：“哦，我还以为你未卜先知故意关机不接我电话呢。”

林教瘦知道他是在开玩笑，但还是说：“怎么会呢，你一直那么照顾我。”

时雨也笑了，“哦，对了，过几天我可能会去你那边出差，到时候我们哥俩正好可以聚聚。”

听说时雨要来，林教瘦立刻高兴起来：“真的啊？那你什么时候来，要不要我去接你，住的地方安排好了吗？”

“具体时间还没定，等到了我一定第一个通知你。”

“哦，那好的，到时候一定要通知我啊。我正在上班，不多说了，过两天见！”

“好的，过两天见。”

林教瘦把电话放下，开始盘算时雨到了要怎么接待他。但是他感觉自己的脑中似乎还有一块阴影驱之不散，仔细想了一下，才想起来应该说的事情却没有说，都怪自己的脑子被搅糊涂了。林教瘦又拿起电话，再次拨通了时雨的手机。

林教瘦尽量把声音压低说：“时雨，那个赵小燕是怎么回事？”

电话那头的时雨笑了起来：“我以为你还没见到她呢，她到了？”

“是啊。”林教瘦说，“昨天到的。”

“那正好，我明天就可以飞往北京了。”

“我说你怎么什么人都往我那里介绍啊！”

“放心，她不是什么坏人，是我的好朋友。”

“不是坏人不坏人的问题，你听我说，她硬要住在我那里。”

“呵呵，那是因为我跟她说你这个人不错，实在不行可以住在你那里。”

“你这不是害我吗？你明知道我没什么女人缘。再说我一个人住，这也不方便啊！”

“没关系，赵小燕那个人直爽得很，她如果要住在你那里，就是拿你当好朋友看待了。不过我先跟你说好，你可别打她什么主意，她可是曾经一个人撂倒过五个带刀小流氓的。”

“啊?!”林教瘦意识到时雨又在开自己玩笑了，于是又把声音放低说，“你还不知道我，我哪有那胆子啊！不过她昨天一个人把我三天的菜都吃光了。她究竟是来做什么的，要住多久?”

时雨说：“嗯……这也不是一两句能说清楚的事情。总之你再忍耐一下，一切等我过去再说。”

“好吧，看在你的面子上我就再忍耐一下。”

“那我们见面再谈吧，我这边要先准备一下。”

“那好吧，见面再谈，再见。”林教瘦把电话放下，长舒了一口气，突然发觉四周同事们的脸色不对，转身一看，才发现不知道什么时候胖老板已经站在他的身后了。

胖老板脸色铁青，几乎是咬着牙说道：“小林扣半个月奖金！你们销售部的人看着他打电话闲聊也不制止，今天都给我留下来加班!”然后又对林教瘦说：“你给我过来一下。”

林教瘦不敢看大家，低着头跟着胖老板来到老板办公室。

胖老板不愧是胖老板，等办公室的门一关上，他的脸上已经挤出了一丝微笑。

林教瘦之所以能够在这个公司待到现在也并非偶然，这个小公司主要是做电子器材销售的，其中高端产品主要是代理德国的某个著名电子品牌。在林教瘦来到这个公司之前，公司一直都只是C级代理商。这个所谓的C级代理商其实只能算是“准代理”，享受不到正式代理商的各种优惠。林教瘦进入公司后，胖老板就派他到那家外国公司进行培训，最终考到了公司的工程师证，再加上胖老板四处打点，这个公司才正式成为了B级代理商。所以，虽然林教瘦的销售业绩很差，但平时胖老板对他还是有几分客气的。

胖老板让林教瘦坐下，然后十分和气地对林教瘦说：“小林啊，公司是有制度的，你也不要怪我。”

林教瘦低声说：“确实是我不对。昨天的事情我也感到非常抱歉。”

胖老板笑眯眯地说：“昨天的事你不要太放在心上，一会儿我就让会计给大家发工资。不过呢——”胖老板顿了一下，才接着说：“昨天的事情虽然你也受了很大委屈，但也确实给公司带来了很大的麻烦，处理你呢似乎对你不公平，不处理你呢，又对公司不公平。所以我想了一下，昨天的事情你又没有办成，所以要按照缺勤处理，扣去当天的工资和奖金。上个月呢，你又有一天半的病假，所以要扣去那两天的工资。七号那天你又迟到了，按规定要扣五十。还有前一段时间……”

林教瘦暗中叹了一口气。

胖老板手舞足蹈，一不小心把桌子上的水杯打翻了，水流了一桌子，胖老板急忙去收拾桌子上的文件，却又不小心把电脑液晶显示器给碰翻倒地了。胖老板心疼地叫了一声，站起来去查看显示器，又被椅子绊了一跤，本能地伸手扶住旁边的饮水机，然后，那个巨大的身躯就随着饮水机一起轰然倒地。

外面的同事见老板气急败坏地把林教瘦叫走，没过多久老板的办公室里就传来了砸东西的声音和老板的惨叫声，都不敢去看究竟发生了什么事情。直到林教瘦从办公室里出来，轻手轻脚地把门关上，一个平时跟林教瘦关系比较好的同事才试探着问："你们，没事吧？"

林教瘦抬起头勉强地笑笑："没事，老板减肥呢。"

傍晚，林教瘦拖着沉重的双腿，提着沉重的菜，一脸的疲惫，满脑子装着白天那些沉重的事情，回到了自己的家门前。他活动了一下有点僵硬的脸部肌肉，掏出钥匙插进钥匙孔拧了一下，没拧动，再拧，还是不动。林教瘦上下左右看了一圈，确认自己是站在自己的家门前没错。可能是锁卡住了，于是林教瘦伸手使劲摇了几下门，却还是打不开。

林教瘦家对面的门却开了，王大妈隔着防盗门问："小林啊，你们家是不是在装修房子，怎么乒乒乓乓响了一天啊？"

林教瘦有些摸不着头脑："装修？没有啊……"

门被打开了，赵小燕穿着汗衫和四角短裤站在门口。王大妈打量了一下赵小燕的穿着，没有说话就又把门关上了。

赵小燕见是林教瘦，就说："是你啊，快进来吧。"

林教瘦问："这门？"

"哦，你昨天不是说想换锁吗，我今天就帮你换了一把。"

"啊？我什么时候说了？"

"昨天啊。"

林教瘦已经记不清自己什么时候说过要换锁了，"可是……"

"放心，我给你留了一把钥匙呢。别说了，你先进来吧。"说着，赵小燕一把将林教瘦拽到了屋子里。

林教瘦一边努力挣脱赵小燕的手，一边问："你怎么穿成这样？"

"我在干活啊，所以有点热。"

"干活？"林教瘦一抬头，惊叫了起来，"屋子里怎么这么乱，进小偷了？"

屋子里已经变得乱七八糟的。因为房子小，林教瘦总是想方设法把各种各样的杂物藏在屋子的各个角落，无论是可能用得着的还是自己也不知道有什么用的，只要还没坏，林教瘦总是不舍得丢弃。每次下定决心要丢弃，林教瘦却总是先感到心痛不已，以至于屋子里杂七杂八的东西不知道有多少，使得原本就空间不足的屋子变得更狭小了。这也是林教瘦一直没有搬家的原因之一，再换个小点的房子，这些东西就不知道该往哪放了，而且要把这些杂物全都运到另外的房子里，无疑也是一项非常浩大的工程，所以林教瘦有时候会在朦胧中对这里产生一种家的感觉——当然，在交房租的时候这种感觉就会消失得无影无踪了。而此时，这些被林教瘦所“珍藏”的杂物被赵小燕全部翻了出来，就好像被压缩的海绵突然膨胀起来一样，堆了满满一屋子。林教瘦感觉自己本来已经有些发蒙的脑袋变得更大了。

“没有，我在帮你收拾房子。”赵小燕变得有些不好意思，“只是没想到你这屋子里居然藏得下这么多乱七八糟的东西，收拾出来了却又不知道该往哪放。”

“可是……那个窗帘是怎么回事？”

“可能是上面的挂钩松了，我轻轻一拉它就掉了下来。”

“没打破什么东西吧？”

“放心，碎片我都收拾好了。”

林教瘦发现卧室的门是开着的，急忙走了进去。不出所料，衣柜的门已经被拆下来放在地上，门柄已经被装上了，只是原本光洁的表面上多出了几道划痕。

“这……”

“哦，那个没事，我明天再买点油漆粉刷一下就跟新的一样了。要不明天我再顺便买点涂料把这个房子也替你粉刷一下好了。”

“啊？不用了不用了，现在这样就挺好的，千万不要再收拾了。”

“那怎么能行，我也不能在这里白住啊，总得帮你做点事情嘛。对了，我帮你清理一下厨房，你赶快做饭吧，我饿了。”

林教瘦急忙说：“不用不用，你也累了一天了，坐下休息吧，我马上去做饭。”

“你这个人真是太好了。”

林教瘦擦了擦冷汗：“我也这么觉得。”

菜足饭饱以后，赵小燕似乎心情不错，林教瘦才敢试探着问道：“你大概要在这里待多久?”

赵小燕想了想：“少则三五天，多则三五个月吧。”

“啊？那……那你来这究竟有什么事情?”

赵小燕似乎想起了什么不高兴的事情，没好气地说：“找人!”

“找人？找什么人?”

赵小燕恶狠狠地瞪了林教瘦一眼，低声说：“男人没有一个好东西!”

林教瘦愣住了，不敢再问，低头苦笑了一下，低声自言自语道：“这恐怕是女人对男人的评价中，最常见的一句话了。”

“你嘀咕什么呢?”

“哦，没什么。”

“不说了，我要去睡觉了，你不要在外面吵!”

林教瘦见她心情突然变坏，不知道什么原因，也不敢去招惹她，只好说：“那你早点休息吧。”

等到林教瘦把屋子里的东西重新安置好，钟表的指针已经指向十二点了。林教瘦例行公事般地打开笔记本，将这一天的收入及花费记在账上。虽然上个月的工资又被扣掉了一些，但毕竟是拿到了，这个月应该还能存上一些——如果没有计划外的消费的话。不管怎样，明天时雨就能到了，他总是有办法解决一些棘手的问题，相信这次一定也不会例外……大概不会吧。

林教瘦把笔记本放回抽屉里，关了灯，松了口气后，才觉得四肢开始酸痛，腰也有点直不起来，所以佝偻着爬上了地铺。黑暗中，林教瘦只感觉累得连睁眼睛的力气都没有了，大脑却特别的清醒，又不知道该想什么好，折腾了很久，才不知不觉地睡去。

第二天一早，林教瘦准备好早餐，正想出门，却看到赵小燕打着哈欠从卧室里走出来。

林教瘦问："你起这么早，怎么不多睡一会儿？"

赵小燕见林教瘦正准备上班，就说："你也起这么早啊，我今天要出去办事。"

林教瘦点点头："好，那你早点去，我上班去了。"

快到中午的时候，林教瘦的手机突然响起，他看了一下电话号码，见是时雨打来的，就匆忙走进洗手间，把门紧紧关上，然后才开始接听。

时雨说："怎么这么久才接，是不是有什么事情？"

林教瘦说：“没事，你是不是已经到了？”

时雨笑了，“哪那么快啊，中午一点多的飞机，下午四点半才能到。”

“哦，我下午六点才下班，不能去接你了。”

“没关系，我找了个距离你住的那个地方比较近的宾馆，已经定了房间了，下飞机后我们就直接去宾馆了。到了我再给你打电话，晚上约个地点出来见见面。”

林教瘦才想起来时雨并不是第一次到北京，他对这里的熟悉程度可能还要超过自己，于是说：“那好吧，你到了再给我打电话吧。”

“哦，对了，赵小燕怎么样了，还在你那里住着吧？”

“她？她挺好的，还在我那里住着呢。”

“那就好，那就先这样吧，我们晚上见。”

“好的，晚上见。”

林教瘦关上手机，长舒了一口气。时雨到来后，赵小燕的事情似乎也能解决了，至少不会变得更糟糕。当他正想拉开门出去的时候，脚下突然一滑，手机脱手飞了出去。林教瘦本能地伸手抓住了旁边的水龙头，水龙头被打开，手机就掉入了水中。林教瘦急忙挣扎着站起来，从水池里把手机捞出来，拆掉电池，也不知道手机泡坏了没有，只好先拿卫生纸把表面擦干净。听到外面胖老板说话的声音，林教瘦急忙开门出去工作。

傍晚，林教瘦还是不敢打开手机，所以也没有办法与

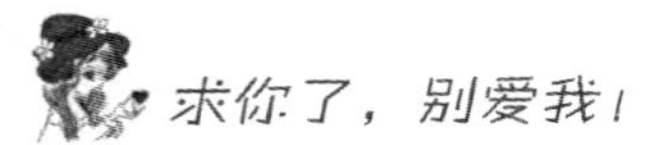

时雨联系，只能先回家了。

还没有走到家门口，林教瘦就听到一阵吵闹声，他不知道出了什么事情，连忙加快脚步上楼。到了门口，看到赵小燕正把一个身材高大、穿着得体、长相斯文的男人往门外推，一边推一边嚷嚷："你出去！我不想见到你！"

林教瘦连忙走过去问："这是……"

赵小燕瞪了他一眼："我现在不想见任何人！"说完砰的一声把门关上了。

林教瘦愣了一下，摇头苦笑着说："这，好像是我住的地方吧。"本想拿出钥匙开门，又觉得此时最好不要去打扰心情不好的赵小燕。看情形，刚才被推出来的那名男子应该跟赵小燕是朋友，所以林教瘦冲他点点头，说："你好，我叫林教瘦，瘦弱的瘦。我……"他一时不知道该怎么介绍自己跟赵小燕的关系。

那名男子却很有礼貌地笑了笑，说："我叫齐佳，也是时雨的朋友，时雨已经向我介绍过你了。"

林教瘦感到气氛有些尴尬，不知道刚才究竟发生了什么事情，也不好问。齐佳却笑着说："要不我们先到宾馆见时雨吧，你们两个人好像也很久没见了吧？"

林教瘦看了看门，"好吧，我现在好像不适合进去。"

下了楼，齐佳叫了一辆出租车，告诉司机宾馆的名字，两人就一起往宾馆赶去。

在车上，两个人各自想着心事，所以都没有说话。很快到了宾馆，齐佳领着林教瘦到时雨所在的房间。时雨正在打电话，见到齐佳进来，就把电话放下，说："我已经把这里的手续办好了，我住隔壁，你就住这间好了，行李已经给你放在那边的柜子里了。"他看齐佳的神色，猜到齐佳并没有说服赵小燕，所以也就没问。

齐佳点点头，说："哦，对了，林先生也过来了。"

齐佳闪过身，时雨才看到了身材瘦小的林教瘦。

林教瘦有些激动，他已经有近两年的时间没有见到时雨了，对于他来讲，时雨就如同他的半个亲人一般。一个人漂泊在外，总是希望能有些谈得来的朋友，而时雨不仅是他第一个朋友，也是唯一一个。

时雨比走的时候胖了一些，但却没有以往看起来那么精神了。见到林教瘦，时雨也笑了，但情绪似乎没有林教瘦想象中的那么热情，只是点点头，说："小林，你也来了。还没吃饭吧？要不我们三个一起到楼下的餐厅吃点东西吧？"

齐佳摆了摆手："我想先休息一下，你们两个人先去吧。"

时雨看了看齐佳，见他脸色不好，就说："那好吧，我们先去了，你想吃什么也可以打电话让他们给送过来。"

齐佳点点头："好的。那林先生再见。"

"再见。"

林教瘦随时雨走出房间，时雨顺手把门关上，转过身来同林教瘦一同下楼，一边走一边问："下午我给你打电话，你怎么关机了？”

“别提了，我手机掉水里了。”

时雨笑了，“你还是像以前那么倒霉啊。”

林教瘦除了苦笑，也说不出什么来了。

时雨又问：“你最近怎么样，还好吧？”

林教瘦瞪着他：“你说呢？”

时雨想了想，笑着说：“估计被折腾得够呛。对了，你是怎么遇到齐佳的？”

“我回家的时候看到赵小燕正把他往外赶，我见赵小燕心情似乎不太好，就跟着时雨一起到这里来了。”

时雨停下脚步，“我原来也想过事情不会那么顺利，可是没料到赵小燕的反应这么激烈，看来又要费一番工夫了。”

林教瘦问：“那个赵小燕跟你究竟什么关系，来做什么的，要住多久？她居然说要在我那里住三五个月，这究竟是怎么回事？”

时雨笑道：“你一下问这么多问题，让我怎么回答呢？这样吧，我们边吃边谈吧。”

“别。”林教瘦说，“这些天这些问题一直让我睡不好觉，好容易你来了，不弄清楚这些问题我是没胃口吃饭的。”

时雨于是说：“那这样，我们到楼下的咖啡馆喝点东西，我跟你把经过详细说清楚。”

林教瘦点点头，做了一个让时雨先走的动作，时雨笑着拍了拍他的肩膀，两人一同下楼。

时雨又问："你还在原来那个小公司吗?"

"换了，"林教瘦说，"换了一个更小的。"

第四章　留洋秀才与现代侠女

时雨是在离开北京前往珠海的火车上认识赵小燕的，那时候他对沿海那座大城市尚且陌生得很。赵小燕半路上车，正好时雨旁边空出了一个位子，赵小燕就坐在了时雨旁边。时雨听说赵小燕在珠海工作很久了，是一家销售体育用品和健身器材公司的业务员，就借机向赵小燕打听珠海的情况，赵小燕就滔滔不绝地跟时雨聊了一路。虽然在时雨听来，赵小燕所传授的有些“经验”未免有点夸大了，但还是从其中学到不少东西。他也看得出来赵小燕属于那种古道热肠的人，于是就跟赵小燕交换了联系方式。

后来时雨在珠海找到工作，进入了齐氏集团，仍然在网络上跟赵小燕有着联系，相互的了解也就逐渐多了起来。

齐氏集团下有大小十多家公司，其主要经营项目是房地产和进出口贸易，也涉及其他一些诸如政府工程和 IT 产业等项目，而齐氏集团的董事长，就是齐佳的父亲。

应当说时雨的决定是完全正确的，珠海确实更适合他发展。虽然公司里有很多资历比他老、学历比他高的人，但是时雨过人的决断力和解决问题的能力，使他很快在公司里崭露头角，进入齐氏集团不到半年，他就被升为集团的部门经理。

就在时雨当上部门经理后不久，齐佳就从国外毕业归来了，齐董事长把他安排到时雨的手下工作。时雨也知道，齐老爷子这么安排不是为了磨炼齐佳——齐佳是在英国读的企业管理硕士，后来又到美国读经济学博士，其间在美国硅谷的几家大公司都实习过，就凭这种资历，在企业里当高层管理，相信也没有人会有什么非议。齐老爷子之所以让齐佳从基层做起，无非是想让他熟悉公司的人员环境，了解一下公司的特点，跟着时雨学习一些处理各种关系的方法。所以时雨并没有让齐佳做什么实质性的工作，而是安排他尽量与集团内一些位置不高，但属于“重要人物”的人员多接触，安排他与集团主要合作伙伴和客户中的“关键人物”认识。齐佳学得很快，虽然对于很多事情他与时雨在看法和处理方法上有很大差异。

齐董事长对时雨的工作十分满意。不久，时雨又提出，因为齐佳长年在外，对国内一般家庭的生活并不是很了解，所以除了公司的事情之外，不妨多参加社会活动，多与人沟通。这个建议自然得到了齐老爷子的支持。

说到社会活动，时雨就想到了赵小燕，也想介绍赵小燕这样一个“有趣”的人给齐佳认识，于是时雨就跟赵小燕联系。那时正好赶上植树节，赵小燕说要去参加一个植树活动，自己是组织者之一。时雨就带着齐佳一同参加了。

齐佳第一眼看到赵小燕时，赵小燕正弯下腰把一捆小树扛在肩上。赵小燕一身蓝色粗布衣服，长长的头发扎在脑后，额头上挂着细细的汗珠，显得十分精神干练。看见时雨和齐佳到了，她把树苗放下，走过来打招呼："嘿，你来了。"

时雨笑了，"没想到这么久没见，你还能一眼就认出我来。"

赵小燕指了指四周："你看这么多人中，就你们俩穿得不像是来干活的，倒像是来春游的。这么抢眼，我想认不出来都难。"

时雨这才发现周围的人都是穿着劳动服或者旧衣服，只有自己和齐佳西装革履的，确实有些格格不入，自己居然犯了一个这么低级的错误。不过这也难怪，时刻保持自己的形象早已成为他一种本能的习惯了。

赵小燕看了看齐佳："这位就是你说的齐佳吧？"

齐佳冲着赵小燕很有礼貌地笑了笑，说："你好。"

赵小燕很爽快地伸出手说："你好。"

齐佳看了一眼赵小燕那满是泥土的手，按照礼节，女士主动伸出手来自己如果不握是一种非常不礼貌的行为，所以齐佳只是微微犹豫了一下，随即也微笑着伸出手跟赵小燕握了一下。

赵小燕又伸手跟时雨握手，时雨见赵小燕的笑容里有一丝坏意，知道她是在故意捉弄自己和齐佳。时雨并不是那种没有吃过苦的人，相反，他在很小的时候就已经开始做体力活，现在只是因为工作关系才不得不注意自己的形象而已。现在为了掩饰自己的失误，时雨也必须装作很自然的样子，所以他很大方地伸出手跟赵小燕握了一下，并笑着说："不管穿什么衣服，只要不影响干活就行。"说着很小心地把外面的西服脱去，搭在胳膊上，问："说吧，让我们做什么，要你这个总指挥来分配任务了。"

赵小燕见时雨这么说，倒为自己刚才的恶作剧感到有点不好意思。齐佳也学着时雨的样子把西装脱下来，时雨就把两个人的西装都放回车上，然后挽起袖子开始跟着赵小燕植树。

时雨虽然已经多年没有参加体力劳动了，但毕竟有基础，倒也能气喘吁吁地勉强应付。齐佳干起活来却完全不行，不到一会儿工夫，就腰酸胳膊痛的，也顾不得什么名牌什么仪表，全身上下蹭得都是泥土。

赵小燕看乐了，"看你长得挺壮实的，干活怎么这么不中用啊！不如我卖给你一套跑步机，你也多锻炼一下。"

事实上齐佳并不是缺乏锻炼，相反的，他比一般人要健壮得多，也灵活得多。只是这做体力活除了要有力气之外，还要会使巧劲，而这种使巧劲的方法往往要经过长期的体验和积累才能领悟到。齐佳自然不明白这个道理，所以真的认为是自己这段时间忙于工作，疏于锻炼了。而赵小燕也不知道，这次植树活动的发起者之一和主要投资方，其实是齐氏集团旗下的一家公司。

这次植树活动之后不久，不出时雨所料，齐佳被提升为集团副总裁，成了时雨的顶头上司，负责集团内各大项目的审查监管。齐佳首先提出在集团大厦内设立一个健身房，凡是公司的员工在休息时或者下班后都可以免费到公司健身房去锻炼。这个提议当然得到了齐老爷子的支持。于是，齐佳就让时雨负责这件事情，指明要通过赵小燕来购买。

时雨本以为赵小燕上次对齐佳那么不客气，是因为她不知道齐佳究竟是什么人，这次齐佳是她的客户，而且是个大客户，齐氏集团下属开发的住宅小区项目中，也有很多增添了健身房的设置。如果这件事情办好的话，那么每年赵小燕的销售提成就会是一个崭新的数字，所以时雨告诉赵小燕这次要见的是集团董事长的公子，集团的副总裁，也是这个项目的负责人，只是没有告诉她是齐佳而已。

于是，在那个宽敞明亮的副总裁办公室内，赵小燕又一次见到了西装革履的齐佳，而她的第一句话居然是：“我以为是谁，原来是你这个大少爷，怪不得那么弱。我看你也别买什么健身器材了，跟着我多参加一些劳动就行了。”

齐佳仍旧带着那种礼貌性的微笑，看不出他是否生气了。时雨却暗暗叫苦，他发现对待赵小燕，是不能用一般人的思维去揣度的。每次他自以为已经安排妥当的时候，赵小燕却总是能出人意料地让他下不来台。在他看来，这个“豪爽的赵小燕”，要比那个“倒霉的林教瘦”还有些难以应付。

但是，事情有时候却会很自然地向着好的方面去发展。

在看了赵小燕带来的资料，听了她的介绍后，齐佳连考虑都没考虑，当场就把合同给签了。后来齐佳对齐董事长说，他已经让时雨调查过健身器械的市场情况，他看了赵小燕带来的资料，觉得质量和价格都很合理，而且以赵小燕豪爽的性格来看，跟她做生意是绝对能够放心的。这个理由居然也得到了齐老爷子的肯定。时雨发现这位齐大少爷做事确实也有其独到之处。

本来后面工作是不必齐佳亲力亲为的，只需要交给下面的人去做就可以了，可齐佳却说要“多学习一下”。此后，因为合作的关系，齐佳跟赵小燕的联系就多了起来。有时候赵小燕也会拉着齐佳去参加一些公益慈善活动，齐佳也奇怪，无论多忙，只要赵小燕让他去，他决不推辞。后来即使赵小燕不来，齐佳也会主动去找她。时间长了，很多人都看出来齐佳对赵小燕有意思，只是赵小燕自己还没有感觉出来罢了。

后来齐老爷子也不知道从谁那里听说了这件事情，就提出要请赵小燕去家里吃饭。赵小燕并不知道这顿饭背后所隐含的意思，只是听说有人请客吃饭，就高高兴兴地去了。

后来时雨分别从齐佳和赵小燕的口中得知了这顿饭的经过，对双方来讲，这顿饭都吃得很辛苦。这顿饭耗费了齐老爷子及其夫人的一番心血和大量的金钱，菜肴自然十分美味可口，很多赵小燕从未尝过或听说过的美食盛在精美的盘子里摆在她的面前，可惜的是，对于赵小燕来说，量太少了！她觉得吃得不过瘾。一个人如果觉得饭菜不可口，可能会吃得有些郁闷，但是如果觉得饭菜非常美味，可刚吃上兴致来就发现没了，则会更郁闷。虽然赵小燕秉承中国传统文化的优良美德，不敢在齐佳父母这些长辈面前发脾气，但在后来却把齐佳好一顿数落。另外就是赵小燕觉得齐佳他们家的东西都十分的脆弱，用她的话说就是：喜欢用那些看起来漂亮却不经用的。据她说她在齐佳家拧坏了一个“玻璃”的门把手，又打碎了一个“玻璃”碗，害得自己不得不赔偿了一百块钱了事。

但据时雨所知，那套水晶餐具是齐佳留学英国时带回来给齐老爷子的礼物，那么一个碗，换算成人民币的话价格应该在一千元左右。而那一对水晶的门把手，则是齐府落成时马来西亚那边生意场上的朋友送给他们的礼物，原价是四万元人民币左右。

看着赵小燕手舞足蹈地叙述整个过程，时雨真有一种把真相告诉她的冲动，只是他知道这些事情是绝对说不得的，所以又忍住了。

经过这次事件之后，时雨猜想齐佳的父母一定对赵小燕印象极坏。

但是，时雨这次又想错了。一次，齐董事长把时雨单独叫到了自己的办公室，简单地问了他公司里的一些情况。时雨正在奇怪齐董事长为什么要问这些无关紧要的小事时，老爷子话题一转，突然问道：“听说你跟赵小燕是好朋友？”

时雨愣了一下，随即反应过来，看来这次谈话的重点，恐怕就是赵小燕了。所以时雨慢慢地说："嗯，一般朋友吧，其实我见她的次数也不多，只是在网上遇到了就聊几句。"

齐老爷子又问："你怎么看赵小燕这个人？"

"嗯……"时雨一时摸不透齐老爷子的用意，想了一下才说，"赵小燕这个人很豪爽，属于直来直去的脾气，而且古道热肠，喜欢帮助别人，朋友若是有事求她，她一般不会推辞。不过，她也因此显得有些粗枝大叶，不能顾及别人的感受，有时候也会好心办坏事。但总的来说，赵小燕应该是一个很适合做普通朋友的人。"

齐老爷子虽然年近花甲，但是保养得很好，除了微微有些发福之外，看起来倒像是刚刚五十岁，尤其一双眼睛，显得比很多年轻人还要亮。听了时雨的话，齐董事长看了他一眼，然后微微点了点头，又问："你对赵小燕的家庭了解有多少？"

时雨又想了一下，说："赵小燕有一次跟我在网上聊天的时候偶然提起过一点，她是家中的独女，据她说她的爷爷是少林的俗家弟子，后来因为某些原因，她的爷爷虽然收了不少徒弟，却不愿意让她父亲习武。赵小燕自己却是自幼酷爱武术，就从她的师叔师伯那里偷学了一些粗浅的功夫，只当是强身健体了。其他的事情我也不是很了解了，不过我可以设法向她周围的朋友打听一下。"

齐董事长不再说话，时雨也就没敢动，过了一会儿，老爷子突然又问："你觉得齐佳这段时间的工作怎么样？"

时雨感到有点头大了，心想为什么老爷子今天总问这些问题，他知道这个问题不是自己说赵小燕那样随便糊弄两句就行了。看了看老爷子的脸色，时雨又斟酌了一下才说：“齐佳无论是从学历、能力、资历来讲，在公司里都少有人能及。只是他现在对国内情况还不熟悉，相信再过一段时间，等他完全熟悉了，一定能做得更加出色的。”

齐董事长摇摇头：“我不是问你这个，我是说他工作的情绪怎么样？”

这一次时雨是真的不知道该说什么了，所以就没有说话。

齐董事长似乎也没想让时雨回答，就继续说：“当年齐佳并不喜欢读企业管理，他真正喜欢的是音乐，后来是我用尽了办法才送他去读了企业管理，所以他其实并不喜欢现在的工作。”

时雨小心翼翼地说：“我觉得他做得挺好的。”

齐董事长点点头：“不错，就集团这些事情来讲，他确实能够处理得游刃有余。我交给他的事情，他也能又快又好地完成，甚至是我让他多交朋友这件事，他也都照着我说的去做了。但是我希望他成为一个好的管理者，而不是一个好员工。人都说‘创业容易守业难’，那是因为社会和市场变化得太快，仅以‘守业’的心态来管理的话，终究是要衰落的，所以我希望他能以创业而不是守业的心态来接手这个集团。”

时雨听了，说：“您的身体还健康得很，或许过两年他就能把心态调整过来了。”

齐董事长摇摇头，没有继续这个话题，却突然说：“齐佳是不是喜欢上赵小燕了？”

“在我看来是这样的。”其实时雨也一直没明白齐佳为什么会喜欢上赵小燕。在他看来，与赵小燕做朋友似乎不错，但要真正生活在一起，却是一件非常痛苦的事情。

“你觉得他们两个人是不是合适？”不知道齐老爷子是信任时雨的眼光呢，还是病急乱投医了。

时雨对齐佳也已经有了相当的了解，齐佳本来是一个很听齐老爷子话的乖儿子，所以当初才会放弃自己喜欢的音乐读了企业管理，但是唯独在感情问题上，齐佳却表现出了少有的倔强。虽然详细情形时雨并不知道，不过估计为了赵小燕的事情，父子两个一定是已经交过锋了，而且齐老爷子似乎没有占到上风，所以才会与他这个比齐佳还要年轻的人来讨论齐佳的终身问题。但是这个问题中牵扯到齐老爷子的家庭问题，时雨就更不敢随便发表意见了，所以只是迟疑地说：“您的意思是……”

齐董事长却笑了：“你猜错了，我并不反对他们两个人在一起。我对赵小燕的印象不错，她为人率真不造作，豪爽不粗俗，人也极为正直。虽然看起来鲁莽，但人缘好，与周围人的关系处得都不错。齐佳要真能跟她在一起，倒也不错。”

时雨没想到老爷子居然是这种态度，但仔细一想，齐老爷子的反应却也在情理之中。齐佳原来在国外的时候也有过几个女朋友，但由于各种原因最后都没有结果。齐佳回国之后，齐老爷子也给齐佳安排过几次相亲，对方不是生意场上朋友家的千金，就是很有背景的大家闺秀。无奈不是齐佳无心，就是对方无意。或许是由于齐佳骨子里还是有那么一点叛逆劲，后来他干脆就拒绝了齐老爷子安排的各种形式的相亲，被逼急了齐佳就干脆在相亲对象面前装疯卖傻。齐老爷子这才知道一向乖巧的儿子居然还留有这么一手。眼看齐佳已经近三十岁了，齐老爷子和夫人自然是非常着急，齐佳却仿佛事不关己似的。如今好不容易齐佳有了心仪的对象，老爷子自然就顺水推舟了。而且也确实像老爷子说的，赵小燕毕竟一个人在外闯荡那么多年，论见识论能力都不差，虽然表面上显得粗线条，其实并不糊涂，只是性格使然罢了。

齐董事长继续说："一个男人无论长多大，没有结婚，在父母面前总是像个孩子一样，一旦有了家庭，知道了什么是责任，人生态度和工作态度就会发生一些转变。而且，齐佳做事有时候会有点独断专行，处在那么高的位置，容易招人怨恨。他读书太多了，未必是一件好事。做生意，不仅要懂得市场规律和经济法则，更重要的是做关系，做人气，有赵小燕在他身边，或许也是一件好事。而且我相信，赵小燕也不是那种看重钱财的人，假使有一天齐佳遇到了什么艰难困境，相信赵小燕也会一直陪在他身边的。"齐董事长不知不觉开始像是自言自语起来，或许是发现话题扯远了，于是突然收住，抬头看看时雨，问："你知道我为什么跟你说这些吗?”

时雨摇摇头说:“不知道。”在齐老爷子面前,不知道的时候直接表示不知道就行了,假如强装知道,反而会引起齐老爷子的不满,这一点时雨是很了解的。

齐老爷子说:“齐佳是能力有余而人际关系不足,赵小燕是侠气有余而智谋不足。虽然你来集团的时间不长,但是你的能力和优点我是很清楚的,而且我看得出来你有一种开拓上进的心态,所以我希望你能成为齐佳的左膀右臂,辅助他管理好这个集团。”

听到这些话,时雨心里自然是喜出望外,齐老爷子的言语中已经透露出要将整个集团逐步交托给齐佳的意思,而让自己成为齐佳的副手,这句话已经说明了自己在齐老爷子心目中的地位,也预示着自己不久的将来在集团里的位置。时雨尽量压制自己心中的兴奋,但又不能表现得太冷静,就用一种恰到好处的语气说:“我一定会尽我所能!”

齐老爷子满意地笑了,把身体往后一靠,一字一句地问:“那么现在只剩下一个问题了——赵小燕似乎不喜欢齐佳,也不知道齐佳喜欢她,这该怎么办?”

第五章　生死追逐

得到了齐老爷子的明确指示，时雨心里也就有了底，自然知道该如何去做了。

齐老爷子的指示是：要给齐佳和赵小燕多制造接触的机会，要让他们自然发展，假如赵小燕实在不喜欢齐佳，也不要勉强，设法劝齐佳收心，大家还做朋友。所以时雨就经常故意安排一些群体活动，比如请公司的同事们一起出去郊游野餐，或者开个小型聚会什么的，除了让赵小燕和齐佳多接触，也是为了让齐佳与公司里的人多熟悉熟悉。赵小燕并不在乎为什么要聚会，只是看在这个聚会上是否能吃得好。在她的概念中，如果觉得你这个人不错，就会请你吃饭，而你请她吃饭，也是一种“够朋友”的表现。当然，赵小燕也通过这些聚会，认识了很多齐佳公司里的人。

黄逸是齐氏集团策划部的副主管，硕士学历，策划能力很强，工作表现也非常突出。但是这个人性格有些软弱，或者可以说是懦弱，往往不能坚持自己的意见，明明自己做出了很好的策划案，别人一提建议，他马上觉得自己做得不好，立刻按照别人的意见修改。而且他还是一副老好人脾气，部门里的人不愿意做的工作，丢给他，他都乐呵呵地去做，什么事情都想着自己做，不善于计划和分配任务，所以虽然他的表现优异，却一直只是个副主管。但也因为他的脾气，使得他在部门乃至集团中的人缘都极好。在时雨看来，黄逸无疑是属于公司里的“重要人物”，所以每次聚会，也都会叫上黄逸。

黄逸的女友小雪是集团一个下属公司的普通文员，很文静很单纯的一个女孩，两个人感情很好，已经买了房子，准备谈婚论嫁了。几次接触下来，小雪对赵小燕就产生了一种近乎崇拜的感情，赵小燕也立刻认她做了自己的“妹妹”。

几个月后，时至中国传统的情人节——七夕。齐佳一直摸不透赵小燕是否喜欢自己，所以就打算在七夕的时候来个浪漫的告白，明确一下两人的关系。虽然时雨并不赞成这样做，但是在这个问题上，正如齐老爷子所预料的那样，齐佳显示出了他固执的一面，执意约了赵小燕在公园见面。时雨不放心，就开车把齐佳送到公园门口，并目送衣着笔挺的齐佳手捧鲜花神采飞扬地走入公园。没过多久，齐佳却灰头土脸地垂着头又走了出来，衣服也被扯破了。虽然时雨料到了会有这样的结果，不过没料到齐佳败得这么快、这么惨。时雨不便多问，只开车把齐佳送了回去，心想先向赵小燕打听一下事情的经过，然后再做打算。

然而事情似乎总是能够向更糟糕的方向发展——第二天，赵小燕失踪了。

赵小燕仿佛突然人间蒸发了一般，租来的房子锁着门，手机也打不通。时雨设法联系了赵小燕所在的公司，得到的答复是早上在公司电子邮箱里发现了一封赵小燕的辞职信，公司也没有人知道她究竟去哪了。

于是，齐佳就急疯了。

齐佳一个劲地自责，认为是自己的鲁莽导致赵小燕“羞愤交加”，最后才会“离家出走”，一向睿智而冷静的齐佳居然因此变得无心工作，茶饭不思。对儿子有充分了解的齐老爷子知道此时自己无论是跟他讲道理、安慰他，还是大声呵斥他，都不会取得任何的效果，所以就让时雨以朋友的身份先去跟齐佳谈谈。

时雨就让齐佳先不要着急，当务之急是要先弄清楚赵小燕究竟是为了齐佳这件事情而离开的，还是有其他的事情，另外要弄清楚赵小燕究竟去了什么地方。

齐佳终究不是十六七岁的懵懂少年了，所以很快就冷静下来，对时雨说了那天在公园发生的事。

那天齐佳高高兴兴地去见赵小燕，转弯抹角地说了半天，赵小燕似乎并不明白齐佳究竟是什么意思。最后齐佳只得直截了当地说：“我喜欢你，希望你能做我的女朋友。”

一般女孩听到这些话，即使不喜欢那个男的，也会心中窃喜，或者很冷静地找个理由来回绝。赵小燕却是勃然大怒，说原以为齐佳虽然有些纨绔气，但看他为人也算大方，经常参加一些社会活动，所以还没有那么讨厌，没想到齐佳做这些事情却是另有目的，是为了接近自己。激动之下，赵小燕的老毛病就犯了，就想对齐佳动手。不想情绪激动之下，赵小燕打的不是地方，直奔齐佳的要害而去。齐佳本来就被赵小燕的反应给唬蒙了，见赵小燕直取自己的要害，下意识地一闪，就给赵小燕来了个大背摔。赵小燕仰面朝天的那一刻，才知道一向温文尔雅的齐佳是个深藏不露的高手。

事实上，齐佳深藏不露这件事情连时雨都不是太清楚。齐佳留学国外期间，齐老爷子虽然在生活上对齐佳进行经济管制，怕他生活得太安逸了养成不良习惯，但同时却另外拨“专款”请名家让齐佳学习跆拳道。一方面是为了强身健体，另外一方面自然是为了齐佳自身的安全考虑。齐佳原本就身材高大，身体素质不错，加上名师传授，所以学艺有成。后来齐佳在美国读书期间，曾经得过某届州业余跆拳道大赛的亚军。

一直“所向无敌”的赵小燕受到如此对待，当然认为这是奇耻大辱，站起来就把齐佳一顿暴打。一向奉行“女士优先”的绅士主义的齐佳自知理亏，也不敢动，就任凭赵小燕打了一顿。直到赵小燕离去的时候，她的气似乎还没有消，接着赵小燕就失踪了，所以齐佳就认为是自己的行为导致了这次“失踪事件”。

时雨想了一下，认为赵小燕虽然有点好面子，但不是那种为了这种事情就丢下这么多朋友和工作而出走的人，所以让齐佳先不要着急，等把事情弄清楚再说。之后时雨在一天内问遍了自己所知道的所有赵小燕的朋友，结果在黄逸的女友小雪那里知道了赵小燕离开珠海的原因及其去向。

原来，黄逸本打算跟女朋友在阴历七月初七这天结婚的。哪知这件事情却遭到了黄逸父母的强烈反对，理由是现在黄逸已经是集团的“领导”了，而小雪却一直只是个文员而已，无论是学历还是职位都配不上他们家儿子。黄逸本就是个性格懦弱的人，而一个性格懦弱的儿子往往是因为有着非常强势的父母。于是一边是爱如火热的女友，一边是爱比海深的父母，在这水深火热之中，黄逸自然而然地选择了逃避，辞去了集团策划部副主管的职务，离开珠海，不知去向，只把多日未洗的臭袜子及准备结婚所买的房子全部留给了女友小雪，几乎什么行李都没有带，直接去了火车站，消失在茫茫人海之中。

而小雪已经怀孕了。

虽然经过多方打听，但小雪也只是模糊地知道黄逸似乎是去了青岛，具体在什么地方，怎么样能联系上他，却没有人知道。小雪本就弱不禁风，现在又有了身孕，青岛那么大，让她怎么去找黄逸？举目无亲之下，小雪就想到了赵小燕，在七夕的晚上跑去跟赵小燕哭诉。赵小燕一听，自然又是勃然大怒。一般来说，在有人对自己崇拜或者依靠时，总是容易激发起人的英雄气概的，更何况是赵小燕。见小雪哭得凄惨，说得可怜，赵小燕立刻决定要帮助小雪

“宰了那个王八蛋”，当即收拾行装，给公司发了一封辞职邮件，连夜买了车票赶往青岛。

黄逸突然辞职，时雨是知道的，当时他还觉得这样一个人才离开了，有些可惜，却不知道其中还有这段曲折。但另一方面，时雨听了小雪的话就立刻知道事情不妙了，赵小燕若是说要宰了某个王八蛋，就绝非是一句气话，若是真被她找到了黄逸，没准黄逸就“非死即伤了”。小雪一听时雨这么说也真吓坏了，她本意是想请赵小燕把黄逸找回来，并没有想过要黄逸的命。果然，过了一天赵小燕就从青岛用公用电话打电话回来，让小雪放心，自己正拿着黄逸的照片到处打听，一旦找到那个王八蛋，一定帮小雪出这口气。小雪请求赵小燕回来，说不用再找了，赵小燕却哪里肯听。

时雨得知了事情的经过和赵小燕所在的地点，才松了一口气，立刻把这个消息通知了齐佳。本以为只需要静静等待赵小燕回来一切事情就都可以解决，哪知后来却变得更复杂了。

赵小燕一去就是半个多月，因为手机是漫游，所以也不开，每次都是用公用电话打电话回来，行踪也飘忽不定。齐佳等得着急，居然在某一天也不辞而别，带着赵小燕的照片赶往青岛去找她。

齐老爷子气得直跺脚，在电话里勒令齐佳立刻回来。齐佳这一次却是铁了心了，干脆关机。齐老爷子脾气也上来了，立刻让时雨带了几个人到青岛把齐佳“押”回来。

时雨琢磨着齐佳一定是住在宾馆，就带着人在各大宾馆打听。没想到齐佳却具有相当强的“反侦察”意识，不断地变换着住所。于是赵小燕找黄逸，齐佳找赵小燕，时雨找齐佳，三批人在青岛绕了近一个月，愣是谁也没找到谁。

后来小雪又从朋友那里得知，青岛好像只是黄逸的中转站，黄逸在青岛稍做修整，找亲戚借了点钱后，就直接北上，转向北京了。于是赵小燕立刻决定也跟着北上。

时雨一想，这样下去几个人就要变成游遍中国了，就想了一个计划。他先通过小雪，让赵小燕跟自己联系，告诉赵小燕自己在北京有个好朋友叫林教瘦，她如果到了北京，可以去找林教瘦，这个人对北京比较熟悉，找起人来也比较方便。或许是最后一句话起了作用，赵小燕就真的答应去找林教瘦了。然后时雨又设法与齐佳取得了联系，告诉他这样找下去不是办法，问题的根源是黄逸，只要设法找到黄逸，赵小燕也就没有在外面漂泊的理由了。而要想找到黄逸，最简单的方法就是去问他父母——黄逸这个人很孝顺，无论如何他一定会告诉父母自己的联系方式。

齐佳考虑了一下，就同意和时雨见面，并且和时雨商量了一下，觉得黄逸也算一个人才，公司失去了这样的人，也是一大损失，不如设法促成黄逸和小雪的婚事，把这些问题都解决了。时雨本想这件事情先请示一下齐董事长，齐佳却说不用，立刻拉着时雨坐飞机北上，到黄逸的东北老家去找黄逸的父母。当初黄逸在进入公司时，曾经详细登记过籍贯地址及联系方式，所以两个人很容易就找到了他们。时雨告诉黄逸的父母，自己是小雪的远房亲戚，长期居住在国外，这次回来本来是想参加小雪的婚礼的，并带了十万块做嫁妆，不想听说婚礼又取消了，黄逸也不见了，所以特地来问一下究竟是怎么回事。

黄逸的父母见两人穿着谈吐都不俗，才知道小雪还有这样一个阔亲戚，一捆捆硬邦邦的钞票又摆在面前，就立刻点头答应了小雪和黄逸的亲事，并当着齐佳和时雨的面，打电话把这件事情告知了黄逸，黄逸就立刻回珠海准备跟小雪结婚了。

把公司里的事情简单安排了一下后，齐佳就急着赶去北京，要亲自将这个消息告诉赵小燕。当然，事情的真实经过是不能让赵小燕知道的。

“我知道事情不会这么轻易就解决，不过我本以为黄逸和小雪这件事情解决了，赵小燕的目标也就消失了，那么至少她就应该会回到珠海，但是从你所说她今天的反应来看，或许她又有了什么新的想法。”时雨坐在咖啡馆里，一边喝咖啡一边把以往的经过详细地说给林教瘦听，末了又补充了一句，“女人的心思总是让人难以捉摸的，尤其是赵小燕的心思。”

林教瘦只是静静地听着，一直没有说话，用勺子轻轻地搅拌着咖啡，一直到咖啡由滚烫变得冰凉。听完了时雨的讲述，林教瘦才问：“你觉得黄逸和那个小雪以后会不会幸福?”

时雨没有想到他一开口居然首先问这个问题，这个问题其实他也曾经考虑过，只是也没有想出个所以然来，所以说："至少，他们现在看起来是幸福的，以后的事情，谁又能知道呢。或许过两年小雪真的有了一个有钱的亲戚，又或许过两年情况又有了其他想象不到的改变。未来的事情，就等待他们将来去揭示吧，有了现在，所谓的未来才有意义。"

林教瘦微微地笑了笑，也不知道是表示同意呢，还是反对，过了一会儿才又说："你变了。"

时雨笑了："每个人都在变嘛，再说这些又不是什么伤天害理的事情，从某种意义上来讲，也算一种慈善事业了。"只有在林教瘦面前，时雨才会放心地开这些玩笑。在他的感觉中，林教瘦是一个值得信任的人，但又说不清自己为什么会有这种感觉。

林教瘦也笑了，"你们这次来是不是专程把赵小燕接回去的？"

"这只是目的之一，其实这次我们集团接了一个不小的项目，所以我们还有一个任务，就是要跟这里的供应商先接触一下。当然，齐佳的主要目的，还是来见赵小燕的。"

林教瘦说："不管怎么样，她愿意回去就好，要不让她搬出来吧，不能总住我那里。"

"估计过两天赵小燕觉得在这里待着没意思了，自然就愿意回去了，所以你不用担心。我这边项目也需要谈几天，抽个空咱们哥俩好好聚聚。"

林教瘦想了想，说："那好吧，我先回去，问问赵小燕到底发生了什么事儿。"

"要不我们一起出去吃了饭再走吧?"

"不了，估计赵小燕还在那里等着我回去做饭呢。你还是赶快回去看齐佳吧，没准他现在还在郁闷着呢。"

"说实话，这些年虽然在外面吃了不少山珍海味，但还是有些怀念你做的那些家常菜啊。"

林教瘦笑了笑，没有说话。

时雨说："对了，刚才我和你说的那些事情，可千万不要告诉赵小燕啊!"

林教瘦沉默了一下，然后说："放心，什么事情该说，什么事情不该说，我的心里还是有数的。"

时雨说："那好，我送你出去，给你打个车回去。"

"不用了，我坐公共汽车回去就可以了。你回去吧，不用送了。"

"那好吧，再见。"

时雨拍了拍林教瘦的肩膀："再见。有什么事就打我手机，我的手机不关的。"

看着林教瘦的背影从视线中消失，时雨莫名其妙地有了一种怅然若失的感觉。发了一会儿呆，他就急忙去找齐佳了。

林教瘦回到住处，拿出钥匙打开房门，发现屋子里一片漆黑，于是伸手把灯打开，看到赵小燕正独自坐在椅子上，似乎在生闷气。见到林教瘦进来，她只是瞪了他一眼，没有说话。

林教瘦说：“你还没吃饭吧，我马上去做。”

这是林教瘦与赵小燕住在一起以来，吃得最闷的一顿饭了。赵小燕一句话都不说，只是埋头吃菜，而且饭量比以往见长，林教瘦也就不敢打扰她。

赵小燕吃完饭，心情似乎也没有好转多少。林教瘦只好硬着头皮问：“既然事情已经解决了，你打算什么时候回去？”

赵小燕瞪了他一眼：“你都已经知道了？”

“是的，时雨已经都告诉我了。”

赵小燕却没有再说话，过了一会儿，林教瘦见赵小燕仍旧一副气呼呼的样子，就又问：“事情已经解决了，你应该高兴才对，为什么要生气？”

赵小燕说：“我气的是那个姐们小雪，当初哭着对我说绝不原谅那个男的，觉得天下的男人都是负心的人。结果那男的回去一求她，她居然又要跟那个男的结婚了。你说我怎么能不生气?!”

“你难道不想让你那个姐们跟那个黄逸结婚吗?”

“那种软蛋男人要来干吗，明明知道自己女朋友怀孕了还丢下不管，这种人就应该千刀万剐了！我找他，就是为了教训他一顿!”

“如果真像你说的那样，那你那个姐们以后怎么办?”

“怎么办？把孩子生下来自己养呗，难道一定要靠你们臭男人才行？再说你以为现在这样，他们以后就会幸福了吗？”

林教瘦发现赵小燕问了个跟自己向时雨问的一样的问题。他决定不再在这个问题上纠缠下去了，一方面各持观点，各有道理，但却没什么实际意义——这个问题交给时间来解答吧；另一方面看赵小燕气愤的样子，继续讨论下去，自己的人身安全可能还会出现问题。所以林教瘦话题一转，问：“那你现在打算怎么办？什么时候回去？”

赵小燕突然说：“不回去了！”

林教瘦吓了一跳：“不回去了？那怎么能行！”

“回去干什么？参加他们的婚礼吗？何况我也不喜欢那个城市，以前的工作也辞了，也没什么牵挂，就干脆在这里找工作好了。”

林教瘦感到有些头大：“那怎么能行？再说齐佳都专程……”

赵小燕突然提高了声音：“你别跟我提他！”

林教瘦连忙做了个让她小声点的手势：“我对他印象挺好的。”

赵小燕说：“我就是看不惯他的大少爷脾气。算了，不跟你说了，我要去睡觉了！”说完走进卧室，砰地把门关上。

林教瘦呆坐了一会儿，看着满桌的杯盘狼藉，感觉自己的头变得越来越大。

第六章　比麻烦更麻烦的是两个麻烦

第二天早上，林教瘦正在上网。赵小燕穿着睡衣，打着哈欠从卧室里走出来，看到林教瘦，赵小燕似乎有些吃惊，问："你怎么没去上班？"

林教瘦笑了笑："今天是周六。饭在厨房里，你洗漱一下准备吃饭吧。"

赵小燕哦了一声，就打算到洗手间洗脸。这时，敲门声响起，赵小燕走过去拉开门看了一眼，又砰地把门关上，转身走进卧室，关上门。

林教瘦感到有些奇怪，就走过去把门打开，看见齐佳笑容有些僵硬地站在门外。见到林教瘦又把门打开，齐佳才重新面露微笑，说："你好。"

林教瘦连忙说："你好，快进来吧。"

齐佳说了声"谢谢"，然后才走进来。

林教瘦说："你先在椅子上坐一会儿吧，我去给你倒杯水。"

"哦，不用了，谢谢。"齐佳说着，眼睛却看着卧室的门。

林教瘦连忙说："我是在外面打地铺睡的。"说完心里却突然后悔起来，这样说反而有此地无银三百两的感觉。

齐佳却仍是很有礼貌地点点头："我知道。"

场面变得有些尴尬，林教瘦不知道该说些什么才好。

齐佳坐到椅子上，似乎觉得有点不舒服，又挪了一挪。为了打破这种尴尬的局面，齐佳故意寻找话题，说："你这椅子似乎该换了吧，我给你介绍一个意大利的牌子，他们的桌椅品质又好，坐着又舒服，价格也不贵，两万多块就可以买一套了。"

林教瘦暗中叹了一口气，终于有点明白为什么赵小燕有点讨厌齐佳了，但却只是微笑着说："好啊，假如我不吃不喝不交房租，攒上十个月的钱，就考虑去买一套。"

齐佳这才意识到自己说错话了，于是场面变得更加尴尬。

林教瘦有些后悔那么说，毕竟跟齐佳关系不是很熟，不应该这么挖苦他，所以把话题岔开，问："时雨怎么没有一起来？"

"他约了几个供应商见面，先初步接触一下，了解情况去了。我是来问一下赵小燕打算什么时候回去，我好去订机票。"

"她昨天说不回去了。"

"啊？"齐佳一听就马上着急起来，"为什么？"

林教瘦低声说："你先别着急。依我看，她只是觉得自己一片好心，费了这么大的劲却落了这么个结果，感到有点没面子吧。”

齐佳这才松了一口气：“原来是这样。”

林教瘦又继续说：“我想她现在正在气头上，等过两天她气消了就没事了。”

“希望如此吧。”齐佳点点头说。

赵小燕已经换好衣服，从卧室里走出来，见林教瘦和齐佳正在聊天，就板着脸问：“你们在说什么？”

林教瘦笑了，“我们在说该吃饭了，你先去洗洗脸吧。”

赵小燕看了齐佳一眼，就走进洗手间去洗脸了。

林教瘦对齐佳说：“你要不要一起来吃点？”

“不……”齐佳本想说不用了，但想了想，又转口说，“好吧，那谢谢你了。”

早餐只是普通的清粥小菜。齐佳很斯文地吃着，没说话。

林教瘦一边吃一边对赵小燕说：“事情既然已经解决了，你就不要再生齐先生的气了。”

赵小燕说：“我本来就不是生他的气，何况我现在也已经不生气了。”

林教瘦笑了，“既然这样，那就早点回去吧。要不然就在北京玩两天再回去也行。”

赵小燕瞪他：“我说过不回去了！一会儿我就出去找工作去。”

“啊?”林教瘦看了看齐佳，想让齐佳一起来劝劝赵小燕，齐佳却没有说话。

赵小燕说：“你别看他，他吃饭的时候从来不说话的!”

齐佳将碗里的粥很仔细地喝完，然后用手绢擦了擦嘴，才说：“原来就听时雨说过林先生做饭的手艺不错，没想到连这早餐都做得这么好吃。”

林教瘦有些得意地说：“齐先生过奖了，只是普通的清粥小菜，我还怕你在国外住久了，吃不习惯呢。”

齐佳说：“这些青菜米粥，既有利于健康，营养也搭配得很好，比宾馆提供的那些早餐好吃多了。”

林教瘦说：“是啊，那些宾馆的东西做得既不好吃，还贵得吓死人，据说一盘青菜就几十块。”

赵小燕接口说：“人家有钱，喜欢住高级宾馆，你管得着吗?”

齐佳没有搭赵小燕的茬，继续对林教瘦说：“这样吧，家父也有意让我熟悉一下国内的环境，普通生活也要体验一下，我也搬过来住，可以吗?”

“啊?”

齐佳的这句话再次验证了一个道理：当事情有可能变得更糟糕的时候，就一定会变得更糟糕。

林教瘦变得有些结巴了，“可是……可是，我这里这么简陋怎么能让你住啊?”

赵小燕也说：“就是，这里又没有大宾馆舒服，你还是回去住吧。”

齐佳说：“没关系，我以前出去爬山，经常在野外露宿的。”

“啊？”林教瘦又说，“可是，我这里就这么大地方，你来了睡哪儿啊？”

“嗯，我可以买个睡袋，就在这客厅里睡就可以了。”

“那不行，”林教瘦说，“时雨要是知道了肯定要怪我的。”

“对啊，”赵小燕接着说，“你那位‘御用管家’一定不会同意的。”

林教瘦暗暗叫苦，他知道此时赵小燕的冷嘲热讽，反倒是在帮倒忙——赵小燕越是说齐佳做不到，齐佳就越要表现给赵小燕看。果然，齐佳用一种近乎命令的口气说：“林先生不用说了，就这么定了！”

林教瘦揉了揉发涨的脑袋：“二位客官先坐，在下马上去打两壶好酒来。”说完就摇摇晃晃地开门出去。

齐佳和赵小燕不知道林教瘦的话是什么意思，都愣在了那里。

天气有些阴沉，空气中充满了湿气和被风吹起来的灰尘，闷闷的让人很不舒服。林教瘦站在马路边看了半天车来车往，才想起来自己出来是要给时雨打电话的。本以为时雨到了，一切都会好转，但是现在，事情似乎更乱了。

虽然是漫游，但时雨说过他的手机是不关的。林教瘦掏出手机，拨了时雨的号码。电话里传出一阵悦耳的女声："对不起，您所拨打的用户暂时无法接通，请稍后再拨……"林教瘦挂断电话，继续注视着车流。他早就知道，当自己越是着急的时候，事情就会变得越不顺利，只是没有料到自己一连打了两个多小时，才打通了时雨的电话。

电话那头，时雨的声音显得含糊不清、时断时续的，显然信号非常不好。

林教瘦对着手机说："喂，时雨。"

时雨："哦……林……你有……事？"

林教瘦："出事情了，那个齐佳说他要住在我那里。"

时雨突然提高了声音："什……齐……怎么了……听不清……再说……"

林教瘦："我说——齐佳要住我那里！喂?!"

电话那边时雨又没了声音，过了一会儿才又断断续续地传来："听……不清……"

林教瘦叹了口气，大声说："我过去你那里一趟吧。我说——我过去你那里!"

"很……重要吗?"

"是的，很重要！你在哪？我是问，你在哪?!"

"……海鲜城……忘忧谷 2 号……"

林教瘦费了很大劲，才弄清楚时雨所在的地方。所幸那个地方距离自己的公司不远，林教瘦很快就找到了那个地方。显然，时雨已经告诉前台的服务员，有位姓林的先生要来找他，所以林教瘦到那里一问，就有一个服务员领着他进去了。

一边走过弯弯曲曲的小道，林教瘦一边问服务员："你们这里是不是手机信号不太好？"

那名服务员似乎也颇为健谈："也不是，只有忘忧谷包间那边不太好。原来那里是一个军事掩体，后来废弃了。老板把这里买下来的时候，觉得拆除那个掩体成本太高，就改成了包间，后来在装修的时候老板还特意让人加上了电磁屏蔽的设计，所以在那里手机是没有信号的。"

林教瘦感到有些奇怪："为什么这么做？"

服务员笑了，"我们老板原本是个非常懂得享受生活的人，但是下海经商后总是在深夜被一些电话吵醒，对此老板深恶痛绝却也没有办法。后来老板变成了大老板，晚上不关手机，总是受到一些莫名其妙的电话骚扰。关了手机却又担心有什么重要电话打过来，或者怕有什么突发事件下面的人却找不到他，反而更睡不着了。所以老板就在这里设立了一个忘忧谷包间，目的是为了让进入这里的人能够不受外界打扰，忘记外面的烦恼。"

林教瘦笑了笑，感觉人活着真累。跟着服务员进入一条狭长的隧道，虽然地面铺着地毯，墙壁上贴着厚厚的壁纸，隧道顶端那些连成排的日光灯，也把整个隧道照得比外面还亮，但是走在其中，还是给人一种很阴森的感觉。林教瘦不由得想起了远古时代，那些原始人类为了躲避猛兽而居住的洞穴。

服务员指着一扇门说："这里就是忘忧谷 2 号包间。"

林教瘦想了一下，对服务员说："麻烦你进去帮我叫一下时雨。"

服务员说了一声"好的"，就打开门进去了。

包间门一打开，就听到里面传出嘈杂的男女欢笑声，并有一阵浓浓的烟草味道飘出，林教瘦不禁皱了皱眉。

不一会儿，时雨走了出来，那名服务员也跟着出来，回身把门关上，然后冲林教瘦和时雨点了点头，转身离去。

时雨明显喝得不少，满脸通红，走路也有些摇摇晃晃的了。

林教瘦说："可算见到你了。"

时雨说话时舌头也显得有点大："这里手机没信号，刚才我是去外面透口气才接到你的电话的。信……信号还不好。"

林教瘦刚想说齐佳的事情，时雨的脸色却突然变得很难看，低声说："你……你先等会儿，我要去趟厕所。"

林教瘦无奈地说："好吧。"然后靠在墙边等时雨回来。

时雨离开不久，包间的门却又打开了，探出一个大胖脑袋。林教瘦觉得这个脑袋似乎有点眼熟，想了一下才想起来，赫然是自己每天都见的老板！

胖老板似乎也没有料到在这个地方能够见到林教瘦，看了半天才摇摇晃晃地走过来。显然他比时雨喝得更多，说话已经十分不利索："这……这不是小林吗，你怎么……会在这个地方？"

“我在等一个朋友。”

“朋……朋友？”胖老板显然不相信，“你有朋友能在这种地方消费得起？不是这里的服务员吧？我说……说你整天安心工作要紧，别总想着巴结有钱的主儿。”

林教瘦有点厌恶地皱了皱眉，但是没有说话。

胖老板显然十分高兴，对林教瘦说：“小林啊，我告诉你，我正在谈一笔大生意，是珠海的一个大集团承包的大项目！如果这笔生意谈成了，咱们别说是做B级……B级代理，销售额那绝对能够超过A级代理的要求。那个……那个德国公司的破技术经理不是看不起咱们吗，这次我就给他做成这单大生意，让他也知道知道咱们的实力。”说到这里，胖老板似乎突然想起什么，对林教瘦说：“你……你去别的地方待着去，别在这个地方影响我谈生意。”

林教瘦暗中叹了一口气。

胖老板突然堆笑着说：“哦，时经理啊，您回来了，是不是有什么事情啊？有什么事情兄弟能够帮忙的您尽管说话！”

时雨洗了把脸，似乎清醒了一些，快步走过来笑着说：“没事，我就是出来见个朋友。”说着指了指林教瘦，“就是这个朋友。你们认识？”

胖老板那本来就小的眼睛立刻眯成了一条缝，“真的啊？小林是我们公司最优秀的员工，我正准备提拔他呢。”

对于这种场面上的话，时雨自然是再熟悉不过了，就笑着说：“那敢情好。我们先讲两句话，一会儿我就回去。”

胖老板就说："要不小林一起进来坐吧。"

时雨看到林教瘦的眉头动了一下，知道他不喜欢这种场合，于是说："不用了，我这兄弟还有其他的事情要做，你先回去吧。"

胖老板看了林教瘦一眼，然后对时雨笑着说："那好吧，我就不打扰你们了。"说完，胖老板就退回包间里。

等胖老板把门关上了，时雨才问："你这么着急找我究竟发生什么事情了？我听你在电话里好像提到了齐佳？"

"是啊，你们那个大少爷非要住在我那里不可。"

"你说什么？！"时雨的酒劲一下子就醒了一半，"他要住你那里？"

"是啊！"

"你答应了？"

"我哪能答应啊，我跟他说我那里地方小、条件差，他却说他以前爬山时经常露宿，说要在我那里放个睡袋睡地上。"

"那怎么能行！"时雨也有点着急了，"你直接说不行不就得了。哎呀，你这个人，总是不好意思直接拒绝别人，这个毛病要改一改了。"

"所以我才来找你啊，你赶快去劝劝他吧。"

"我这就给他打电话！"时雨掏出手机，拨了齐佳的号码，才想起来在这个忘忧谷中没有信号，急忙对林教瘦说，"我出去用外面的电话打，你先在这里等我一会儿。"

林教瘦点点头，时雨就匆匆忙忙离去了。

时雨刚走，胖老板就把门打开一条缝，从门里挤了出来。林教瘦不知道胖老板是怎么知道时雨离开了的，只是觉得自己的麻烦事儿似乎又要来了。

胖老板满脸堆笑地走到林教瘦面前，伸手拍了拍林教瘦的肩膀。林教瘦把身体往后缩了一缩。

胖老板问："你跟时经理什么关系？"

"一般关系。"

"你可别骗我，我可看出来了，你跟时经理绝非只是认识那么简单。"

林教瘦无奈，只得说："他比我大一届，我们在大学的时候就认识了，后来又合租过一段时间房子。"

"哦？"胖老板眉开眼笑，"那也算是生死之交了。"

林教瘦笑了笑："还没那么严重。"

胖老板的语气突然变得十分客气，对林教瘦说："小林啊，我平时待你不错吧？"

林教瘦微笑着说："很不错。"他知道胖老板这么说并不是因为虚伪，至少胖老板真的认为自己对林教瘦等这些下属极好，只是这些下属却不理解他，不知道他的难处。

胖老板凑近了一点，林教瘦又往后缩了一缩。胖老板继续说："这次生意如果能谈成，我就任命你当客户经理，专门负责珠海那边，你看怎么样？"

林教瘦点点头："我也希望公司能够做成这笔生意，可是我怕我帮不上什么忙。”

胖老板就故意板起了脸：“如果这次生意做不成，我们公司以后的发展恐怕就会很困难，我可能就不得不裁掉一部分人了。”

林教瘦笑了，他突然觉得这个胖老板处理事情的方法也挺可爱的，于是说：“我明白您的意思。”

胖老板也笑了，又拍拍林教瘦的肩膀：“好好干，我相信你!”说完，胖老板又转身回到了包间里。

对于胖老板的一番话，林教瘦并不感到生气，或者说他已经没有力气再去生胖老板的气了。相反的，林教瘦靠在墙上仔细想了一下胖老板刚才的话，倒觉得非常有趣——这种传说胡萝卜加大棒的政策，以前只是在书本上听说过，没想到今天却亲身经历了一次，也算是一种人生体验了。

似乎过了很久，时雨才从外面走回来。

林教瘦就问时雨：“怎么样?说服你们那位大少爷了吗?”

时雨的表情不知道是苦笑还是坏笑，看着林教瘦说：“齐佳要是真倔起来，连老爷子都没办法，我能怎么办?”

林教瘦叹了口气：“看来还是我直接拒绝他好了。”

“不行!”时雨却一把拦住了他。

“为什么?”

时雨笑得有些尴尬：“刚才齐佳让我跟你说情。”

“啊?”林教瘦瞪着时雨，“你答应了?”

时雨点点头："毕竟我们关系不错，而且……"

"而且他还是你们齐董事长的独子，未来的齐董事长。"

时雨笑得有点不好意思了。

林教瘦跺了跺脚："你说我让你去说服齐佳，你怎么反倒被他给策反了！不行，我还是去直接回绝他吧！你继续吧，我回去了。"

"哎，不行！"时雨急忙又拦住林教瘦，"你看我都已经答应齐佳了，你这么做的话，我怎么跟他交代啊？他肯定会很不高兴的！"

林教瘦不理他，还是想往外走，时雨急了，连忙说："如果你答应了，我一定在你们庞老板面前多说你两句好话。"

林教瘦本来还在犹豫，但听到时雨后面那句话，脸色就立刻沉了下来，非常的不高兴，冷冷地说："时雨！这话别人说我不生气，你跟我说这种话？我现在就去跟老板辞职，有什么大不了的！"说完就作势往包间走。

时雨这时酒才全醒了，知道自己说错了话，急忙拉住林教瘦，连声说："对不起，对不起，小林。我刚才是喝了点酒，一时着急才说那种话的，你千万别生气，别生气。"林教瘦这才站住。

时雨叹了一口气，说："你这个人啊，平时看起来对什么都淡然，但是一旦触及了你的底线，你犟起来又不顾后果。要不是因为你这种脾气，凭你的能力至少也能混上主管了。"

林教瘦的气才消了一些，看着时雨说：“因为一直拿你当朋友，所以你说那种话我才会那么生气。”

时雨也有些感动，想了一想，才说：“这样吧，我去跟他们说改天再谈，咱们出去走走。”

林教瘦点点头。

第七章　漫步论英雄

胖老板一批人依依不舍地把时雨送出来，林教瘦用空洞的眼神躲避着胖老板殷切期待的目光。等他们都回去后，时雨就把胳膊搭上了林教瘦的肩膀："走！咱们哥俩好好聊聊去。"

到了北京以后，林教瘦已经很久没有享受树荫的感觉了。走在宽阔的马路边上，看着那些顶着烈日，围困在钢筋水泥建成的高楼大厦之间的小树苗，能在汽车尾气中生存下来已经证明它们很顽强了，实在不能奢望它们能提供多少树荫。不过，还是有很多地方的绿化搞得很不错，在海鲜城旁边，就有一个丛林般的小公园。此时天空已经放晴，虽然温度依旧很高，但空气已经不像刚才那么闷了。

林教瘦和时雨漫步在林荫小道上，仿佛又找到了当年在学校的那种感觉。

时雨把西服脱下来，拿在手上，一边松衣领一边说："唉，还是外面舒服，里面闷得要死。"

林教瘦笑了："既然这样，你为什么还要去？"

“我有什么办法？”时雨说，“这种饭局没意思透了，请的人不想请，吃的人也未必想吃，可是还得请，还得吃，仿佛没有这个过程就少点什么似的。”

“有什么办法。”林教瘦说。

时雨问：“对了，据我看你们那个胖老板是个对下属非常刻薄的人，你怎么能忍受在他的手下干那么长时间呢，喜欢现在的工作？”

“我有什么办法？”林教瘦学着时雨的口气回道，把时雨逗乐了。

“其实，”林教授继续说，“其实无所谓了。对我来讲，只是一份工作而已，无所谓喜欢不喜欢。对老板也一样，无所谓喜欢也无所谓不喜欢，我做我的工作，他给我发薪水，仅此而已。平时老板骂人，我也当没听见，听见了也不会记住，不去想，也就不会烦恼了。其实，哪里的老板不一样？而且，胖老板也不是什么坏人，据我所知他原来也是只身闯荡北京，后来抓住机会创立了现在这个公司，经过漫长的原始积累才达到现在的规模。只不过他仍然是那时候跑单帮的想法，什么事情都要抓在手里，什么人都不相信罢了，所以自己累得半死，还认为其他人都不理解他。你呢，喜欢现在的工作吗？”

时雨愣了一下：“我喜欢现在的工作条件。”

“当时，你突然说要去沿海城市发展，第二天就收拾行装走了。我一直被你搞得莫名其妙，当时你是怎么想的？觉得北京不好吗？”林教瘦问。

“北京很好，只是不适合我。”

“为什么？”

时雨想了一想：“你有没有听说过这样一个故事，说两个人讨论北京和上海的区别，一个人说，北京多好啊，在商场免费试吃都能吃个半饱，在上海给人带路都可以收钱。另外一个人一听，在上海给人带路都能收钱，那干别的还不发了，还不满地都是机会啊？”

这个故事林教瘦听过很多次，除了地名或许是上海，也或许是南方某大城市外，内容大同小异。林教瘦一直把它当成一个笑话来听，没想到时雨当真了。

时雨继续说：“北京是一个文化气息很浓的城市，无论是中国传统的文化还是国外传入的文化，在这里都能看到。但是我更喜欢商业味道更为浓郁一点的地方。在这里户口又不能解决，永远感觉自己像是一个陌生人，无论何时，总有一种随时要被别人撵出去的感觉。看着马路上来往的高档车辆和这些高楼大厦，我就想，这些车都属于谁，这些楼又是属于谁的。后来有一天，我突然明白了，这个世界上财富很多，都是等着人赚的。其实我也并不是一时的心血来潮，而是考虑了很久，只是在那一天才下定了决心，又怕自己后悔，所以我就立刻收拾了行李，到火车站随机买了一张能够立刻开车的往南方去的车票，结果就到了珠海。”

时雨这个人平时很少提及自己的家庭，但是林教瘦和时雨是多年的好友，多少也知道一些关于时雨的事情。时雨出生在南方一个小城市，父母原来是经商的，属于改革开放后“先富起来”的一批人，所以时雨小时候有过一段时间“锦衣玉食”的生活。然而天有不测风云，时雨的父母经商失败，还欠下了几十万的外债，时雨的生活一下子从天堂掉进了地狱。一家三口挤在租来的几平方米的房子里，艰难度日，随时都担心被人赶出去。这种儿时的经历深深地烙印在时雨的脑海里。后来时雨的父亲又突然病倒，长期卧病在床不能工作，所以少年时代的时雨就不得不打一些零工来赚钱。上大学的时候，时雨也是依靠助学贷款来完成学业的，但是无论是在人际关系处理、打工还是参加学生会活动上，时雨都非常的积极努力，平时也非常注意自己的衣着仪表，给人以很好的印象，学习成绩也非常优异。毕业后，时雨本来可以保送研究生或者留校，但是他却放弃了这些机会，只身跑到北京闯荡。虽然林教瘦也看出来有时候时雨做事有点功利，但并不怪他，毕竟他家里还有着一直需要钱治病的父亲和辛苦了大半辈子的母亲。而且，时雨这个人做事也并非完全没有原则，至少犯法的事情他是不做的。对待别人如何林教瘦不知道，但时雨却从来没有做过对不起林教瘦的事情，相反的他还处处维护着林教瘦。在林教瘦看来，时雨这么做或许是因为林教瘦与他同样是依靠助学贷款完成学业，同样有着一段艰苦的童年生活和曲折的求学经历吧。所以，林教瘦听了时雨的话，就点点头说：“的确，那个地方比较适合你。而且事实证明你的选择是对的。”

时雨只是苦笑了一下，然后问：“你呢，觉得这里的工作和生活怎么样？”

“我？”林教瘦也想了一下，才说，“我觉得这里挺好的啊。我小的时候，住的地方又暗又湿，每天还只有两个小时供电，一年到头也吃不了几次肉。现在我住在那么大的房子里，每天还能上网。每年回家一两趟，给父亲带几千块钱回去，他就高兴得不得了。要知道，他这一辈子，每年卖山货所赚的钱也不过一千多块。所以我也知足了。要说家的感觉的话，除了那座大山，无论在哪，都难以给我一种归属感，都一样。要说财富的话，赚多少才算够？到了我们胖老板那一步，还不是整天什么事情都要管，累得跟驴一样？”

时雨笑了笑：“可能这就是我们两个人观点的不同吧。我比较功利，你比较洒脱。”

林教瘦摇了摇头：“换个说法，也可以说你比较积极，而我总喜欢逃避吧。说我洒脱，其实也未必，刚才我虽然嘴上说辞职有什么大不了的，但是真辞职了，下个月的房租怎么办？有几次我都因为付不起房租，差点被赶了出来。以前我也不止一次动过辞职的念头，但是这个念头一出来，又想到了更多的事情，最后又不得不放弃辞职的想法。”

时雨嗯了一声：“都一样，现在我在珠海虽然落了户口，有了房子，有了车，有一份让人羡慕的工作，但是每个月的房贷、车贷，公司里的大事小事，生意场上的交际应酬，人际关系的打点，都让人喘不过气来。想给自己放个假轻松一下，又如何放得下？有时候半夜做梦，都是明天的应酬、这个星期的计划、这个月的报表，睡着了比不睡还累。人都说：无欲者无所求。但是有几个人能做到？或者说，有几个人有条件做到？或许，我们都是凡人，都得按照凡人的方式去生活吧。”

林教瘦点点头：“其实我也羡慕你的工作条件，但是我知道要是真的让我像你那样生活，我肯定是做不到的——无论是从能力还是性格上来讲。在你看来或许我过得更自由一点，但那同样是以牺牲很多其他东西为代价的。同样，要让你像我这样生活，也是不可能的。”

时雨拍了拍林教瘦的肩膀：“刚从学校出来那会儿，我提着个行李包，孤身来到北京，那时候什么都不怕，心想哪怕露宿街头，哪怕到工地上背砖呢，也要在北京立住脚。终于找到了工作，租下了房子，后来你也来了，我们一起合租，一起煮泡面吃，没有电脑就两个人下跳棋，天热了一起爬到房顶去睡，看着星星聊生活聊人生。那时候虽然什么都没有，但是也很开心，即使没有了工作，也不会发愁，再找就是了。现在想起来，那时候什么都没有，可是有希望，现在似乎什么都有了，却没了希望，总是在担心，担心会失去。不过，今天我是真的很高兴，因为又可以像以前那样跟你谈心了。这也说明还是有很多东西是没有变的。”

林教瘦故意板起脸：“是啊，你还跟以前一样，总给我一些不可能完成的任务，拿我当勇士兰博了。我还没问你呢，那个赵小燕来北京，你让她来找我怎么不先给我打个招呼？”

时雨听出来林教瘦不是真的在生气，所以笑了：“因为事情太多，一忙就顾不上了。而且我也打过你手机，一直没有打通嘛。”

这次倒是林教瘦有点不好意思了，那时候自己在派出所里，只是这件事情不好跟时雨说。好在时雨也没有追问，继续说下去：“作为朋友来讲，赵小燕这个人还是不错的，我倒是觉得你应该认识一下。她虽然有些鲁莽，做的事情却都是出于她自己认为的好心，虽然有时候这种好心也会办坏事。”

林教瘦苦笑着说：“这我知道，就是因为她好心，所以你还没有办法生气，更让人头疼。有时候觉得她挺单弦的，但有时候又琢磨不透她的想法。”

“单弦？”时雨摇了摇头，“那是因为你跟她接触的时间不长。她这个人其实并不单弦，中国的省几乎都被她跑遍了，她的经历和能力，要远远比你想象的复杂和厉害得多。这些你以后会慢慢知道的。很多事情其实她看得很明白，只是她喜欢用自己的方式去解决罢了。就拿她住到你那里这件事情来说吧，那是因为如果你到了珠海，她也一定会像你招待她那样招待你。这种性格，我认为不能用单弦来形容，或许可以说是豪爽吧。”

“住她那里？”林教瘦说，“我可没那胆子。这几天别的不说，光是她吃东西，就已经让我大开眼界了。”

时雨笑了，“刚开始的时候，她这种性格是会给人带来一些麻烦，但是对她有一定了解的人，没有不喜欢她的。或许是她对朋友的那种态度，使人有一种被信任感，所以不忍责怪她吧。所以即便像齐老爷子那样在商场里摸爬滚打多年，阅人无数的人，也会对赵小燕印象不错。有的朋友如水，相交淡然，但是能够品味一生；有的朋友如茶，幽香清冽，但是不可多喝；而赵小燕这种朋友却是如酒，初入口时可能会感到辛辣，但是回味余甘，而且时间越久，就越显得香醇。”

林教瘦笑着问：“那我呢，属于哪一类？”

“你嘛，”时雨说，“自然是我的好兄弟了。”

对于这种看起来有点滑头的回答，林教瘦已经很满意了。实际上他对时雨也的确有一种兄弟般的感情，他相信时雨也同样有这种感觉。

时雨又接着说：“刚才确实是我不对，我这里再次向你道歉。实在不行，我就去跟齐佳说，让他还住宾馆吧。”

“算了。”林教瘦说，“我也看出来齐佳这个人虽然对人很客气，不过骨子里还是有那么一点专断的，真的让你去说，你也会感到很难办吧。”

时雨点点头，又摇摇头：“齐佳这个人有时候做事确实有点听不进别人的意见，不过还没到公私不分的地步，所以这件事情办不成，也不会对我有什么影响。只是正像赵小燕说的，他有时候是会流露出一些大少爷脾气。我听说当年齐老爷子没有下海经商的时候，家庭环境还不错，后来发迹了，就把齐佳送到国外去读书，所以齐佳基本没有吃过什么苦，难免有些纨绔气。这次我也是想趁着这个机会，让他多了解一下像我们这些漂流打工族的生活，这样对他以后管理整个集团也很有好处。”

“我们？”林教瘦故意说，“你现在可以算得上是高级白领精英了，跟我们哪一样。”

时雨知道他是在说笑，所以就说：“你就别挖苦我了。什么白领蓝领灰领，还不都一样是打工的，都得鞍前马后地跑着。”

“是啊。”林教瘦说，“听齐佳说他经常去游山玩水什么的，倒是有点游手好闲的样子，估计你平时光是照顾他，就得花很多心思。”

时雨摇摇头：“齐佳只是由于他的教育修养，所以看起来比较温和，加上对国内的一些生活常识不了解，所以有时给人一种有点傻的感觉，其实这个人不像你想象的那么简单。就拿公司的事情来说吧，平时看着他似乎很清闲，但是公司的事情却从来没有耽误过。而且他出门在外也可以通过电子邮件和网络视频把一些紧急的事情给处理了。看他平时那么悠闲，只是因为他处理起那些事情来已经游刃有余了，而且他也知道什么事情应该他管，什么事情不必他亲自动手，只需要交给相关人员做就可以。”

“原来这个人这么厉害？”

“是啊。”时雨说，“单就公司管理方面的能力来说，他在集团里是无人能及的。只是他的心思并不在集团上，据我了解，他的兴趣本来是音乐，一直到现在，还想着要去酒吧拉小提琴什么的。不过，他是属于天生做事极为细致认真的那种人，项目里有什么问题，他一眼就能看得出来。有时候他虽然不同意你的看法，也不会出言反驳，只是因为他觉得那样没什么意义而已。可一旦他认为自己没错他就会据理力争，甚至会跟你对着干。所以多跟他接触，相信你也能从他身上学到不少东西。”

林教瘦想了想，说：“我那里你又不是不知道，就那么大点地方，赵小燕占据了卧室，我睡那个小客厅，你让齐佳住哪儿，总不能真的让他也睡地上吧？再说那点空间我们两个人怕也睡不下啊。算了，实在不行我搬出去，把房子让给他们俩得了。”

“那不行，你一走赵小燕肯定不会再在那里住下去，那齐佳住在那里还有什么意义？”时雨说，“其实一开始，我算定赵小燕会来找你，并且告诉她可以放心住在你那里，是因为据我了解，赵小燕在原来的那个公司，业绩虽然还不错，但是她平时豪爽惯了，不是和朋友一起出去吃饭喝酒，就是看哪个朋友手头紧了不等人家开口就把钱塞给人家，过后她自己就忘了。她那些朋友又形形色色，什么人都有，所以她哪里有什么积蓄。这次为了追黄逸，她更是辞了工作，这一路车费住宿费的，想必现在已经是囊中羞涩了。而她这个人又好面子，说什么也不会开口向我和齐佳借钱的。你要是不让她住，到时候她可能真的会睡大街上了，你不会看着她这样吧？”

林教瘦瞪着时雨：“你倒是会抓我的短处，这不是难为我吗？算了，我们胖老板经常说，只要思想不滑坡，方法总比问题多。我想想办法吧。我现在算是知道什么叫做交友不慎了。不过先说好，这纯粹是看在你的面子上，跟那个生意没有关系，你该怎么谈就怎么谈，不要考虑我，否则我会翻脸的。”

时雨笑着说：“我以梁山好汉时迁的名义保证！”

林教瘦也跟着笑了，“你以前总这么说，现在还这么说啊。”

“已经很久没这么说了，自从离开北京之后。”

林教瘦看了看天色：“已经不早了，我要回去把屋子收拾一下，看怎么布置。你要不要也回去看看，你已经很久没回去了。”

时雨想了想：“好吧，那我们到那边打个车回去。”

“坐公共汽车回去。”林教瘦说。

时雨四处看了一下：“可是，这里好像离公共汽车站很远啊。”看到林教瘦表情坚决，就又笑着说：“你啊，别看平时脾气挺好，还真有点犟脾气。好吧，听你的，坐公共汽车。”

林教瘦也笑了，两人一起往回走。林教瘦问：“要不要像在学校那样，比看谁先跑到车站？”

“啊？”时雨拍了拍自己那微微隆起的肚子，“现在跑不动了！有时候看着自己的肚子，就有当年刘备叹髀肉复生的那种感觉。”

“呵呵。”林教瘦说，“你怎么就叹起老来了？记得当年你在学校的时候经常大发豪情，最常说的一句话是，‘给我一个支点……’”

时雨大声说：“我可以高价把它卖给阿基米德。”两人一起大笑起来。过了一会儿，时雨又接着说：“还记得有一次我说完这句话后就问你，假如给你一个支点，你会怎么做。你记得你当时是怎么回答的吗？”

林教瘦想了一下，摇摇头。

时雨就继续说：“你说：‘如果给我一个支点，我就把它给你，等你卖给阿基米德后咱俩平分那些钱。’”

林教瘦笑了，“我真是这么说的？”

时雨点点头，接着说：“其实我也不是在感叹自己老了，只是越来越觉得人生太短暂，有太多的事情要去做，有太多的目标要去实现，总感觉时间不够用而已。我知道你又想说：多少才算够？后来这个问题我也想明白了，或许我只是在享受这个努力的过程，无论是成功还是失败。”

林教瘦说：“我知道你是那种不甘平淡的人，也许现在这种生活更适合你吧。哦，那里就是公共汽车站了，来车了，快点跑过去！”

第八章　价值两千块的床位

对于时雨来讲，这次坐公共汽车的经历，既有往日的回忆，也有全新的体验。当时雨衣衫不整、气喘吁吁地从公共汽车上挤下来的时候，扶着墙足足歇了五分钟。

林教瘦在一旁笑着说："看来你真的是缺乏锻炼了，我记得以前你挤车很厉害的，两个小时挤下来，你还越挤越精神了。"

时雨把气喘匀了，然后才说："唉，这趟'业务'也是多年没有练了，没想到这路公共汽车变得比以前更挤了。不过还好，路上没以前那么堵了，要真的堵在路上，再挤俩小时，我非进医院不可。"

"你在珠海不坐公共汽车吗？"

"也坐，不过很少。"时雨说，"去其他地方出差的时候，偶尔也想坐坐公交车。感觉很少有地方的公交车能够达到北京这样的拥挤程度。不过感觉有一点好的是，北京公交车上的售票员一般都比较热情，见到老幼病残什么的，会主动给这些人找座，而很多坐着的人也会主动让座。"

“是啊。”林教瘦说，“这方面，北京还是很不错的。”

等到时雨完全缓过劲来，才和林教瘦一起上楼。林教瘦拿出钥匙把门打开，到处看了看，发现屋子里一个人也没有，就说：“没人，他们不知道都上哪儿去了。”

“那我们在这里等一等吧。”时雨看了看房间里的布置，感叹着说，“唉，很久没有回到这里了，真有点怀念啊。”

“你先别感叹了，先来看看这么点大的地方我怎么给他们安排。”

时雨看了一下，确实这个小客厅里躺两个人显得有些拥挤，就说：“这样吧，你们晚上睡觉的时候把吃饭的桌子和椅子先放到厨房和洗手间里，这样就宽敞一些了。”

“可是，”林教瘦说，“我还是觉得让齐佳睡地上不好吧？”

“这……”时雨还没来得及说话，手机铃声突然响起。时雨不好意思地笑了笑，拿出手机看了一下号码，然后接起来，“喂，您好，我是时雨，请问是哪位？哦，你好……嗯，没有，项目三个月后才开始，我这次只是来先了解一下情况……今天？不行，没时间……”

林教瘦也不好在旁边听着，正打算走进厨房，突然听到敲门声，就走过去开门，见齐佳和另一个人提着两个绿色帆布的大包站在门外，急忙让他们进来。

时雨看到齐佳，就应付了两句把手中的电话挂了。这时齐佳和同来的那个人已经把手中的大包放在地上。齐佳看了看四周，问：“赵小燕呢？”

时雨回答：“我们回来就没见到她。”然后看了看地上的帆布大包，问齐佳：“这是什么？”

齐佳说：“哦，我见这个屋子的地板比较潮，怕睡在上面对人身体不好，所以就去商场买了两张折叠床回来。这位先生是商场里负责送货的。”

同齐佳一起进来的那个人年纪似乎和时雨差不多大小，皮肤被晒得有点黑，显然是经常在外面跑的那种人，笑起来却露出一口洁白的牙齿，给人一种很开朗的感觉。虽然算不上十分英俊，但长得还算端正，身上穿了一件蓝色的工作服，显得非常精干。

齐佳从钱夹里掏出五十元钱，递给那个人，那个人却没有接，说：“哦，不用了，运费您不是已经给过商场运输部了吗，按照规定我们是不能再额外收钱的。”

齐佳说：“您这一路也辛苦了，还帮我抬上来，按劳取酬，您就收下吧。”

那个人似乎犹豫了一下，时雨走过来拦住齐佳说：“国内不兴这个，而且他们也有规定，要是被他们老板知道了，他会被炒鱿鱼的。”

齐佳只得把钱又放了回去。

那个人笑了笑，说：“这样吧，我还是保险公司的保险代理，假如你们有这方面的需要，可以联系我。”说完从兜里掏出名片，每人给了一张。

齐佳双手接过来一看，名片上写着：齐修远。齐佳笑了，“原来您也姓齐啊，我也姓齐，我叫齐佳。”

齐修远说："哦，那真是太巧了，幸会幸会啊！"

齐佳刚抬手要掏出自己的名片，时雨又连忙走过来说："赵小燕也不知道去哪儿了，她人生地不熟的，要不要打她手机试试看她开机了没有？"

齐佳立刻说："那我去给她打。"

齐修远目光闪动看了看时雨，然后笑着说："那好，我也赶快回去交差了，您把意见卡填一下吧。"

时雨接过意见卡，很认真地写下了：服务态度好，待人热情，非常满意。然后签上自己的名字。

齐修远接过意见卡看了看，对几个人笑着说："那好，再见了，有需要搬家、快递或者买保险的记得跟我联系。"

"好的，再见！"

齐修远开门出去，时雨过去把门关上。齐佳走过来说："赵小燕关机了。"

时雨说："她常年在外面跑惯了，你也不用太担心她。"

齐佳点点头，发觉自己手中仍然拿着齐修远的名片，翻过来仔细看了看，只见上面印着：承接货物运输、信件快递、陪护伴游、室内装修、水暖安装、设计印刷等工作，代理办理车险、人险、财险等项目，代理销售各类纸张、建材、灯饰、汽车配件、电脑配件等，负责送货上门。

一旁的林教瘦也仔细看了手中的名片，笑着说："这个人是不是个恐怖分子啊。"然后拉开抽屉，把名片放了进去。时雨却随手把名片丢进了垃圾桶里，然后说："要不我们先把折叠床撑开试试吧。"

林教瘦点点头，正想动手，时雨的手机却又响了起来，时雨只得接起来："喂，哦，赵经理啊……不行，现在我有事……这样啊，那好吧，我一会儿过去，你让他们稍等我一会儿……好的，就这样，再见！"

齐佳就问："什么事儿？"

时雨说："哦，那个赵经理说约了德国那边公司的高级技术工程师和客户经理，要在他们的演示大厅里给我做产品介绍和演示。"

齐佳就说："哦，这是正事，你先去吧，这里我自己来收拾就行了。关于这边的产品采购，就完全交给你来负责了。这个项目不小，所以一定要把事情做细了。"

时雨点点头："我知道。"

林教瘦也说："那个演示大厅我去过，据说里面的设备都是从德国专门定做的，所有那家公司产品的原理和功能都能很清楚地演示出来，你倒是很有必要去看一下。"

齐佳听了林教瘦的话，就问："你怎么会去那个地方？"

时雨知道这件事情瞒不住，就直接说："小林所在的公司是那家德国公司的代理商之一。"

林教瘦笑着说："我还考了那家公司的工程师资格证。"

齐佳想了一想，对时雨说："那正好，这个项目的一些技术问题，你可以和林先生一起讨论，等项目结束可以按照集团的标准给林先生咨询费用。"

"哦，不用了，这点小事，有什么问题我尽量帮忙就是了。"

齐佳说："按劳取酬，林先生就不必客气了。"

林教瘦见齐佳说这些话的时候表情严肃，与平时说话的神态完全不同，显露出领导者的气势。而且他并没有追问林教瘦属于哪家公司，还让林教瘦与时雨合作，既表现出了对时雨的信任，又说明他是一个将公事和私事分得很清楚的人，林教瘦也就没有继续推辞。

时雨说："那我就过去了，他们还在等着呢。"

齐佳点点头："好的，你去吧！"

林教瘦说："那我去送送你吧。"时雨正好还有话跟林教瘦说，所以就没有拒绝，跟着林教瘦一起下楼。

到了楼下，时雨说："那好，我就把他们两个交给你了，你可帮我把他们看好了，千万别丢了，不然我回去没办法交差。"

林教瘦笑着说："放心，我一定鞠躬尽瘁，死而后已。"

时雨也笑了："那倒没有那么严重。"

林教瘦说："我就是有点担心自己的安全问题。你说，他们俩一个是行走江湖的盖世女侠，一个是深藏不露的武功高手，万一谁拨拉我一下，估计我就得够呛。"

"那倒不会，齐佳这个人你放心，他轻易不会动手，而且下手知道轻重。赵小燕也不会对你随便动手的，只是她下手没轻重，你注意点好了，别惹她太生气就行。"

林教瘦苦笑了一下："知道了，只是她吃得太多了。对了，齐佳吃得多吗，要不要我多准备一些菜？另外他有没有什么不喜欢吃的东西？"

时雨想了一下："齐佳这个人吃得不多，你就按照平时那样做些家常菜就行了。只是他虽然不是不吃肉，但有点素食主义，更习惯于吃素，所以你也要每顿给他准备点素菜。赵小燕这个人却是无肉不欢的，你要不让她吃肉，或者没吃够，她会发脾气的。"

"啊？"林教瘦说，"你杀了我好了。"

时雨笑了，拍了拍林教瘦的肩膀："难不倒你的。说实话，我还真有点怀念你做的菜，只是这两天……唉，你看今天的事情本来我都想推掉的。"

"知道了，你不是还要住一段时间嘛，有的是机会。"

"嗯。"时雨从口袋里掏出一沓钱，塞到林教瘦手里，说，"这些钱你先拿着，知道你不富裕，就当是齐佳在这里的生活费吧。"

林教瘦脸色立刻沉了下来，把钱又塞回时雨手里："你也说过这次是帮朋友忙了，既然是帮朋友忙，我怎么能要你的钱。再说齐佳在这里，不过是我吃什么他就吃什么，我又不会给他做什么燕窝熊掌的，这点家常菜的钱，我还是有的，你刚才也说了他又吃得不多。"

时雨还想说什么，林教瘦又补充了一句："是兄弟就拿回去。"

时雨只好笑笑："你的犟脾气又上来了。那好吧，再推就显得生分了，到时候真有什么困难你就跟我说，别忘了我们是好兄弟。"然后他看了看表，"我得赶快走了，这里坐几路车能够到他说的那个公司？"

林教瘦笑了，“算了，你个大忙人就别受那个罪了，打你的车吧。”

“那好吧，保重！”

林教瘦也说：“保重！”

直到看着时雨上了出租车，林教瘦才转身上楼，心里却在为刚才那些钱而感到心痛——当然，以他的性格是绝对不会要那些钱的，但是心痛也是一种本能的反应，毕竟是那么多钱，毕竟这段时间过得挺拮据的。只是，还是不能要。

林教瘦回到住处，见到齐佳正打开笔记本电脑上网，就说：“你用的是无线网卡吧，这附近好像无线网络的信号不好。我这里有网线，明天买个路由器，接一根线就可以了。”

齐佳说：“那谢谢了，我这里还有些事情要处理，还真离不开网络。”看了看电脑上显示的时间，他又说：“已经下午两点多了，今天我还有些事情，看来是来不及了，那就明天再去吧。”

林教瘦这才想起来自己还没有吃午饭，看样子齐佳似乎也没吃饭，就说：“我先弄一点吃的，我们简单吃一点，一会儿我去买菜，等晚上赵小燕回来我们再好好吃一顿。”

齐佳说：“好的，谢谢林先生了。”

林教瘦笑着说：“你在我这里不用这么客气，我不太习惯。”

齐佳笑了笑，就没有再说话了。

一直到晚上六点多，赵小燕还是音讯全无，虽然天还没有完全黑下来，但是齐佳已经等得很着急了。林教瘦一边洗菜准备做饭，一边说："你不要太着急，北京的治安很好，她不会出事的。"

齐佳似乎微微叹了一口气："我不是怕她出事，我是怕她惹事。"

听齐佳这么一说，林教瘦也有点担心起来。担心归担心，两个人却是毫无办法，只好耐心地等着。天色微微擦黑的时候，林教瘦和时雨终于听到门外有钥匙拧动的声音，然后赵小燕像一阵风似的闯了进来，第一句话就是："快开饭，我快饿死了。"

林教瘦和齐佳都笑了。林教瘦说："马上就好，你先洗把脸休息一下吧。"就走进了厨房。

赵小燕嗯了一声，正想去洗脸，看到齐佳也在，就问："你怎么还在这里？"

齐佳回答："我也搬过来住了。"

"不行！"赵小燕立刻说。

"为什么？"

赵小燕说："你以为这是宾馆啊，你想来住就来住！"

齐佳说："那边的房间我已经退了。"

赵小燕说："还是不行，你……"这时候林教瘦从厨房里探出头，对赵小燕说："是我同意让齐佳住这里的。"

"你……"赵小燕一时不知道该怎么办了，就说，"算了，不管你们了，我洗脸去。”

齐佳对着林教瘦笑了笑，说：“谢谢林先生。”

林教瘦喃喃来了一句：“交友不慎啊。”就又缩回厨房做饭了。

过了一会儿，林教瘦出来说：“还有五分钟就能吃饭了。”

赵小燕正好从洗手间走出来，突然说了一句：“不行，得让他交房租。”

林教瘦一时没反应过来：“房租？什么房租？”

赵小燕指着齐佳说：“他啊，在这里住当然要交房租了。一个月就算他两千，不满一个月按照一个月算。让他先交一个月的房租来。”

齐佳说：“好吧。”

林教瘦急忙说：“不用了，她开玩笑呢。”

赵小燕说：“谁开玩笑了，他在这里又管吃又管住的，交这点钱是应该的。”

“可是，”林教瘦说，“我这里整个租下来一个月也不到一千啊，不能要那么多。”

赵小燕说：“一天还不到一百，比住高级宾馆便宜多了。”

齐佳点点头：“只是我身上没那么多现金，明天取了再交可以吗？”

“可以，不过多拖一天罚五百。”赵小燕说。

林教瘦还想说什么，见赵小燕瞪着他，只好转过身去，摇了摇头，喃喃地说：“我都弄不清楚这是谁租的房子了。”

“你嘟囔什么呢？”

“哦，我是说收拾一下桌子吧，马上开饭了。”

这顿饭虽然做的不是什么山珍海味，但也算十分丰盛了。齐佳和赵小燕似乎都吃得极为高兴，于是谁都没有说话——齐佳向来吃饭的时候都不说话，赵小燕则是吃得顾不上说话。他们都不说，林教瘦自然也就无话可说。这顿饭一直吃到赵小燕揉着肚子站不起来才宣告结束。

赵小燕说：“小林，你做菜这么好吃，一定有很多女孩子喜欢吧？”从时雨口中，赵小燕知道自己比林教瘦大半年左右，所以很自然地也叫起了“小林”。

林教瘦摇了摇头：“没有，我这人没什么女人缘的。”

赵小燕说：“我看你脾气又好，人也不错，怎么会没女人缘呢？”

林教瘦笑了笑，没有说话。

齐佳也说：“林先生的手艺确实很好，这些菜非常好吃。”

赵小燕接道：“是啊，不像某人。上次非要去吃什么法国餐，就那么一点菜，都没有吃饱，居然就花了好几千，光是那个什么鹅肝露就贵得吓人。”

林教瘦问：“你说的是鹅肝黑松露吧？”

赵小燕立刻说：“对，就是那个。最可气的是他后来居然告诉我，那个东西是用母猪找出来的，说因为母猪最喜欢那种气味。你说，那种东西居然还要卖那么贵！”

林教瘦说：“不错，不过也有用专门的松露猎犬寻的。”

齐佳问：“林先生也会做这个菜？”

林教瘦笑了：“我可不会做这些。只是平时喜欢做菜，经常到网上查一些菜谱和烹饪技巧，所以也就知道一些西餐的东西。只是我自己不会做，也做不起。”

赵小燕说：“是啊，吃顿饭都要花几千块，这也太浪费了吧！”

齐佳不紧不慢地说：“如果人人都不愿意花钱，都不去买东西，那么市场就会萎缩，生产出来的东西就卖不出去，工人也就没有工作可做，经济就会低迷。促进消费也是经济发展很重要的一个环节，你说是不是呢？”

赵小燕有点不耐烦：“每次我说你浪费，你就讲这些屁理论，我不想听！”

林教瘦笑了笑：“其实齐先生说的也有道理，不过却忽略了一些问题。”

齐佳问：“哦？什么？”

林教瘦说：“其实赵小燕并不是说你不应该花钱，我听时雨说她经常拉着你去参加一些公益活动和慈善募捐什么的。这个时候她不是说你出得太多，而是会觉得越多越好吧？举个例子来讲，有一百个人力，是用来上山找黑松露菌好，还是来盖一所希望小学好？现在我们国家算不上什么富裕国家，不是说消费得不够，而是说很多消费并没有花到真正需要的地方。而且，从另外一个角度来看，消费很多时候是伴随着资源和能量的消耗以及污染的产生的。现在提倡的节约型社会，并不是说不要人们消费，而是应该把钱用在更需要的地方，在此基础上，减少资源的消耗和降低环境的污染。当然，我不是学经济的，只是很浅薄地说一下自己的看法，请你不要见怪。”

齐佳想了一想，很认真地说：“不，林先生说得有道理。”

其实，林教瘦本来就是一个喜欢说话的人，只是一直很少有谈得来的朋友，一个人住的时间久了，就越发地想找人聊天，现在打开了话匣子，就不知不觉地滔滔不绝起来，所以尽管被齐佳说得有些不好意思，但已经来了兴致，也就难以收住了：“其实我也明白，出入那种高级豪华的场所，会有一种很浪漫的情调和高雅的心理感受，说得难听一点，有的人会觉得自己高人一等。我们姑且将其看作一种自我感觉良好的感受。那么齐先生，今天你坐在这里，同赵小燕一起吃这么一顿普通的家常菜，感觉是不是也很好呢？”

齐佳点头：“是的。”

林教瘦继续说：“或者说，你喜欢旅游，一个人在山顶的时候也会有很好的感受，又或者你喜欢音乐，一个人拉拉小提琴也会有好的感受等等。既然这么多事都可以产生好的感受，又何必非要去追求那种优越感？当然，或许对于有的人来讲，这种优越的感受必不可少，但是能不能少一点？将一些可有可无的消费省下来，花在那些更需要的医疗、环保、教育等事业上，这样又能获得一种崇高感，又有什么不好？这些是我自己个人的一些看法，齐先生是留学回来的，我见识不够，就当是大家闲聊好了，齐先生不要当真。”

齐佳想了想，很认真地说：“不，林先生说得很有道理，确实是因为有些情况我不了解，所以考虑得也不够全面。”

赵小燕在一旁听得插不上嘴，本来有些生气，但听到最后齐佳承认自己考虑不全面，转而有些高兴，对齐佳说：“怎么样，你平时跟我说那些大道理，我说不过你，有人能说得过你吧？”

齐佳笑了笑，没有说话。

赵小燕勉强站起来，拍了拍林教瘦的肩膀：“看不出来你挺能说的嘛。”

林教瘦揉着被拍痛的肩膀，却被赵小燕接下来的一句话吓了一跳。赵小燕接着说：“正好，你明天陪我去面试吧。”

林教瘦以为自己听错了，“面试？什么面试？”

赵小燕说：“我今天一天都是出去找工作啊，正好有一家让我明天去面试。”

林教瘦问：“你不会真的想在这里长住吧？”

赵小燕说：“你以为我是和你开玩笑吗？不说了，我要去看会儿电视然后睡觉了，明天还要早点起呢。”

林教瘦问：“可是，为什么非要让我一起去？”

赵小燕说：“因为……我从小遇到考试就会紧张嘛。”

林教瘦还想说：“可是……”

赵小燕的口气斩钉截铁：“你去也得去，不去也得去！我睡觉去了，你们别在外面吵啊！”

林教瘦不知道这赵小燕是在什么地方用什么方法找到工作的，但他知道假如赵小燕真的面试成功了，那么就可能真的要在此长住了。

看着赵小燕走进卧室，把门关上后，林教瘦看着齐佳，想让齐佳想个办法或者劝劝赵小燕。

齐佳坐了一会儿，就说：“我去上网收一下邮件，把事情处理一下，然后也睡了，明天还要陪她去面试。”

“啊？”林教瘦没想到齐佳是这种反应，“你怎么不劝劝她？”

齐佳苦笑了一下：“我劝怎么会有用。”

林教瘦想了想，无奈地点点头：“也是。”

就这样，赵小燕关起门来看电视，齐佳坐在电脑桌前处理邮件，林教瘦一个人面对满桌的杯盘狼藉呆坐了半天，抬头看看齐佳，又看了看卧室的门，微微叹了一口气，然后独自一人开始收拾桌子。

第九章　群英会

林教瘦习惯于起得很早。虽然他不想吵醒齐佳，但齐佳似乎早就醒了，林教瘦刚一起床，齐佳也跟着起了床。两个人怕吵醒赵小燕，所以谁也没有说话，蹑手蹑脚地把折叠床收起来。

林教瘦洗完脸后，就提个菜兜准备出去。

齐佳小声问：“你要出门吗?”

林教瘦小声回答：“我要去买菜。”

齐佳说：“那我跟你一起去吧。”

林教瘦想了想，就点点头说：“好吧。”

在林教瘦所租的房子的附近就有一个很大的蔬菜批发市场，每天早上四五点钟，就陆续有人拉着大车的蔬菜来到这里。远远近近的小商贩，也都到这里来批发新鲜的蔬菜，然后再去别的地方卖，所以在清早的时候，这个市场里的菜会比较便宜。

齐佳以前也只是在超市中见过那些洗得干净或包装精美的蔬菜，如此大面积、近距离地接触这么多蔬菜，对他来说还是第一次。他甚至对这市场中三分之二以上的蔬菜都不认识，有些菜听林教瘦说了才知道自己以前吃过，有些菜则是听都没听说过。而菜市场中所弥漫的腐烂的菜叶的味道、家禽动物的臭气以及鱼蟹等海鲜的腥味，都让齐佳感到非常不舒服，而这种感觉，也都显露在齐佳的脸上。

林教瘦一边走，一边询问着菜的价格，一边不时地向齐佳介绍如何分辨这些菜是否新鲜，要怎么做才好吃，等等。一种菜往往要比过四五家的价格和质量后，林教瘦才会最终决定在哪里买。等到林教瘦最终采购完毕，两个人在菜市场已经逛了一个多小时了。

齐佳帮着林教瘦提了一半的蔬菜，两个人开始往回走。齐佳就问："你每天都要花这么长时间买菜吗？"

林教瘦说："当然不是，平时上班早，哪有工夫来这里买菜。而且我一个人吃得少，也没必要专门到这里来买。所以平常我都是在楼下的小菜店里买菜，只不过那里的菜没这里新鲜，价格也稍微贵一点。"说到这里，林教瘦看了看齐佳，突然笑了，"怎么，是不是觉得这些事情太琐碎，是在浪费时间？"

齐佳摇了摇头："没有。"

林教瘦又笑了笑："你也不用否认，其实有时候我自己也觉得这些事情太琐碎。不过……"林教瘦停了一下，并没有再说下去，齐佳也就没有追问。过了一会儿，齐佳却又问："你是不是觉得我这个人有点那个……"齐佳似乎回想了一下，才说：“哦，他们说叫单弦。”

林教瘦笑了，“为什么这么说?”

齐佳说：“就比方说刚才，菜市场里那么多菜我都不认识，很多还是我吃过的。”

林教瘦摇摇头：“其实也没什么，现在科技那么发达，总有一些新品种的菜出来，有很多我也不认识。而且术业有专攻嘛，你是做大事的，自己应该做的事情做得好就行了，没必要把时间花在这些事情上，不知道也没什么。”

齐佳说：“当年我刚刚回国的时候也是这种想法。那时候我听说国内有很多小孩子不认识庄稼，没见过活的猪，我也认为这没什么，他们以后又不用去种庄稼。家父却说，很多时候矛盾往往是由于相互不了解而产生的。就好像我的一些朋友认为赵小燕举止粗鲁，没教养，而赵小燕又说他们是什么谷物不分，都是些纨绔子弟。”

林教瘦笑着说：“是五谷不分吧。”

“对，好像就是这么说的。家父就说，一个人不仅要学业专精，而且也要博学广闻。并不是为了在工作中真能用得到这些东西，而是作为一种经历和见识，能够影响一个人的胸襟和处理问题的方法。尤其是做管理的，不能局限于自己的想法，局限在自己的小圈子里，要了解多数人的生活状态，才能更好地理解他们的想法。开始我觉得没有必要，不过后来我逐渐发现确实是这样的，真的学到了不少以前不知道的东西，想法上也发生了一些改变。但直到现在我对赵小燕的很多想法和行为，还是不能完全理解。”

林教瘦点点头：“不光是你，其实我对她的想法和行为也不能完全理解。”

虽然这么说，多年养成的习惯和观念，终究不是一朝一夕能够改变的，所以齐佳身上还是有很多林教瘦所不习惯的脾性。只是经过这次谈话之后，林教瘦对齐佳的印象又改善了一些。

林教瘦和齐佳提着菜，就要回到林教瘦住处的时候，王大妈正好提着篮子从楼上下来，看样子也是要出去买菜。林教瘦就打招呼说：“王大妈早啊。”

王大妈见是林教瘦，就说：“小林啊，你买菜回来了？”话虽然是对林教瘦说的，眼睛却是看着齐佳。这也难怪，齐佳长得仪表堂堂，又比林教瘦高出近一个头，穿的又是高档的休闲服，跟林教瘦走在一起，自然要比林教瘦更为引人注目。

齐佳见到王大妈看他，就连忙说：“您好，我叫齐佳，暂时跟林先生住在一起。”

“哦。”王大妈说，“我就住在小林对门，大伙儿都叫我王大妈，有什么事情可以找我。上次住在你家里的那个女孩走了？”这最后一句自然是问林教瘦的。

“女孩？”林教瘦愣了一下，过了一会儿才反应过来王大妈是在问赵小燕，就说，“哦，你说赵小燕啊，她……”一时又不知道该怎么说，所以顿住了。

齐佳看了看林教瘦，就接着说："赵小燕还在屋子里睡觉呢。"

"你们几个住一起？"王大妈瞪大了眼睛问。

齐佳回答："是啊。"

王大妈用很奇怪的眼神打量了一下齐佳和林教瘦，一时搞不清楚他们的关系，也没有再问什么，匆匆忙忙地走了。

"王……"林教瘦刚想解释，突然觉得未必能解释得清楚，只好望着王大妈的背影，轻轻叹了一口气。

齐佳问："你怎么了？"

"没什么，你跟她说这些干什么？"

"家父说，在国内搞好邻里关系也很重要。"

"唉！"林教瘦苦笑了一下，"那也不用说得那么清楚嘛。"

"怎么了？"

林教瘦摇摇头，不再说话。两人来到门前，林教瘦掏出钥匙打开门，让齐佳先进去。

"不知道赵小燕起来了没有。"林教瘦一边跟着齐佳往里走，一边低声说，"待会儿她起来让她给你一把钥匙好了，免得麻烦，反正她那里还多一把……"

林教瘦突然发现齐佳呆住不动了，就转头看去——美女！林教瘦发现一个高挑美女站在客厅里，正转过身来看着自己和齐佳。

林教瘦揉了揉眼睛。赵小燕！林教瘦发现这名美女赫然是赵小燕！只不过以前赵小燕总是穿着运动装，头发也有些散乱地扎在脑后。而此刻赵小燕换上了一身天蓝色的连衣裙，一头乌黑的长发整齐地披在脑后，清晨的阳光从窗户里透进来，照在赵小燕身上，从林教瘦和齐佳这个角度看去，仿佛她的周围散发着金色的光芒。虽然赵小燕浓眉大眼的，算不上柔媚，但却有一种独特的英气，身上展现出一种与众不同的魅力。

林教瘦惊奇地张大了嘴巴，没想到真是人靠衣装，赵小燕这么一打扮，简直像换了一个人。不过，这种惊奇并没有持续多久。赵小燕看到林教瘦和齐佳提着菜回来了，就大马金刀地往凳子上一坐，跷起二郎腿说："快点做饭，我饿了！"

林教瘦合上嘴巴，和齐佳相对苦笑，然后说："好的，我马上做，一会儿就好！"

早上八点多钟，赵小燕等人吃完早饭，从楼上下来。赵小燕昂首阔步走在前面，林教瘦和齐佳一左一右地跟在她后面。

林教瘦问："我们要不要打个车过去？"

齐佳看了看赵小燕，说："还是坐公共汽车吧。"

实际上，齐佳和林教瘦都不知道赵小燕要去什么地方应聘面试，面试的是什么职业，赵小燕只是对林教瘦说："你跟着我就行了，问那么多干吗，又不是让你去面试！"林教瘦也就只好乖乖跟着。齐佳则是不请自来，也挎个公文包跟在赵小燕后面，看起来倒像是赵小燕的高级秘书。

赵小燕要去的地方，距离林教瘦的住处并不远，还不到九点钟，三个人就赶到了那里。下了车，过了天桥，赵小燕指着一处墙壁装饰成树皮模样的建筑说："喏，就是那里。"

林教瘦和齐佳走近了，透过窄小的心形玻璃窗，隐约可以看出里面的布置像个酒吧。只是这个酒吧的大招牌架子虽然已经搭好，但尚未把招牌安装上去，所以不知道这个酒吧叫什么名字。在酒吧的门前，竖着一块会议用的白色教学板，上面用红色油笔写着一些招聘信息。想必赵小燕正是看到了这些招聘信息，才到这里来应聘的。

林教瘦也没有逐条去看那些招聘信息，就问赵小燕："你来这里面试什么？服务员还是保安？"

赵小燕和齐佳一起瞪着他，林教瘦就不敢再说话了。

推开酒吧厚重的大门，林教瘦发现这酒吧虽然从外面看封闭得很严实，但是里面却不显得阴暗。他仔细观察才发现，在靠近屋顶的地方，安装了一圈狭长的采光窗，所以虽然那些屋顶上精美的水晶灯和墙壁上各式各样的装饰灯都没有开，光线依然充足。欧洲怀旧复古式的桌椅布局，营造出一种令人耳目一新的氛围，使人一进来，就仿佛进入了另一个时间和空间，将所有琐事都隔绝在门外。在酒吧的中央，有一个小型的舞台，舞台的一角，摆放着一架象牙白的三角钢琴。

见到酒吧内簇新的桌椅，闻到屋子里淡淡的木质味道，林教瘦就说："这个酒吧好像刚开张不久。"

齐佳却说："看样子应该是还没有正式营业。"

整个酒吧显得空空荡荡的。酒吧的吧台处站着一个皮肤白净、显得有些消瘦的调酒师，看上去有二十八九岁的样子，正在擦拭着酒杯。齐佳等人进来，那名调酒师也没有抬头看他们，仍旧全神贯注地细细擦拭着手中的酒杯。有两三名服务生正在摆放桌椅，其中一个领班模样的人见到有人进来，就走过来说："各位不好意思，我们这里还没有正式营业呢。"

赵小燕就说："我们不是来喝酒的，我是来面试的。昨天你们那位……哦，王经理让我今天过来面试。"

那名领班说："哦，王经理昨天告诉我了。不过他说是十点开始面试，现在还不到九点，要不你们先坐到那里等他一会儿吧，估计他应该也快到了。"

"好吧。"

齐佳站在旁边，一直觉得这个领班模样的人有些眼熟，但又想不起来究竟在哪里见过。这时候，那名领班也注意到了齐佳和林教瘦，仔细看了一下，就笑了，"您好，齐先生，您也是来面试的?"

齐佳这才猛然想起来，这个领班竟然是昨天给他送货的齐修远。只是昨天他穿着一身蓝色的工作服，显得精明强干，今天换上了一身服务生的衣服，显得谦和有礼，所以齐佳才没有马上认出他来。齐佳指了指赵小燕说："哦，不是，我们只是陪她一起来而已。"

这时候林教瘦也认出了齐修远，就问："你不是那个恐怖……不对，那个在商场送货的，怎么又在这里上班？"

"哦，"齐修远笑着说，"昨天我是给在商场的朋友帮忙代班，其实这段时间我一直是在这里帮忙筹备酒吧的事情。"

赵小燕有点莫名其妙，就问："你们认识？"

齐佳说："这位齐修远先生就是昨天帮忙把折叠床送到林先生家的人。"

赵小燕就很大方地伸出手说："你好，我叫赵小燕。"

齐修远也很有礼貌地轻轻握了一下赵小燕的手，然后对几人说："我看我们也别站在这里了，到那里坐着等吧。"

几个人来到就近的桌子旁边坐下，齐修远朝着吧台的调酒师喊："蓝大先生，来四杯矿泉水。"

那个被称为"蓝大先生"的调酒师听到齐修远的喊声，才抬起头朝林教瘦他们几个看了一眼，然后轻轻地放下手中的酒杯，拿出四个玻璃水杯，分别倒满水，放在托盘里给四个人端上来。他的动作显得十分从容，但整个过程却完成得很快，转眼之间"蓝大先生"就已经托着托盘站在了几个人的桌前，然后微微俯身，将杯子轻快地摆在了四个人的面前。

齐修远对"蓝大先生"说："这几位都是我的朋友。"

"蓝大先生"的脸上露出一丝职业性的微笑，冲着几个人微微点了点头，然后就转身回到吧台，继续仔细擦拭着酒具。

齐修远看了看“蓝大先生”，低声说：“待会儿我这兄弟肯定又要跟我说什么‘我是调酒师，不是服务生，不要总让我给你送东西’，刚才不过是因为你们几个人在，他才不好当面说而已。”

齐佳和林教瘦都笑了起来，齐佳问：“你那个朋友的名字是‘蓝大先生’吗？”

齐修远看了看齐佳，见他不像是在开玩笑的样子，就笑着说：“那怎么可能。他的真名叫蓝小生，只不过我见他拿着那些大大小小的调酒壶摇上半天都不累，就叫他‘蓝大先生’了。”看到齐佳等人脸上依然有疑惑的表情，他就又解释说：“‘蓝大先生’是古龙小说里的一位大侠，腕力惊人，举重若轻，你们没有看过？”

对于齐佳来讲，古龙是何许人物他都不清楚，更别说“蓝大先生”了。赵小燕和林教瘦倒是知道古龙，但也不知道这“蓝大先生”是何许人也。不过赵小燕却似乎对“蓝大先生”颇感兴趣，就紧接着问：“你说的这个‘蓝大先生’到底是个怎么样的人？”

齐修远回想了一下，说：“‘蓝大先生’好像原名蓝天锤，号称天下第一侠，使用的是九十七斤重的大铁锤。详细的你还是找小说来看吧。”

“那你们那边那位‘蓝大先生’也有那么厉害吗？要不我去跟他切磋切磋。”赵小燕说。

“啊?”齐修远没想到穿着淑女的赵小燕居然提出要跟蓝小生“切磋”，以为自己听错了，就问，“你说切磋什么?”

“比武啊。”赵小燕说，“我想试试他是不是真的像你说的那么厉害。”

齐修远吓了一跳，急忙说：“我这位蓝小生兄弟不会武功，只不过练习调酒的时间长了，腕力比一般人大一点而已。其实我们这里其他人都管他叫‘星期一’。”

赵小燕听到蓝小生不会武功，似乎有些失望，就不再说话。林教瘦却问：“为什么叫他‘星期一’?”

齐佳说：“是‘Bule Monday’吗?”

齐修远听齐佳已经说出来了，就笑着点点头。

齐佳就跟林教瘦解释说：“Blue Monday 是一种由蓝色柑橘酒所调制的鸡尾酒。因为蓝色在英语里有‘忧郁’的意思，经常会说‘He looks blue today’，就是说‘他今天看起来有点忧郁’。所以这种鸡尾酒在国内也被称为‘忧郁的星期一’。”

齐修远笑着说：“正是这样，我这兄弟平时对谁都是一副不冷不热的样子，除了他那些宝贝调酒用具和酒杯，其他的事情他什么都不关心。所以以前那些和他一起工作的服务生都叫他‘星期一’。”

林教瘦问：“我记得你刚才说这里还没开始正式营业?”

“是的。”齐修远说，“这个酒吧目前还在筹备中，假如一切顺利的话，大概一两个星期以后就能够正式营业。因为我们的老板张姐，原来是做服装生意的，没有开过酒吧，所以先预招聘一些人，一方面为正式开业做准备，另外一方面则是想招一些有经验的人在酒吧的布置及管理上提一些建议。”

也不知道这齐修远跟谁都是这么自来熟，还是他对林教瘦他们的印象不错，第一次见面就向他们介绍得这么详细。不过，或许有的人天生就具有一种亲近感，也或许有些人本来就适合做朋友，所以即使像林教瘦这么不善交往的人，也不觉得齐修远这么热情有什么不自然。所以林教瘦就问：“我看你那名片上印了那么多工作，你真的都在做？做得过来吗？”

“哦，”齐修远笑着说，“那上面印的只是一小部分而已，那些工作大部分是我曾经做过的，有些现在还在做，譬如说保险代理，有些则是认识这方面的朋友或者有这方面的信息。假如你现在突然要搬东西或者要租车，一时又找不到人，这时候打电话给我，即使我自己去不了，也可以介绍朋友去。这样你得到了方便和服务，我又赚到了钱。双赢，其实就这么简单。”

林教瘦点点头：“你倒是很会做生意嘛。”

齐修远笑得很开朗：“这哪称得上是做生意啊，像我们这些没资本没实力的漂流一族，也就是靠卖点信息、卖点服务来赚点小钱而已。以后你们有什么事情尽管说话，或许我就能帮上忙呢。”

林教瘦笑了笑。齐佳则是一本正经地听着。赵小燕却没有仔细听他们在说什么，只是不时打量着那位“蓝大先生”。

这时候，酒吧的大门被推开，一行人鱼贯而入。

第十章　面试与求职都是体力活儿

走在最前面的，是一个年龄在三十五岁左右的女士，身材不高，穿着一身深蓝灰色的女式西服，头发梳得一丝不乱，整齐地盘在脑后，皮肤白皙，略施薄妆。在她身后，跟着一胖一瘦两个身穿灰色西装的中年人。

齐修远看到这些人进来，连忙站起来说："喏，我们经理来了。"赵小燕他们也跟着站了起来。

齐修远走过去说："张姐、王经理、李经理，你们来了？"其他的几个服务生也都过来打招呼，只有"蓝大先生"仍站在吧台前没动，只是冲着张姐点了点头算是打招呼。张姐也就冲他点了点头。

张姐环顾了一下，看到赵小燕他们，就问："这些是……"

"哦，是来面试的。"齐修远回答。

张姐身后那个略胖的中年人说："那个女孩就是我跟你说的赵小燕，昨天过来应聘的，我让她今天来面试。"

张姐走到赵小燕跟前，上下略打量了一下，似乎对赵小燕的装扮还比较满意，略点了一下头说："那好，我也不多说什么了，我们直接开始面试吧。”

林教瘦发现，这个张姐刚进来的时候，赵小燕还没什么反应，然而当她知道这个张姐就是这里的老板，也是今天的面试官后，就明显地开始紧张了。尤其是这位张姐从进来到现在似乎都没有笑过，从脸色到语气，都是一种冰冷的感觉，这就更使得赵小燕脸色有点涨红，双手也紧紧地攥着，似乎不知道该往哪儿放，动作也变得有些僵硬。林教瘦这才知道一向看起来大大咧咧的赵小燕真的是遇到考试就会紧张，就低声说：“没事的，不用紧张。”

赵小燕似乎没有听到林教瘦在说什么。而事实上林教瘦直到现在也不知道赵小燕是来应聘服务员的还是来应聘保安的，所以也不清楚究竟要面试些什么。

张姐用手略指了指着酒吧中央那架白色钢琴说：“那你就先弹一段巴赫的《三部创意曲》吧。”接着又对其他人说：“你们都坐下吧。”然后自己就近找了一张桌子坐下，那两名经理也跟张姐坐在一起。

林教瘦一时没有反应过来张姐所说的话，正在发愣，齐佳拉了他一下，他就本能地跟着齐佳和齐修远回到他们刚才所坐的地方坐下。这时林教瘦才回过神问：“她刚才说让赵小燕干什么？”

齐修远回答：“她不是来应聘钢琴师的吗，当然是弹钢琴了。”

林教瘦看了看齐佳，齐佳此刻却已经没有在注意他们在说什么了，他的全部注意力都集中在了赵小燕身上。

赵小燕在钢琴边坐下，先试弹了几个音，似乎在找感觉，然后闭上眼睛稳定了一下心神，双手放在钢琴键上。

直到优美的乐声流畅地从赵小燕的指尖飘出，林教瘦才相信了齐修远的话，顺便试掐了一下自己不是在做梦。虽然他听不出来赵小燕弹得是好是坏，但是看着长发披肩的赵小燕双手在琴键上优雅地滑动，感觉自己被那些跳动的音符所围绕着，至少林教瘦自己有了一种很享受的感觉。

直到这一段乐曲结束，林教瘦才合上张大了的嘴巴，低声对齐佳说："我现在开始有点明白你为什么喜欢赵小燕了。"

齐佳没有说话，只是轻轻做了一个噤声的手势。赵小燕转过头，有点不安地看着张姐。张姐的脸上却仍旧是一副严肃的表情，看不出她究竟满意还是不满意。酒吧里的其他人也都没有说话。过了一会儿，张姐才开口说："你再自选一首曲子弹吧。"

赵小燕想了一下，就又重新弹了一首曲子，这次这首曲子却给人一种铿锵豪壮的感觉。只是林教瘦并不知道这首曲子叫什么名字。

一曲弹完，赵小燕就站起来转过身，等待着张姐的评价。张姐看着赵小燕说："看得出来你的基本功不错，不过你的手指好像有些硬，而且弹得也不够流畅，尤其是前面……"

听到张姐这么说，赵小燕似乎更紧张了，不等张姐说完，就急忙辩解说："因为我很长时间没弹了，所以才有点生疏，我很快就可以弹得更好的。而且……”赵小燕一边说，一边动作僵硬地走到张姐坐的桌子旁，“而且我练过五年武功的，在你们这里可以兼职当保安，有人闹事我可以帮你们摆平，不信你们看……”一边说着，赵小燕几乎是下意识地摆好架势，一拳打在了桌子上。

虽然这些木质桌子很结实，还不至于被一拳打散，但是赵小燕这一拳之力，仍然让桌子发出了轰然巨响，桌子上的水杯也被震得跳了起来，满满一杯子的水都洒到了那个略瘦的经理的身上，杯子也掉到了地上，发出清脆的声响。

那个瘦经理急忙用手擦着身上的水，旁边有一个服务生跑去拿毛巾。那个略胖的经理立刻站了起来，大声说：“你想干什么，我们要报警了！”张姐却一直坐着没动。

林教瘦和齐佳吓坏了，做梦也没想到赵小燕居然真的会动手。听到那个略胖的经理说要报警，齐佳连声道歉说：“对不起，对不起，她太紧张了，实在是对不起了。要是有什么损坏的，让这位齐先生打电话给我，我来赔。”然后齐佳跟林教瘦一左一右架起赵小燕便往外走。

到了酒吧外面，被凉风一吹，赵小燕似乎才回过神来。林教瘦也没有着急让她回去，跟齐佳一起陪着赵小燕在路边慢慢走着。赵小燕情绪显得有点低落，实际上三个人都明白——这次赵小燕的工作是没戏了。赵小燕问：“是不是我弹得不好？”

林教瘦说："呃，不是你弹钢琴好不好的问题，而是……"林教瘦不知道该怎么往下说，赵小燕却追问："而是什么？"

"而是……"林教瘦想了一下，"而是你下次继续努力就可以了。"

赵小燕垂头丧气地说："我一遇到考试就紧张，刚才脑子也是一片空白，肯定没有发挥好。"

林教瘦暗中叹了一口气，心想：都说了这不是问题所在。但是想了想，他还是没有说出来，只是继续跟齐佳一起，默默陪着赵小燕慢慢地走着。

有些人喜欢自寻烦恼，有些人不知道烦恼为何物，有些人烦恼来得快去得也快，有些人则是烦恼来得快，去得却很慢。而赵小燕则属于那种有烦恼时，只要遇到她更感兴趣的事情就能够立刻将烦恼忘掉的那种人，譬如说，面对着一桌子丰盛而可口的饭菜。

一方面林教瘦和齐佳早上买了很多菜，所以材料充足，另一方面，为了安抚赵小燕那颗"失落"的心，林教瘦菜做得也格外地卖力。当赵小燕吃饱喝足之后，就立刻又恢复了那种豪气干云的状态。

赵小燕打了个饱嗝，对林教瘦和齐佳说："好，我明天要再出去找工作！"

林教瘦知道赵小燕这一次是不到黄河心不死，所以也就没有再劝她回珠海去，只是说："你也别到处乱找了，明天周一，附近的人才市场有小型招聘会，一会儿我把地址写给你，你可以去那里看看，不过要早点去，晚了有些招聘单位就回去了。另外我这里可以上网，你也可以在网上投一些简历试试看。”

齐佳也说：“那我帮你做一份英文的简历吧，对找工作也有帮助。”

赵小燕十分高兴地说：“好啊。”

下午的时候，时雨打电话过来，林教瘦就把赵小燕面试的经过告诉了他，并对赵小燕居然会弹钢琴一事大为惊叹了一番。

时雨告诉林教瘦说，赵小燕的母亲好像是某个音乐学院钢琴系的副教授，据说上世纪还曾到国外的音乐学院深造过。因为这样的家学渊源，赵小燕的钢琴是过了八级的，至于是专业八级还是业余八级，时雨也不太清楚。听说她自己不喜欢，后来就放弃了，只是每次回家，她的母亲还是会逼着她练上一段时间。

最后，时雨又说让赵小燕领教一下北京的人才招聘也好，等过两天她死心了，再找个机会劝她回去，林教瘦也就点头答应了。

星期一的早晨，林教瘦总是习惯比平时还要早起十五分钟，因为早晨本就意味着上班高峰，而星期一的时候会有很多人驱车从北京的郊区进入市内，所以星期一的早晨也就成了高峰中的高峰。

齐佳有早睡早起的习惯，林教瘦醒来后，齐佳也跟着起床了。两个人把客厅收拾整齐，林教瘦做了早餐，然后就匆匆忙忙地出门上班去了。

既然胖老板知道了林教瘦和时雨的关系，那么对待林教瘦的态度自然也就发生了转变，不仅说话的口气和蔼了很多，而且也不再派林教瘦出去拜访客户了，只是让他在公司里接接电话，处理一下合同什么的。公司里也有人注意到了胖老板对林教瘦的态度变化，只是一时弄不清原因，不知道胖老板葫芦里卖的是什么药。林教瘦自然也不会主动告诉他们。

胖老板这种态度上的变化，让林教瘦感到非常不自在。他知道胖老板这种举动带有其目的性，现在胖老板越是对自己好，当有一天他发现他的目的没有达到时，就会越憎恨自己。而公司里有几个同事那充满怀疑的目光，也让林教瘦如坐针毡，林教瘦甚至开始盘算起自己要不要再换一份工作了。

另外，林教瘦还一直在担心着赵小燕和齐佳——赵小燕有没有找到人才市场？齐佳在家里做什么呢？中午他们吃什么？想了半天之后，林教瘦突然发现自己这些想法非常可笑，算起来齐佳和赵小燕都比自己大，自己为什么反倒担心起他们来了？而且自己和他们认识的时间并不长，为什么会这么在意他们？这些问题，林教瘦想了半天也想不出个所以然来。在这诸般纷扰之下，林教瘦自然是没有什么心情工作了。

好不容易等到下班，林教瘦就急忙赶回家里。打开门，却发现只有齐佳一个人在家里上网。林教瘦就问齐佳：“你今天没跟赵小燕一起出去吗?”

齐佳说：“没有，她不让我跟着去。”

林教瘦就说：“可是那种人才交流中心的招聘会，一般到下午三四点的时候人就很少了，她应该早就回来了才对。”

齐佳当然不太清楚招聘会的情况，听林教瘦这么一说，就又开始有点担心赵小燕了：“那我给她打个电话。”

虽然明知道赵小燕的手机多半是关机，齐佳还是抱着一丝希望给赵小燕打电话，直到手机中的女声温柔地告诉他赵小燕确实是关机，这最后一线希望才最终破灭。于是齐佳就开始显得有点焦躁。

林教瘦有点后悔告诉他赵小燕应该早就回来了，于是就笑着安慰他说：“你也别着急，没准她只是顺便去逛街了呢。我先去准备晚饭，免得她回来叫饿。”

齐佳明知道林教瘦是在安慰自己，但听到林教瘦这番话后，还是感觉放心不少，于是就说：“谢谢林先生。”

林教瘦挽起袖子，准备做饭。

正在这时，林教瘦的手机突然响起。他掏出手机看了一下，发现是一个陌生的号码，犹豫了一下，还是接了起来。

电话里传出一个女人的声音：“喂，我今天回去可能会晚一点，把饭给我留着啊。”

林教瘦一时没有反应过来："您是不是打错电话了？"

"说什么呢小林，我是赵小燕啊。"

"啊？赵小燕啊？"齐佳听说是赵小燕，虽然知道听别人打电话不礼貌，还是忍不住凑了过来，林教瘦明白齐佳的心情，就接着问，"你是不是换手机号了，现在在哪儿呢？"

"哎哟，别铐那么紧，轻点！"这句话赵小燕似乎是对她旁边的人说的，然后赵小燕对着电话又说，"我现在在110上呢，不方便多说，总之我会尽快赶回去的，再见！"不等林教瘦回答，赵小燕就把手机挂断了。

齐佳只是隐约地听到了"铐那么紧""110"等字样，脸色已经有点变了，追问道："怎么样，她，她究竟怎么了？"

"啊？"林教瘦也愣住了，还没回过神，就顺口说，"她说她在110上，还说不方便多说，会尽快赶回来。"

"110？！"齐佳的声音立刻高了八度，"她做什么了？怎么会被110带走？"

"不知道啊，她没说就把电话挂了。"

"那我给她打电话再问问。"

林教瘦说："好！"

齐佳掏出手机拨打赵小燕的手机，发现赵小燕的手机还是关机，更着急起来。连续拨打了五六次后，林教瘦才反应过来："哦，不对，她好像换手机号了，这个是新的手机号。"说着，林教瘦在自己手机的"已接电话"中，调出赵小燕的新手机号，递给齐佳。

齐佳说了声“谢谢”，就连忙接过林教瘦的手机，按照显示的手机号给赵小燕打电话。

还是关机！

这一下齐佳和林教瘦两个人的脸色是真的绿了。

齐佳就追问：“她有没有说自己被带到哪儿了？哪个区，哪个派出所？她有没有说自己做了什么事？”林教瘦摇摇头。齐佳的逻辑显然有点混乱了，所以刚才问过的问题又问了一遍。

“那怎么办？”齐佳一边搓着手，一边说，“要不要我准备钱去保释她？啊，不对，我朋友说我们应该叫取保候审。附近有没有好的律师行？或者我打电话让集团从珠海派个律师过来？哦，对了，家父说在北京也有几个朋友，要不要我打电话给他们……”这些问题齐佳并不是真的在问林教瘦，倒像是在自言自语。

林教瘦虽然也着急，但不像齐佳那样急得思维混乱。林教瘦发现齐佳在处理工作的时候，总是一副严肃而冷静的态度，但是一旦牵扯到其他生活中的事情，尤其是与赵小燕有关的事情，齐佳的智商和情商就会急剧下降。也许这就是人们所说的“关心则乱”吧。

不过林教瘦一时也没什么好办法，只能劝解齐佳说：“你先别着急，事情不是还没弄清楚吗？要不，我们跟时雨联系一下，听听他有什么好办法吧？”

齐佳说：“可是他昨天告诉我说，他今天要到天津去一趟，估计明天才能回来。”

林教瘦发现齐佳真的有点急糊涂了，说：“给他打电话啊。”

“哦，对啊。”齐佳说，“我现在就给他打！”

林教瘦怕他一着急说不清楚，就拦着他：“还是我来打吧，你再打赵小燕的手机试试看。”

林教瘦打通了时雨的手机，把事情详细地跟时雨说了一遍，然后说：“现在齐佳着急坏了，说要去请律师呢，你看怎么办？”

时雨没有说话，似乎在想怎么办，过了一会儿才笑着说：“据我判断赵小燕不会有什么事儿，肯定不用着急。你让我跟齐佳说。”

林教瘦就把手机递给齐佳，齐佳接过来喂了一声，时雨就说：“齐佳，你先别急。据我对赵小燕的了解，以她的性格，要是真惹了什么很难解决的麻烦事，是绝对不会给朋友打电话的，因为她怕会连累朋友。所以她既然给小林打了电话，就说明她没出事，或者说没有惹上太麻烦的事儿。这一点你也应该很清楚。她不过就是回来晚一点而已，经常的事儿，可能是她手机正好没电了，她这个人有点粗心，总是忘了充电，这种事情以前也发生过几次。所以依我看，你们还是先等等再说吧，她可能一会儿就会到家了。”

齐佳说：“可是她说 110……”

“嗯……”时雨想了一下，说，“没准她又见义勇为了什么的呢，上次她在火车站放倒五个小流氓，不是也去了趟公安局嘛。赵小燕是一个正义感很强的人，退一步说，即便她真有什么事了，也多半是路见不平。你这里不能先乱了分寸，不然不仅帮不到赵小燕，事情还可能变得更乱。”

齐佳刚才也只是一时着急，现在已经开始逐渐冷静下来，听了时雨的话后，想想觉得有道理，也就没那么着急了，于是就说：“那好吧，现在也只能先等她的消息了。”

电话那边的时雨笑了：“好，你把电话给小林，我还有话跟他说。”

齐佳把手机还给林教瘦，时雨就通过手机对林教瘦说：“小林，我已经劝过齐佳了，你们暂时先等消息吧。”

林教瘦嗯了一声：“也没有更好的办法了。”

时雨问：“你们吃过饭了吗?”

“我刚到家不久，还没来得及做呢。”

时雨就说：“那你就先做饭，然后劝齐佳吃一点，别让他饿坏了。”

“好的，我知道了。”

“那就先这样，有什么情况随时通知我，我手机会一直开着的。实在不行我就赶回去。”

“哦，不用了，你那边工作要紧，这边我们会尽量想办法的，有了消息我会马上告诉你的。”

时雨笑了，“那就交给你了，小林。”

“好的，再见!”

“再见！”

林教瘦把手机挂断，看了看齐佳。齐佳已经不像刚才那么手足无措了，冲着林教瘦笑了一下，但笑得有点勉强，然后说：“那我们就再等等吧。”

林教瘦看出来齐佳还是很担心，但也想不出什么话来宽慰他，只好说：“那我先去准备晚饭了。”

齐佳点点头。

虽然林教瘦知道齐佳未必有胃口，但还是做了一桌子菜摆在了齐佳的面前。面对着没有胃口的齐佳，林教瘦自己自然也没什么胃口，两个人就对着菜一起发呆。

大概到了晚上九点的时候，正在发呆的林教瘦和齐佳突然听到门口有钥匙插入锁孔的声音，齐佳立刻站了起来。林教瘦却坐着没动，他突然有点担心，担心万一是警察来询问赵小燕的情况该怎么办？直到看到进来的是赵小燕后，林教瘦才松了一口气，继而感到自己方才的担心非常可笑——警察怎么可能有自己家门的钥匙。

赵小燕进来后，伸脚把门踢上，然后顺手把包丢在旁边的椅子上，第一句话是：“累死了，没想到在这里求职还是个重体力活儿。”

第十一章　忧郁的星期二

不出意料，赵小燕的第二句话是："快开饭，我快饿死了！"齐佳似乎没有听到赵小燕在说什么，有点激动地快步向赵小燕走去，张着双手似乎是想把赵小燕抱住。

赵小燕没有看到齐佳，她的眼中只有那满满一桌子的美味佳肴。直到齐佳走到她的面前，挡住了她的视线，她才看到齐佳的样子，脸一黑，说："你想干吗?!"齐佳这才意识到自己的失态，立刻站在那里不敢动了。

林教瘦苦笑了一下，说："快过来吃饭吧，就等你了。"赵小燕就高高兴兴地绕过齐佳，坐到了桌子旁。齐佳也回到自己的座位坐下了。

虽然赵小燕已经回来了，但齐佳和林教瘦心里还是有很多疑团没有解开，所以两个人依然没有胃口吃饭，只是看着赵小燕狼吞虎咽地吃着。

赵小燕吃了几口，垫了一点底，感觉没那么饿了，才注意到齐佳和林教瘦没动筷子，还都用一种很奇怪的眼光看着自己，就问："你们俩怎么了，怎么不吃啊？是不是我回来前吃过了？”

林教瘦就试探着问：“你……这么晚回来，究竟发生了什么事儿？”

赵小燕一边往嘴里塞东西，一边说：“堵车啊，我不是打电话告诉你我晚点回来吗？”

林教瘦又问：“那你怎么会被110带走，还说什么‘别铐那么紧’？”

赵小燕似乎不记得自己说过这些话了，有点疑惑地问：“我说过吗？”

“说了啊，你还说在110上不方便多说什么的。”

赵小燕仔细回忆了一下，才恍然说：“哦，那是因为公共汽车上太挤了，我拉着把手站着，前面坐着一个抱着婴儿的女人，后面有个男的却一直往前挤，眼看就要蹭着小孩了，我就对那个男的说别靠那么近。因为车上太挤，所以打手机不方便，我就挂了，然后发现手机没电了，就把手机关了。”

林教瘦觉得自己的脑子有点转不过来，就连忙说：“你先等会儿，你说在110上到底是什么意思？”

赵小燕很奇怪地看着林教瘦，仿佛觉得林教瘦的脑子有毛病，说：“110路公共汽车啊，还能是什么？”

“啊？”齐佳和林教瘦同时叫了起来。

“你们怎么了？”赵小燕看他们俩的样子非常奇怪，就问，“是不是俩人都病了？哪里不舒服，要不要我给你们开个方子抓点药？小时候我爷爷教过我的。”

林教瘦痛苦地揉着脑袋说："哦，没什么，我就是感觉大脑有点漏水。"

赵小燕不明白林教瘦的意思，就追问："到底怎么了？你们俩怎么这么奇怪啊？"

林教瘦无奈地摇摇头，接着问："那你今天求职的情况怎么样？什么时候从招聘会出来的？"

一提到招聘会，赵小燕就有点不高兴了，停下手中的筷子说："别提了，我按照你说的，早上到那里一看，就已经排起了那么长的队。后来我买了票，好不容易等到开门，排着队进去，却发现里面也没有几家单位在招人。我就简单地投了几份简历，觉得希望不大。"

"你以前没有去过招聘会吗？"林教瘦问。

"去过啊，可是没见过那么多人的。"

林教瘦想了一想，就说："也是，这段时间正好是大学毕业时间，无论是找房子还是找工作都是高峰期，也怪不得有那么多人了。"

"哦。"赵小燕说，"后来我觉得实在没什么合适的，就从招聘会里出来，找了个地方吃了点东西，然后到街上逛了一圈。想起来既然要在这里工作，就要换个北京的手机号，所以就又去办了个手机号。本来想早点回来，结果坐错车了，不知道坐到哪儿了，又问了路倒了几次车，就坐上了110。没想半路的时候听说前面有一条路不知道有什么事不让走，就在那里堵了一个多小时才又开始一点一点地往前挪，好不容易才回到这里。我发现这一天下来，比以前种一天树还累呢！”

从赵小燕的回答中，林教瘦总算明白了事情的来龙去脉。不知道是因为在餐桌上不说话的习惯呢，还是插不上嘴，齐佳一直坐在那里看着赵小燕，默默地听着她说话。直到赵小燕把事情的经过说完，齐佳仿佛什么事也没发生过一样，微微点了点头，就开始端起碗吃饭。

林教瘦看了看齐佳的表情，想想即使把刚才的混乱告诉了赵小燕，似乎也没什么意义，于是就站起来说：“你们先吃，我去给时雨打个电话，免得他晚上睡不着觉。”

“为什么？”赵小燕问，“为什么睡不着，失眠吗，要不要我给他看看？”

林教瘦笑了笑：“不用了，我告诉他那个丢了的又找到了，他就能睡着了。”

“丢了？什么丢了？”赵小燕追问。

林教瘦笑了一下，没有回答赵小燕的问题，转身走出门，去给时雨打电话。

大概过了十分钟，林教瘦才回来，看到齐佳似乎还是没什么胃口，饭只吃了一点，就说：“你再喝点汤，待会儿早点休息吧。”

齐佳冲林教瘦点点头，然后对还在埋头吃饭的赵小燕说：“你也不用着急，一会儿我在网上按照你的要求，给你多投几份简历出去，即使招聘会不行，相信还是会有机会的。”

赵小燕一边吃饭一边说：“谢谢你。不过不用了，你帮我做一份英文简历就行了，我自己的工作简历还是我自己来发吧。”眼睛却只盯着菜，看都没看齐佳一眼。

林教瘦摇摇头，感觉到自己饿得头有点发晕，就坐下来开始吃饭。

等他们吃完饭，林教瘦把一堆碗筷都洗完，已经是晚上十点多了。林教瘦从厨房出来的时候，赵小燕已经洗完澡，用林教瘦的电脑发了几份简历，然后就去卧室睡觉了。齐佳仍然抱着自己的手提电脑在忙碌。林教瘦就说：“你也累了吧，明天再忙吧。”

齐佳说：“哦，谢谢林先生，我不累，再发几份简历就睡。”

“简历？”林教瘦问，“赵小燕不是说她自己发了吗？”

“嘘。”齐佳看了看卧室门，小声说，“我再帮她多发几份，这样成功的概率也大一点。”

林教瘦点点头不再说什么，拿出笔记本把今天的花费一笔一笔地记在本子上。

齐佳发完简历，停下来用手揉了揉脸，看到林教瘦在写东西，以为他在写日记，把今天的事情记下来，本想说：“今天的事情其实也不怪赵小燕。”但又觉得林教瘦既然写的是日记，事关别人的隐私，所以也不好开口。

林教瘦抬起头，发觉齐佳在看着自己，就说：“哦，我把今天的账记一下，你先休息吧。”齐佳这才知道林教瘦是在记账，就笑着说：“林先生挺有理财意识的。”

林教瘦说："有钱的那才叫理财，我这就是记个账而已。"

齐佳却认真了起来："理财是不分什么有钱没钱的。赚钱多的人固然需要理财，而赚得少的人只要懂得理财，也是能逐步积累很多财富的。"

林教瘦想起齐佳本就是学经济学的，在这个问题上他也就比较容易认真。其实这个道理林教瘦不是不懂，他除了每天记账，定期做消费计划之外，每个月还会坚持存上一些钱。他觉得自己或许真的不是那种能赚很多钱的人，但是自己可以通过这种方式来减少不必要的开销，这样不仅使得自己能凭借那微薄的收入过得很舒适，而且几年下来还略有积蓄。只是他自己觉得自己这点所谓的"理财观念"，是不能在齐佳这样一个经济学博士兼过亿集团的管理者面前谈的。所以林教瘦就点点头表示同意，然后看了看表，说："这么晚了，赶快休息吧。"

躺在黑暗中，林教瘦却失眠了。不知道为什么，他突然想起昨天早上跟齐佳买菜回来，王大妈听说他们三个人住在一起时的那种奇怪的眼神。所有的这些事情发生得太快、太离奇，以至于林教瘦来不及反应，当静下心来仔细想想，自己对现在这个状态也有了一种奇异的感觉。莫名其妙的，自己的房子里突然多了两个人，而且他还不知道该如何来判定自己与这两个人的关系。姑且称之为朋友吧，虽然这个结论超出了以往林教瘦对朋友定义的理解。这几天所发生的一切仿佛在梦境中一般，林教瘦一直希望某一刻梦会突然醒了，自己还是一个人过着简单而平静的生活。不过种种迹象也表明，他正在慢慢习惯这种生活状态，虽然偶尔细想起来还是觉得有些奇怪。

虽然齐佳说，蓝色代表忧郁，但是林教瘦却不这么认为，提到蓝色他总会想到蓝天，而蓝天在林教瘦的印象中却是代表着晴朗。而且，林教瘦也不认为星期一是什么“Blue Monday”，之所以称星期一“Blue”，大约是因为经过了一个慵懒而舒适的周末后，人们又不得不早起上班，面对一堆形形色色的麻烦，所以才会感到“忧郁”。而林教瘦的周末往往既不慵懒，也不舒适——他习惯于早起，而待在那个狭小却又让人感觉空旷的屋子里，也丝毫不会让他感到舒适。所以林教瘦对星期一，并不会产生太多的忧郁感。

不过这一次，当林教瘦像往常那样踏入公司的时候，胖老板却给了林教瘦一个“忧郁的星期二”。林教瘦的忧郁，并不是因为胖老板的威逼利诱，对于这些手段，将名利看得都不重的林教瘦，天生就具有很强的免疫力。然而正如时雨所说，林教瘦最大的缺点就是不太会直接拒绝别人，对于感情攻势，往往是难以招架的。

林教瘦跟往常一样，在上班前一个小时到达公司时，却发现公司的门已经开了，而往常总是十点左右才到公司的胖老板已站在公司门口等候多时，最要命的是胖老板所耐心恭候的人，正是他林教瘦。

胖老板带着一种近乎恭敬的态度，把林教瘦请到了办公室内，请林教瘦先坐下，然后亲自给他倒了一杯水，林教瘦就知道事情要坏了。

胖老板用一种听起来语重心长的语气说：“小林啊，我平时待你不错吧？”

林教瘦暗中叹了一口气，发现胖老板在表现自己对哪个下属好的时候，总是会用这句话开头，但他嘴上还是回答：“不错！”

“说句实话，”胖老板说，“这两天我一直失眠。你知道是为什么吗？”

“不知道。”林教瘦当然知道是为什么。能让胖老板睡不好的只有一件事情，那就是生意；能让胖老板失眠的也只有一件事情，那就是大生意。而目前公司面临的最大的生意，就是时雨手中那桩了。

“小林啊。”胖老板似乎不急于切入正题，“我知道公司里很多人对我有意见，在很多事情上，我也确实有点苛刻了。可是，我有什么办法？”

林教瘦心里说：又来了。

胖老板继续说：“你也知道，现在的生意越来越难做，以前我们随便卖一两个电子配件就能赚钱，现在卖一卡车也不过刚刚保本。人也越来越不好管了，那些刚参加工作没多久、刚到公司的人，还没做点什么事出来，就要求提工资，要求发福利，甚至还有要求给股份的。”

林教瘦还是没有说话。胖老板看了看林教瘦的表情，叹了一口气，说："小林啊，我知道你也是明白人，我就不跟你拐弯抹角了。你也知道，在你来之前，我们一直没有拿到那家德国公司的B级代理商资格，一方面当然是因为我们每年的销售额不够，另一方面也是因为跟他们那个技术主管有点矛盾。但是我想过了，目前赚钱的还是高端产品，德国这个牌子在国际上还是有很大知名度的，所以我们还是不能放弃。"

林教瘦一直面无表情地听着，虽然胖老板说是不拐弯抹角，但林教瘦知道，胖老板真正想要说的，还没有说出来呢。

胖老板开始逐渐切入正题："你也知道，仅仅依靠B级代理那点优惠条件，我们也只是赚个辛苦钱，要想真正有利润，就必须拿下A级代理的资格。所以呢，这次珠海的生意对我们来讲至关重要，只要做下来了，我们就是A级代理！以后公司发展好了，你和公司其他人的待遇自然也就会提高很多。"

林教瘦知道，正题不过是刚刚开始而已，胖老板找他来，绝对不是要跟他说这些他自己早就明白的道理。只是胖老板对林教瘦的脾气也是知道一二的，所以就先做了一些感情铺垫，他也能猜出几分林教瘦在这件事情上的态度以及时雨的立场，所以并没有奢望在这件事情上，能够完全依靠林教瘦的私人关系解决，所以就说："小林啊，我知道直接让你去跟时经理套关系，你肯定也会为难。虽然这个项目是时经理负责，但他一定也有他的顾虑。而且因为所有的产品都是由德国总公司那边出来的，性能和质量都是一样的，所以我们这些代理商之间的竞争，无非就是价格和售后服务的问题，或者用德国那边技术部的话说，再加上售前的技术咨询服务。技术服务这块，因为你有工程师资格证，一旦有什么技术问题，我们可以直接派你去进行技术咨询或者产品维护而不用联系总公司。虽然还有几个大的代理商里面也有像你这样的技术工程师，但至少在这一方面，我们并不处于劣势。价格方面，我想过了，这笔生意我可以把所有的利润都让出来，以代理价甚至是赔钱的价格供货给他们——当然这只是以目前我们是B级代理的优惠条件来算的，一旦合同签了，我们立刻可以拿到A级代理的资格，自然可以以A级代理的优惠条件拿货，那样我们还是有利润的。而且我所看重的不仅是这笔生意，这笔生意做成了，根据用户保护制度，齐氏集团自然就成了我们的保护客户，除非齐氏集团指名，否则其他代理商是不能再对他们进行销售的。我了解过了，这个工程项目紧接着还会有二期和三期，加上每年的配件更换和维护，以及齐氏集团其他类似的工程项目，如果都从我们这里拿货，那每年的利润是非常可观的，到那时候才真正是我们赚钱的时候。”

胖老板一口气说了这么多，林教瘦才有点明白他的意思，仔细想一下，林教瘦发现胖老板在这件事情上确实是花费了一番心思的。林教瘦本以为，以现在的情况来看，或许胖老板真的只是为了跟他说说自己的打算，而不是让他跟时雨套交情。不过，胖老板接下来的话，让林教瘦觉得自己太天真了。胖老板只是略停了一下，就又接着说："不过，我能想到的，其他代理商自然也能想到。充其量，我们不过是跟其他代理商处于同一起跑线而已。而且，实际上按照德国公司的规定，这种赔本的让利行为是属于恶性竞争，被公司知道了是要取消代理资格的。所以，我一方面想请你跟时经理说一下情，另一方面，他们除了德国这家公司的电子器材，不是还用到其他的吗，德国这家公司的产品，我们可以按照原价来签订合同，但是其他那些产品，我们可以低价甚至是以附赠的形式给他们，达成让利的目的。只是这件事需要时经理那边默许，只要他不说明了，其他代理商即使有意见也没办法。我跟德国那家公司的副总又很熟，反正生意做成了，都是按照一样的价格从他们那里拿货，他们才不会管究竟是哪个代理商做成的。另外我也是怕其他代理商用什么想不到的手段来拉拢时经理，你就私下对时经理说，只要别的代理商能给的，我们也一样能给。而且这件事情办成了，对你也有好处，也许我就直接派你常驻珠海那边了，随时为他们提供咨询服务或者帮助解决问题。还有就是我想了解一下时经理这个人的一些基本情况和个人喜好。"胖老板见林教瘦一直坐着保持沉默，就拍了拍林教瘦的肩膀，用一种语重心长的口气说："小林啊，我是真正把你当自己人才说这些话的，你不会不答应我的这点请求吧？"

林教瘦开始忧郁了，他本来就不想把私人关系跟生意牵扯到一起，何况他也知道这件事情不是时雨说了算的，他的背后还有齐佳，而齐佳在工作上是一点都不马虎的。但是这件事情却不能告诉胖经理，让胖经理知道齐佳住在自己家里的话事情会变得更麻烦。所以林教瘦犹豫了一下，就说："这些话您完全可以亲自跟时雨说。"

"唉！"胖老板叹了口气，说，"小林啊，你怎么不明白，有些话我说和你说的效果是不一样的。而且有些话，我们在公共场合不好说，一旦说得不妥，弄僵了不好收拾。具体的事情我可以来谈，但是你要先帮我探探时经理的口风。"说到这里，胖老板故意停顿了一下，又接着说："小林啊，我们共事这么长时间，也算是朋友了吧，你不会连这点忙都不帮吧？"

林教瘦感到脑子有些发涨，自从时雨回来后，自己的"朋友"似乎越来越多了，而麻烦也随之呈几何指数增加。假如林教瘦随便答应下来，或者愿意去跟时雨说，事情也就简单了。偏偏林教瘦是那种不肯违背自己的原则，也不肯轻易许诺的人——有时候嘴上开开玩笑是难免的，但是郑重承诺的事林教瘦总是会很认真地去对待。所以林教瘦考虑了一下，就又打擦边球说："如果有可能的话，我会对他说的。不过，您别对我期望太高，该我做的我一定会做好。"言下之意，不该自己做的，自己还是不会做。

对于这个回答，胖老板当然不会满意，但是在目前这种情况下，又不能把林教瘦逼得太急，而且此时上班时间已经快到了，陆续有人到达公司，胖老板只好说："那好，我就等你的好消息了，小林。”

林教瘦回到自己的座位上，感觉满眼都是淡淡的蓝色。随手拿起一本资料从第一页翻到最后一页，脑子里一直盘旋着一个问题：离开，还是不离开？

第十二章　离开还是不离开，这是一个问题

当然，工作中总是难免会遇到一些麻烦，这些麻烦虽然来得突然，但多半都在意料之中。但是生活中的很多麻烦，往往是在意料之外的。就好像当你回到家中，发现满地都是机械零件，而两个满脸油污的人蹲在地上，你会有什么感觉？反正林教瘦的第一感觉是自己又走错屋子了。虽然零点二秒之后，他就反应过来那两个人正是齐佳和赵小燕，但还是不明白究竟发生了什么事。顺带说一下，看到一向衣着笔挺，非常注重自己仪表的齐佳也满身油污，是让林教瘦感到匪夷所思的一件事情。

当然，很多事情虽然看起来有趣，但是真正发生在自己身上的时候就不是那么回事了。尤其是当林教瘦发现一堆洗了一半的衣服还堆在洗手间里，并且所渗出的水还在往客厅里漫延的时候，就立刻开始手忙脚乱起来。

林教瘦一边用拖把和干毛巾阻止更多的水进军客厅，一边询问发生了什么事。通过赵小燕和齐佳那混乱但尚能听得明白的解释，林教瘦终于知道了事情的来龙去脉。

首先，林教瘦明白了地上的那堆“残骸”的前身正是自己的那台二手洗衣机，这台洗衣机的来历可以追溯到时雨还住在这里的那个时期。虽然它买来的时候就已经是二手的，而且又用了近两年了，但是这台洗衣机却相当好用，也从不闹脾气，所以林教瘦一向对这个洗衣机颇为满意。

然后，事情的经过是这样的，早上有几家公司打电话过来请赵小燕明天去面试，赵小燕自然十分高兴。下午时雨从天津回来，齐佳就到宾馆里跟他见面，听时雨汇报工作。赵小燕一个人在家里无聊，就想到应该为林教瘦做点家务，于是就“擅自”搜遍了整个房间，翻出林教瘦的脏衣服。这段时间因为发生大大小小的事情太多，林教瘦一直没来得及洗衣服，所以脏衣服积压了不少，赵小燕就盯上了林教瘦的那台老洗衣机。也不知道是放的衣服太多，还是赵小燕在搬动时手法太粗鲁，那台老洗衣机在转动了几下之后就开始哼哼，不太愿意工作。

对待机器的这种“消极怠工”，赵小燕一向都是信奉“小毛病拍拍，大毛病拆拆”的行事原则，于是就对着洗衣机来了招“降龙十八掌”。那台老洗衣机原本只是怠工而已，但后来或许是受到如此残暴的对待，激发起了它的“劳动机器”反抗心理，干脆就彻底地罢工了。于是赵小燕就翻出林教瘦的扳手、螺丝刀等工具，开始执行“大毛病拆拆”。

当然，对付这些“问题机械”，赵小燕并非全无经验，因为毕竟是做过健身器材业务的，对于机械构造也略知一二，无奈这洗衣机毕竟与健身器材有着本质的不同。赵小燕把洗衣机里的衣服拿出来，水放掉，然后拆开洗衣机的外壳。一番鼓捣之后，洗衣机却还是铁了心地不动。赵小燕就有些慌了神了，毕竟这是属于林教瘦的东西，里面还泡了一堆待洗的衣服。

正在赵小燕束手无策的时候，齐佳回来了。在赵小燕心目中，好歹齐佳也算是个博士，就算没有吃过猪肉，还没见过猪跑？一台洗衣机应该还是能搞定的。但是，实际上齐佳却是那种连收音机都没有拆过的人。然而，赵小燕见到齐佳的第一句话就是："你可回来了，快来帮帮我。"就是这一句话，使得问题变得更复杂，洗衣机的命运也变得更悲惨了。须知，一向好强的赵小燕是很少对齐佳说"帮帮我"这样的话的。当一个女人对一个男人说这句话时，男人的抵抗力往往是很低的；当一位女士向一位绅士说这句话时，绅士基本是没有抵抗力的；尤其当这位女士还是这位绅士所喜欢的人时，那么结果就显而易见了。所以当赵小燕说出这句话时，齐佳就陷入了一种赴汤蹈火在所不辞的半痴呆状态，于是就提出不能只看"表面现象"，要对问题"深层次地分析"，然后也就跟着拆起洗衣机来。

当赵小燕最终明白齐佳的机械常识还不如自己时，那台洗衣机已经变成了大大小小、形状各异的一堆零件。且不说是哪个零件管什么用，就是哪个螺丝应该拧到哪儿，两个人都已经分不清楚了。

正当两人一筹莫展的时候，林教瘦回来了。不过林教瘦既非绅士，也非专业洗衣机修理工，所以在听到灰头土脸的齐佳和赵小燕那句异口同声的“快来帮我们”时，并没有被荣誉感冲昏头脑，也没有走过去帮他们。事实上，当他看到满地的零件，明白了事情经过时，就有了“我拿什么拯救你，我的洗衣机”的想法。几乎不用思考，林教瘦也知道这件事情对于自己来讲是“不可能完成的任务”。所以林教瘦叹了一口气，感觉眼前的淡蓝色逐渐变成了深蓝色，然后对蹲在地上满身油污的两个人说：“我又不是超人，你们也别忙活了，回头送到修理中心去修理吧。”话虽这么说，但是对于专业修理工能否将这堆被拆得乱七八糟的零件恢复成洗衣机形状，林教瘦心里也没底。

接下来的问题就是从洗手间里淌出的水了。林教瘦先阻止了水的漫延，然后就开始对那些水的源头——那堆湿衣服下手，将衣服在洗手池上一件一件拧干，然后放到盆里。在这个过程中，林教瘦拿起某一件衣服拧到一半，感觉有点不对，展开一看才发现这件已经变得有点皱巴巴的西服不是自己的，疑惑没过多久就变成了大惊失色。事实上，齐佳早就发现了自己之前换下来还没来得及送到干洗店的那件名牌西服也混在那堆湿衣服里，开始以为是赵小燕把他的衣服当成林教瘦的衣服了，但当从赵小燕口中说出：“你那件西服我看到你换下来挂到衣架上，也就帮你洗了。”齐佳居然还十分高兴。

林教瘦却没有齐佳那么好的心情，虽然他没有穿过这类高档服装，但多少还是有点了解其价格和洗涤程序的，尤其是当他看清楚了西服的牌子和标签上的不可水洗、不可拧干的标志时，脸色就有点发绿。林教瘦双手颤抖着捧着这件西服出来，有点忐忑地问齐佳：“你看，这……”

此时齐佳已经换了一身衣服，手上和脸上的油污也都全部洗去了。见到林教瘦拿着自己的西装出来，就笑着说：“怎么样？赵小燕给我洗的！”

林教瘦不明白齐佳那一脸得意是什么意思，就问：“可是这衣服不是只能干洗的吗？要是……”

这时候赵小燕也已经换好衣服，打开卧室门走出来。齐佳已经明白林教瘦想说什么了，就急忙打断他：“啊，啊，那个什么，洗得很好啊，林先生就不用拿出来看了。”

林教瘦愣了一下，随即明白了齐佳的意思，感觉有点没有办法理解齐佳的思维。恋爱中的人都太可怕了——这是林教瘦的结论。

赵小燕说：“赶快做饭吧，我都快饿死了。”

林教瘦目光有点茫然地看了看齐佳，又看了看赵小燕，“唉”了一声，转身又走进洗手间，把所有的湿衣服拧干后，全用衣架挂了起来——暂时是没有精力和时间来洗了，但也别放在那里发臭了，之后他才匆忙去厨房做饭。

齐佳和赵小燕把那些洗衣机的零件收拾起来，堆到屋角。之后赵小燕就说：“要不我把那些衣服手洗了吧？”

正在厨房做饭的林教瘦急忙从厨房里出来：“哦，不用了，回头我自己洗就可以了。”

齐佳张了张嘴，似乎想说什么，但最终还是没有说出来。

林教瘦就问赵小燕："你为什么今天想起来要洗衣服？"

"哦。"赵小燕似乎很高兴的样子，"今天有几家公司让我明天去面试，我看今天还有些空，等以后上班了就没那么多时间了，一直在你这里住也总麻烦你，所以我总得帮你做点家务吧。"

"哦。"林教瘦点点头，"都是哪些公司？"经过那次"酒吧面试"后，林教瘦也想知道这次赵小燕所应聘的是哪些职位。

赵小燕拿出一张纸，念了两个名字，都是什么保险公司。林教瘦知道不对劲了，就问："你给他们投简历了吗？"

赵小燕摇摇头："没有。"

齐佳想了想，也摇摇头："我也没……"想起来赵小燕并不知道自己帮她投简历的事情，所以马上把话顿住。

好在赵小燕并没有注意到齐佳说什么，因为这时候林教瘦已经接着说："打电话来的是不是说，在网上看到你的简历，觉得你很有能力，所以请你去面试，还让你面试的时候一定要去找某某人不可？"

赵小燕瞪大了眼睛："你怎么知道的？"

林教瘦说："他们可能还会说，照你的简历来看，怎么说到他们那里也是个管理层，公司会培养你的，让你一定要去！"

"是啊。"

“你还是别去了。”

“为什么？”

林教瘦说：“因为你去了之后，他们会先让你参加培训，交很多培训费，等培训完，再找个借口把你辞了。有的也会让你工作，你的工作就是像他们那样在网上找简历，然后给人打电话，把人骗来培训。不过，这些还算好的，有的直接扣身份证，或者连形式上的培训都没有，你交了钱，过两天人去楼空，就找不到对方了。”

“啊？”赵小燕似乎第一次听说有这样的公司，所以感到有些惊奇，“真的啊？”

林教瘦问：“你以前求职没有遇到这样的公司吗？”

赵小燕摇摇头。

林教瘦说：“具体情况我也不是很清楚，都是从网上看到和从同事那里听说的。”

赵小燕也听明白林教瘦的意思了，把拳头握得嘎吱响：“我以前还没听过有这样的公司，正好明天我过去，他们要敢跟我收钱，我就好好教训他们一顿。”

林教瘦一听赵小燕这么说，就知道要出事，赵小燕再怎么厉害，到那里也难免吃亏。相反的，倘若赵小燕发起狠来，对方身子骨又弱一点，打出事儿来怎么办？所以这场架无论胜败，都没有什么好处，于是就劝了赵小燕一番。

齐佳也明白不能让赵小燕去，就跟着说：“是啊，你看今天我们把这里搞得这么乱，明天我们就一边等消息，一边收拾一下吧。”

本以为求职顺利的赵小燕，再一次遭遇了滑铁卢，情绪不免有点低落，加上林教瘦和齐佳轮番的晓之以理、动之以情的劝说，也就点点头表示放弃了去教训那些人的想法。只是林教瘦听齐佳说又要帮自己收拾屋子，就忙说："不用了，我一会儿吃完饭自己收拾吧，一会儿就好。对了，饭马上就好，你们先把桌子摆好吧。"

林教瘦发现，对付赵小燕和齐佳，吃饭倒是一个岔开话题的好方法。齐佳吃饭的时候总是一言不发，不知道他在想什么，而赵小燕吃饭的时候却总是兴高采烈，似乎所有的烦恼都能够立刻忘去。当他们两个吃完饭，往往就会不记得自己在吃饭前说过的一些话。三个人吃完饭后，赵小燕回到卧室看电视，齐佳继续上网处理工作，而林教瘦则一个人把碗洗了，然后又把赵小燕翻乱的东西一一归回原位，准备睡觉。至于那些挂起来的衣服，他实在没力气再洗了，原本这屋子他也是不想收拾的，只是万一被齐佳和赵小燕收拾了，还不知道会变成什么样呢。

第二天一早，林教瘦起来，准备去上班，临走前一再叮嘱齐佳要看好赵小燕，不要让她真的跑去闹事了。

胖老板也并没有再次找林教瘦谈话——他也知道这种事情不能操之过急。所以林教瘦也就清静了，除了坐在自己的位置上接接电话、看看资料，就是担心家里的齐佳和赵小燕会不会又闹出什么事儿来。

整整一天都是在忧郁和无聊中度过的，林教瘦此时才真正知道什么叫做身心俱疲，心想再这么下去，自己非“英年早逝”不可。

下班后林教瘦匆忙赶回家里，赵小燕把自己关在卧室里看电视，齐佳正坐在电脑桌前上网，而家中的一切似乎都还正常，林教瘦这才放下心来。问了齐佳，才知道今天一天并没有通知赵小燕面试的，赵小燕由期待等到失望，看情形这一轮求职又失败了，所以赵小燕似乎心情不太好。这一点林教瘦是理解的——工作固然是一件痛苦的事情，但是没有工作会更痛苦，尤其是兜里没有几个钱的时候。

赵小燕听到林教瘦的声音，就开门从卧室里出来坐在椅子上。林教瘦就对赵小燕说：“哦，我马上去做饭，一会儿就好。”

不过，这句话似乎没有以往那么有效力了，赵小燕只是哦了一声，并没有多说什么。

林教瘦见赵小燕有些无精打采，就劝她道：“现在北京正是求职高峰，工作是不好找。”想了一想，林教瘦又接着说：“而且说实话，北京的气候也不好，空气也没有沿海湿润，物价又贵。我觉得你倒不如先回珠海，那里你也比较熟悉，机会也会多一点。”

齐佳听林教瘦这么说，也连忙说：“是啊，我已经问过你原来的老板了，他也说非常欢迎你回去。”

“是啊。”林教瘦继续说，“再说珠海你的朋友也比较多，大家恐怕都在等着你回去呢。如果你真想来北京工作，不妨过一段时间，等这阵高峰期过了，你再来找工作，那时相对的也容易一些。而且这段时间我工作又忙，实在没多少精力招待你们，等下次你们再来，我没那么忙了，再带你们在北京好好玩玩。”

赵小燕终究不傻，也隐约听出了林教瘦的弦外之音，回想自己确实给林教瘦带来了不少的麻烦，心里也多少有些愧疚，就勉强点了点头：“好吧。”

齐佳和林教瘦都没有料到事情居然如此简单就解决了，尤其是齐佳，更是喜出望外，立刻说：“那我打电话给时雨，让他帮我们订飞机票！”

赵小燕瞪了他一眼：“你坐飞机吧，我坐火车回去！”

齐佳立刻改口说：“那我让时雨订火车票！”

赵小燕显然对齐佳这种私人的事情也要指派人的口气感到不快，有点生气地说：“你能不能自己的事情偶尔也自己动动手？我不敢劳烦你们公司的经理，明天自己去买！”

此刻齐佳正处于非常喜悦的状态，所以也就没理会赵小燕话中的讽刺之意，仍旧很高兴地说：“那我明天陪你一起去！”

赵小燕狠狠地瞪了齐佳一眼，但是在林教瘦面前又不好继续发作，所以就说：“算了，齐达内的纪录片要开始了，我要去看了，等饭好了再叫我！”说完就回到卧室把门关上。

林教瘦问齐佳：“她说什么？”

齐佳笑着说：“她说去看齐达内的纪录片了，她比较喜欢看足球。”

齐达内林教瘦是知道的，只是没想到赵小燕也喜欢看足球，但仔细一想，不知道为什么却感到也在情理之中，于是就笑着说："那我去做顿丰盛的，算是给你们饯行了。"

齐佳十分高兴，立刻打电话通知时雨这个好消息。

根据著名的墨菲定理：当奶油蛋糕掉在地上的时候，总是奶油面先着地。这个定理由一个叫墨菲的美国空军工程师提出，大意是如果一件事情有可能被弄糟，那它就一定会被弄糟。据说有好事者还专门为这个定理做了上万次试验，结果证明了确实是奶油面容易先着地，但又解释不清楚为什么，只好说：这是上帝安排的……

很多人都能从墨菲定理中悟出各种各样的或人生或商业或哲学的道理，但是这个法则似乎并不适用于林教瘦，林教瘦的法则是：当你手中有了一块奶油蛋糕，它总是会掉在地上。

当林教瘦正在厨房忙碌的时候，突然听到有人敲门，就走了出来，正好看到齐佳把门打开。两个穿蓝色工作服的人正把一个大纸箱往屋子里抬。

林教瘦就问："这是……"

那两个搬运工把箱子放在地上，其中一个冲着林教瘦爽朗地一笑，露出一口洁白的牙齿，林教瘦这才认出来这个搬运工居然是齐修远。

齐修远笑着说："不好意思，知道你们下午要洗衣机，我就急忙联系商场，只是酒吧那边还有点事情要处理，路上又堵车，所以我来晚了。”

“洗衣机？”林教瘦立刻明白一定是齐佳打电话给齐修远让他送的。此时齐佳已经掏出钱准备付给齐修远，林教瘦急忙拦住说：“不用了，不用买了。”

齐佳正色说：“齐先生这么远送来了，总不能再让人送回去吧？”

林教瘦想了一下：“那我来付钱吧。”话虽这么说，可是林教瘦算了一下，自己身上的现金未必够付这台洗衣机的钱，而且也不知道齐佳这位对洗衣机没有概念的人究竟会买一个多贵的回来，所以眼睛一直盯着那个纸箱，怕从齐修远嘴里吐出一个吓人的数字。

齐佳说：“怎么说洗衣机也是我昨天拆坏的，应该是我赔偿。”

齐修远似乎看出了林教瘦的心思，就说：“齐佳先生说的那个型号的洗衣机已经不生产了，我就自作主张照着同一牌子选了个档次差不多的。最近商场在搞促销，这台洗衣机原价是九百九十九，现在只要七百八十。”

齐佳似乎没想到是这个价格，愣了一下，随口说：“这么便宜？还不到一件衣服的钱。”

林教瘦本来还想再推让，听到齐佳这么说也就不再说话了。跟齐修远同来的那个人似乎是商场的职工，走过来收了钱，并把发票给了齐佳。

齐修远看到了屋角那些被齐佳和赵小燕拆散的洗衣机零件，就对林教瘦说：“这些……就是你原来那台洗衣机吧？出了什么毛病?”

林教瘦就说：“我也不知道什么毛病，原本是好好的，他们说不能转了，就拆开了。我看拆成这样，送到专业修理中心也未必能拼得好，再说本来就已经很旧了，看来只能改天当成废品卖了。”

“哦。”齐修远想了想，就说，“那不如卖给我吧，多少钱?”

“啊?”林教瘦说，“你要啊，那送给你好了，也卖不了几个钱，收废品的离这里挺远的，我正好不用跑了。”

齐修远也不客气，很爽快地笑了，“那我就谢谢你了。”

这时候赵小燕听到外面人声嘈杂，就出来看发生了什么事。

齐修远见到赵小燕愣了一下，然后很高兴地说：“我正打算跟齐先生打听你的地址呢，没想到你就住这里啊，我们张姐让我通知你去上班。”

第十三章　人在江湖，难免会酷

齐修远这句话说出来之后，屋子里立刻变得沉寂下来，谁也没有说话。足足过了一分半钟，林教瘦才小心翼翼地问：“你……刚才说什么？”

齐修远感觉到屋子里的气氛很怪异，但是他再聪明，也猜不透究竟发生了什么事情，只好又慢慢地说：“我这两天正在找赵小燕，那天我们张姐本来已经决定让赵小燕留下了，你们却把她拉走了。后来张姐让我找她，她的手机却一直打不通，我想既然你们跟她是朋友，正要上你们这里来打听呢，没想到她是住在这里的。这下好了，我也省得明天再跑了。”

这番话说完，齐修远发现齐佳面带愁色，仿佛要哭出来了一样，而林教瘦的脸色变得有些阴沉，似乎正恶狠狠地瞪着自己，只有赵小燕显得非常兴奋，高兴地问：“那我什么时候去上班？”

齐修远弄不清为什么几个人的反应都不一样，本以为齐佳和林教瘦都是赵小燕的朋友，听到这个消息应该替赵小燕高兴才对，哪儿能想到这其中还有许多曲折，也不好细问，就对赵小燕说："哦，不急，因为现在酒吧还没有正式开业，张姐说让你下周一过去先熟悉一下环境。"

齐佳哭丧着脸问："可是你们张姐为什么会决定录用赵小燕？"

赵小燕一瞪齐佳："怎么了？录取我有什么不好？"齐佳就不敢再说什么了。

齐修远知道此地还是不要久留为妙，就笑着说："这也不是一句两句能说清楚的，回头抽个空，我们再详细说吧。现在已经这么晚了，我这位兄弟还要赶回商场交差，我们就不打扰了。"林教瘦反应过来，知道这件事情不能怪齐修远，就连忙说："哦，那是要赶快回去。这些零件我找个袋子装起来吧。"

林教瘦从厨房找出几个塑料袋，把散碎的零件和螺丝装起来，大的零件就由齐修远和同来的那个人抱着。齐佳和赵小燕也过来帮忙，几个人把这些零件送到楼下的小型箱货车上，然后又回来检查了一下，确信没有遗漏的零件后，齐修远就和三人告别而去。

对于这种大喜大悲的变换，林教瘦已经经历过几次了，所以他并没有消沉太久，很快就选择了接受现实，到厨房继续做饭去了。

赵小燕自然是特别高兴，胃口也就特别的好。

只有齐佳显得闷闷不乐，饭也没吃多少，晚上躺在折叠床上，更是辗转反侧地睡不着，他一直想不明白一个问题：为什么赵小燕会被录取？

林教瘦听着齐佳在旁边那张床上翻来覆去的声音，暗中叹了一口气：看来目前的“热闹”生活，一时半会儿还结束不了。很不幸的是，这一次林教瘦猜对了。

而齐佳最关心的还是那个问题：为什么赵小燕会被录取？所以第二天，林教瘦按时上班去，赵小燕因为工作问题已经解决了，就蒙头睡懒觉，而齐佳则一个电话打给了时雨，让他去打听一下究竟是怎么回事。

时雨问清楚事情的经过后，自己也对这件事情产生了兴趣，于是“奉命”来到了齐修远所在的酒吧。酒吧大门上挂着“尚未开业”的牌子，推开酒吧那厚重的大门，时雨所看到的与那天齐佳等人所看到的景象差不多。“蓝大先生”仍旧在认真而仔细地擦拭着酒具，时雨进来了，他也没有抬头看一眼。两三名服务生正在认真擦拭着地板和桌椅。时雨仔细辨认了一下，没有发现齐修远。

这时，其中一名服务生走过来，很有礼貌地说：“不好意思先生，我们这里还没有正式营业。”

时雨说：“哦，我是来找齐修远先生的，请问他在吗？”

那名服务生问：“请问您是哪位？”

时雨说：“我叫时雨，你就告诉他我是齐佳的朋友，他就知道了。”

“那好，您先坐在这里稍等一下。”

“好的。”

那名服务生绕过吧台，往酒吧后面走去。没多久，齐修远就带着那种爽朗的笑容从酒吧后面走了出来。不过齐修远今天并不像齐佳所说的那样，是个领班打扮，而是像时雨第一次在林教瘦家见到他时那样，穿着一身蓝色的粗布工作服。

齐修远离得很远就很热情地冲着时雨打招呼说：“时先生啊，你好你好。”然后伸出手来。

时雨走过去，跟齐修远握了一下手，感觉齐修远的手略微有些湿，像是刚刚洗过的样子，嘴上也说：“你好！”

齐修远说：“来来，别站着了，快坐。”然后又冲着“蓝大先生”打了个响指，叫道：“‘蓝大先生’，来两杯冰水，我渴坏了！”

“蓝大先生”却没有听他的，只是抬头冷冷地看了他一眼，然后又继续擦拭着自己的酒具。齐修远也不生气，笑着对时雨说：“我那位兄弟就这脾气，你先坐着，我去倒水，我也渴了。”说完就自己跑到吧台，拿了两个纸杯，倒了两杯水端过来。递给时雨一杯后，他自己也坐下，喝了一大口才说：“现在只能请你喝水了，等酒吧正式营业了我再请你喝酒。”

时雨也端起杯子喝了一小口，笑着说：“我觉得喝水就挺好。我听齐佳说你是在这里当领班的？”

齐修远明白时雨的意思，低头看了看自己的衣服，笑着说：“是啊。我刚才是在后面装那个洗衣机，想让以后酒吧的工作人员下班后也可以顺便洗洗制服。刚刚装好试了试运转正常，你就来了，我就匆忙洗了手出来，也没来得及换衣服。”

齐佳给时雨打电话的时候没有提林教瘦洗衣机的事儿，所以时雨并不知道齐修远装的正是被齐佳和赵小燕拆散的林教瘦的洗衣机，但还是说：“哦？原来齐先生还会修电器，真是多才多艺啊。”

齐修远目光闪动看着时雨，微笑着说：“时先生想必也是一个忙人，这次来恐怕是想问为什么我们张姐会录取赵小燕吧？”

时雨本想逐渐切入主题，没想到齐修远居然已经猜到了自己来的目的，而且直截了当地就点明了，就愣了一下，但旋即又笑了起来：“齐先生是怎么知道的？”

齐修远就说：“我们第一次见面的时候，我见你那么维护齐佳先生，就知道你们的关系不一般。昨天齐佳先生只是问了一句‘张姐为什么会决定录用赵小燕’，就被赵小燕打断了，所以我就猜测你今天一定是受了齐佳先生所托，专门来问这个问题吧。不知道我猜得对不对？”

时雨知道齐修远所说的“维护齐佳”，是指自己故意打断齐佳，不让齐佳给齐修远名片的那件事情，没想到齐修远早就看出来自己行动的用意所在，所以就笑得有些尴尬：“我那时是……”

齐修远笑着说：“时先生不用在意。我也看出来齐佳先生一定是属于‘成功人士’的行列，想必平时所受的骚扰也不少，平时注意一些也是应当的。”

时雨没想到齐修远看问题看得这么透彻，才知道眼前这个人并不简单。事实上，齐修远虽然比时雨大不了多少，但经历却复杂得多，单就社会阅历来讲，是要超过时雨的。只是时雨做事比较谨慎，而齐修远则比较开朗，不喜欢拐弯抹角，有什么话喜欢直接说明而已。但时雨毕竟是时雨，听了齐修远的话，就也用一种很爽快的口气说：“多谢齐先生能够理解。”

齐修远仍旧是很爽朗地笑了笑，说：“你那也是关心朋友嘛。”他不愿意再在这个问题上纠缠，就接着说：“关于录取赵小燕的事情，开始我也不太明白，我们的王经理和李经理——哦，你就告诉齐佳说就是那天面试时坐在我们张姐旁边的那两个男的——开始也不同意让赵小燕来上班，不过我们张姐一定要坚持这么做，他们也就没办法了。”

时雨就问：“你说的王经理和李经理，是管什么的？”

“哦，”齐修远明白时雨想问的究竟是什么，就说，“我们张姐原本是学音乐出身的，后来做服装生意，赚了点钱，就想做这么一个音乐酒吧。不过她对酒吧的筹备和经营是一窍不通，王经理和李经理原来是在其他酒吧做管理的，听说张姐想办个音乐酒吧，就主动过来说要帮着筹办。我那位兄弟‘蓝大先生’原本也是在其他酒吧当调酒师，跟张姐是朋友，也过来帮忙负责酒窖的建设、酒吧的布置及各种酒吧用具的购进等。而王经理和李经理，主要是负责酒吧初期的投资计划和各种手续的办理，以及酒吧开业后的运作管理。不过你放心，我们张姐不会什么事也不管，她已经把那边的服装生意结束了，以后会专心运营这个酒吧，所以你不用担心王经理和李经理会故意难为赵小燕。”

时雨听齐修远又猜到自己心里想的什么，就笑了，略一思索，说：“我明白了，一定是你们的那位张姐非常欣赏赵小燕。这也难怪，虽然我也不知道是为什么，但是有很多人，尤其是很多个性很强的女人第一次见到赵小燕就非常喜欢她，想必你们张姐也是这样吧。”

齐修远笑着点点头：“我们张姐虽然平时不苟言笑，给人一种很严肃的印象。不过相信你也能明白，一个女人要想做出一番事业，总是要付出比男人更多的努力。虽然她经常是看起来一副冷冰冰的样子，但其实是个外冷内热的人。那天赵小燕所弹的第二首曲子是肖邦的波兰舞曲《军队》，这首曲子我们张姐也是非常喜欢的，那架钢琴刚买回来时，张姐试琴就曾经弹过那首曲子。后来赵小燕虽然一拳打得桌子上的杯子都倒了，但张姐反倒觉得这个女孩鲁莽得可爱，心地又纯直，而且似乎功夫也不错，想必有这样的女孩在张姐身边，张姐也会感觉安全一些吧，所以就决定录用赵小燕了。只是我联系了她几天都没联系上，昨天才恰好遇到了。”

时雨已经基本明白了事情的来龙去脉，只是还有一些问题想不通，就问：“可是我听齐佳说，你们张姐评价赵小燕，说她手指有点硬，弹奏得也显得生疏了，这样让她在这里演奏不会影响酒吧的人气？”

齐修远笑着说：“你认为来这种酒吧的人有几个是音乐评论家？要真是想欣赏大师级的音乐，还不如到大型音乐会上去了。来这里的人，不过是喜欢这里的环境，享受一种情调罢了，真正懂音乐的又有几个？等正式开业的时候，还要聘请其他的钢琴师，又不会只有赵小燕一个。况且张姐说赵小燕功底很扎实，只要再练上一段时间，手熟了，肯定能弹得更好。”

时雨点点头：“原来如此。”

齐修远看着时雨说：“这件事情想必你已经明白了，但是我却还是有点不明白，所以想请教一下时先生。”

时雨笑了，“你这真是有来有往啊！好吧，你问吧。”

齐修远就问：“昨天我告诉他们赵小燕被录用了的时候，那个林教瘦和齐佳似乎并不高兴，他们不是赵小燕的朋友吗，这里面是不是有什么隐情？不知道你方不方便说。”

时雨想了一下，就说：“也没有什么不方便说的，只是这件事情详细说起来比较复杂。简单点说，就是赵小燕和齐佳原本都是住在珠海，这次赵小燕是赌气才跑到北京，赌气才要找工作的，原本打算她找不到工作就会自己回去，没想到……”

齐修远问：“这么说来，齐佳和赵小燕是……”

时雨摇摇头：“目前还没有发展到你想的那种关系。”

“哦……”

时雨从酒吧里出来后，就分别打电话给林教瘦和齐佳。林教瘦怕又被胖老板听到他在上班时间打电话，所以也就没多说什么，只说了句“知道了”，就把电话挂了。当然，他马上明白了，这场原本快要结束的灾难，看来要变成一场持久战了。而齐佳的第一反应是：“你能不能想想什么办法？”对于这个颇具危险性的提议，时雨毫不犹豫地就拒绝了，理由是：“要是被赵小燕知道是我想办法把她的工作给弄没的，她会杀了我的。”齐佳想了一下，就说：“也会杀了我的。”所以让赵小燕失去这份工作的阴谋，刚萌芽就被“杀死”了。

之后的问题，就是齐佳该何去何从了。齐佳自己的主意倒是坚定——继续在林教瘦家里住下去，除了那个冠冕堂皇的“向林教瘦学习一些社会常识”的理由外，时雨自然明白他主要的目的还是赵小燕。不过，时雨也很清楚，自己怎么劝齐佳回去也无济于事，而且时雨自己的事情其实也很忙，不想再为这些事情再分神了，所以就打电话把这些事情原原本本地汇报给了齐老爷子。齐老爷子沉默了半晌后，才说：“这件事情你不用管了，专心处理项目那边的事情吧。”

得到了齐老爷子的指示，时雨也就舒了一口气，只是觉得这样一来就有点苦了林教瘦。不过人在江湖，终究是身不由己，对于齐佳和赵小燕这件事情，时雨也想不出什么更好的办法了。而且在时雨看来，塞翁失马，焉知非福，对于一向只守着网络，缺乏与人现实交流的林教瘦来讲，跟齐佳和赵小燕住在一起，也不是什么坏事。

从某个角度来讲，时雨这种带有自我安慰式的想法，至少有一部分是猜对了的。也许有的人还记得赵小燕要求齐佳交两千块一个月的房租的事情，不过事后赵小燕自己是彻底忘了。但是齐佳还记得，只不过他拿钱给林教瘦的时候，林教瘦既然当初不肯收时雨的钱，又怎么会收齐佳的钱——虽然他还是会感到心痛。拒绝的理由当然是一样的：时雨是朋友，帮朋友的忙，又不是要做生意。

看林教瘦态度坚决，齐佳也就不再坚持，只是后来他经常会主动从超市买回一些食物和日常用品。既然是在一起住，一起吃饭的，林教瘦也就不好推辞。过了一段时间，林教瘦把自己记的账目拿出来对了一下，发现虽然多了齐佳和赵小燕两个人，但自己的日常开销不仅没有增加，反而比以前自己一个人生活时还略有节省，虽然节省得不多——这并不是因为齐佳是算着账买东西的，只是出于齐佳那种经济学博士的专业本能。

而赵小燕也并不是总是会带来麻烦，事实上她毕竟也是一个人生活了那么多年，所以她也会帮着林教瘦做一些家务，因此林教瘦确实也省了不少力气。只是林教瘦家中有些东西对于赵小燕来讲过于“脆弱”，所以赵小燕经常弄坏一盏台灯，踩坏一个椅子什么的。不过事后不等林教瘦修理或更换，齐佳总是能买回来新的替代品，理由当然就是：既然大家同住，这些日用品自己自然也是应该买的。

次数多了，林教瘦也就不再推辞，看着家里的用具逐一更新，感觉也不是那么坏。

当然，这些都是后话。

第十四章　修身齐家治国平天下

对于赵小燕找到了工作这件事情，齐佳虽然开始郁闷了一阵子，但也很快就接受了这个现实，随即开始向林教瘦打听，北京的冬天究竟有多冷，要准备多厚的被子等问题。见到齐佳一副要打持久战的样子，林教瘦除了叹气，也没有其他话可说了。

赵小燕则一直处于一种很兴奋的状态。尤其当她无意中从齐佳口中得知张姐录用她的原因后，就立刻把张姐视为知己，都有些迫不及待地要去上班了。不过既然齐修远说让她下周再去，她也就乐得多睡几天懒觉，在林教瘦家里吃吃睡睡看电视，日子过得倒也逍遥。

看看日历，已经是周五了，林教瘦回想了一下，也不知道这个星期自己都做了些什么，胖老板刻意安排他不必去跑客户，至少在胖老板自己看来，这是一种对林教瘦善意的优待。所以除了偶尔接接电话，林教瘦就是坐在自己的位子上翻翻资料——上班没工作做，无聊到大脑一片空白。然而当久违的周末到来的时候，林教瘦突然发现要整整两天待在家里面对齐佳和赵小燕，是一件更为头痛的事情。

直到坐在餐厅包间的椅子上，林教瘦还没有反应过来究竟是怎么一回事。他只记得自己刚回到家中，却发现齐佳西装笔挺，赵小燕换上了那身蓝色的长裙，都端坐在屋子里等他。还没有等他弄清楚发生了什么事情，两个人就一左一右地架起林教瘦往外走，那一刻，林教瘦几乎怀疑这两个人要绑架他。后来齐佳才告诉他，晚上有人要请客。

有人请客，赵小燕自然是十分乐意去的。赵小燕和齐佳一商量，在林教瘦家里打扰这么多天，不能让他晚上一个人在家里吃饭，但又怕林教瘦推托不去，所以等他一回来，两个人就立刻冲上去，把他“抓”到了预定的餐厅包间。就这样，林教瘦莫名其妙地坐到了这里。直到坐到了餐桌的位置上，林教瘦才想起来还不知道究竟是谁要请客，若是齐佳生意场上的朋友，那么自己坐在这里显然很不合适，所以就问齐佳：“今天是谁要请客?”

赵小燕也问：“对啊，是谁?”

齐佳说：“当然是我请了。我有个姐姐在北京工作，听说我来北京了，就说想抽个时间见我一面，就约在今天晚上，说要请我吃饭。可是我怎么能让她付钱，所以还是我请。”

赵小燕问：“你还有个姐姐?”

齐佳笑了笑：“不是亲姐姐，家父还没有做生意的时候，跟平姐姐的父亲平伯伯都在一个单位工作，我们两家又是邻居，所以小时候我就经常跟着平姐姐一起出去。后来家父虽然到珠海去做生意了，但我们两家的联系却一直没有断过，只是我常年在国外，也没有什么机会见他们。我回国后，听说平姐姐硕士毕业就留在了北京工作，所以这次来北京，跟平姐姐联系了一下，她说想见我一面。”

虽然说是那位平姐姐约的齐佳，但是直到过了约定的时间，这位神秘的平姐姐也并未露面。三个人又等了半个小时，齐佳和林教瘦坐在那里都不说话，赵小燕有些着急了，就问齐佳：“你那位平姐姐怎么还不来？你打手机问问吧。”

齐佳还没有说话，就听门口有人笑着说：“不用打了，你平姐姐已经来了。”众人循声回头，才发现包间的门刚刚被打开，一个三十多岁的女人正笑吟吟地推门进来。

齐佳急忙站了起来，事实上他对这位平姐姐的印象也仅限于小时候，所以见到眼前这位个子不高，看着年岁不大但是已经隐隐有白发的女人，实在是没有办法跟小时候的印象联系起来。那位平姐姐却笑着走过来，拉着齐佳上下打量了一番，就笑着说：“哎，真人比照片上看起来还帅嘛，我都不太敢认了。”

齐佳这才说：“平姐姐，你好。”

平姐姐显得非常高兴，笑着说：“又听到你叫平姐姐了。想你小的时候经常拉着我的衣角叫平姐姐，让我给你买糖吃。一晃都快二十年了，现在你都比我高出这么多了。”

齐佳似乎被她说得有些不好意思。平姐姐却已经看到站在齐佳身后的赵小燕和林教瘦，就走过去拉着赵小燕的手，仔细打量了一下，然后笑着说：“你一定就是赵小燕了，确实长得蛮精神的。”

赵小燕没有想到这位平姐姐居然认识自己，就问：“你怎么会认识我?”

平姐姐笑了笑，没有回答赵小燕的问题，却转头看了一眼林教瘦，就问：“这位是你们的朋友吗?”

林教瘦连忙说：“我姓林，叫林教瘦，瘦弱的瘦。”

平姐姐听到这个名字，似乎觉得非常有趣，就笑着说：“这个名字倒挺有个性的。我姓平，叫平天霞，你既然是齐佳的朋友，就也叫我平姐姐就行了。”

林教瘦虽然是第一次见到平天霞，却很自然地产生了一种亲切感，但是让他叫平姐姐，却一时还叫不出口，所以就冲平天霞笑着点了点头，说：“好的。”

平天霞拉着赵小燕先坐到自己旁边，林教瘦和齐佳等她们两个人坐好后才分别坐下。齐佳叫来服务员，然后拿过菜单，双手递给平天霞让她点菜。平天霞也不客气，点了一只烤鸭和两个价格中等的菜，然后是赵小燕点了两个荤菜，林教瘦象征性地点了一个凉菜，最后齐佳要了一个汤。

点完菜，平天霞才笑着说：“我想你们一定是饿坏了吧，本来我应该早就到的，只是公司临时有点事情要加班，所以就来晚了。这段时间也一直忙，想请我这个弟弟吃个饭都抽不出时间，这不，好不容易想着周末有点时间，结果明天又要加班！”

赵小燕就问：“你做的什么工作，怎么会那么忙？”

“我在一家审计公司工作，有时候会加班到晚上八九点钟。不过今年还算好的，去年的时候孩子还小，整天缠着我不放，我又在一个网站做兼职，忙得天昏地暗的。”

赵小燕一听就生气了，“你们老板怎么能这样对你，我去教训他！”

平天霞被赵小燕的反应逗笑了，“是我自愿加班，又不是强迫的。再说我加班老板也给加班费啊。以前呢，我加班是为了买房子，现在呢，则是考虑将来孩子的生活和教育，所以就趁着自己还能干得动，就多做一些，多攒一些钱。”

赵小燕问：“那你老公呢，他怎么不多做一些？”

平天霞说：“他也经常加班，很努力啊。只是光他一个人努力是不够的，而且家庭毕竟是两个人的，所以需要两个人一起努力啊。”

赵小燕想了想：“有时候觉得结婚挺可怕的。”

平天霞笑着说：“那要看你怎么看待了。结婚固然意味着责任，意味着柴米油盐，但同时也意味着有了共同的目标，有了一起努力的理由。一个女人再怎么强，也总会希望有个人在她身边关心她，支持她。怎么样，小燕妹妹有没有喜欢的人？你喜欢什么类型的男人呢？”

听到平天霞问这个问题，齐佳和林教瘦虽然表面不动声色，但都竖起了耳朵听着，生怕漏掉一个字。然而赵小燕几乎连想都没想就说：“不知道，没想过。”

对于这个答案，齐佳自然有些失望。平天霞眨眨眼睛，笑着说：“难道你从来就没有想过自己以后想要跟一个什么样的人生活在一起吗？”

赵小燕摇摇头：“‘胡虏未灭，何以为家？’还有很多事情做不过来呢，哪有时间想那些。”

齐佳听不懂赵小燕说的是什么意思。林教瘦虽然听懂了，但还是不理解赵小燕所谓的“胡虏”究竟是什么，刚想开口问，服务员已经把菜陆续端了上来。赵小燕似乎早已经饿坏了，也不客气，立刻开始吃了起来。林教瘦知道在她专心吃东西的时候，还是不要打扰她为妙，所以也就没追问。事实上，连赵小燕自己也不知道自己所说的“胡虏”具体指的是什么，她只是觉得确实有很多事情比“为家”更重要。而且在她的概念中，尚且没有将男女关系发展到“为家”的概念，最多只是江湖儿女一起浪迹天涯的浪漫想象，至于结婚后那些生活琐碎事情，还不在她的思考范围之内。

等到赵小燕的进食速度稍微放缓了一点后，平天霞才对赵小燕说：“我们中国也有句话叫成家立业。成家以后才谈得上要立业，再说即使你想做一些什么事情，成家以后还是可以做的啊。就拿我这个弟弟来说吧，你别看他现在是什么总裁，其实他刚生下来的时候，齐伯伯也没奢望他能有多大的成就，给他取名‘齐佳’，就是取‘修身齐家’的意思，希望他以后能够修身养性，自我修养良好，希望他能够好好成家，安稳地过日子。”

林教瘦才知道齐佳名字的由来。那么想来平天霞的父亲一定是希望她长大后能够做一个女强人，但没想到她现在是为家庭和孩子奔波。但回过头来想想，自己又何尝不是这样，又何尝成了什么“教授”？父母对于儿女的期望，往往都是从起名字那一刻就开始了的。

平天霞说完后就看了看齐佳，齐佳却没有说话，依旧用一种不紧不慢的速度吃着东西，细细咀嚼了才缓缓咽下。赵小燕就瞪着齐佳，对平天霞说：“你看他那个臭毛病，说什么‘食不言，寝不语’，倒好像我们没文化一样。”

平天霞看了看齐佳，笑着对赵小燕说：“你也别怪他，那是他的习惯吧。”然后又对齐佳说：“好不容易才见到你，你也别光顾着吃东西，来说两句话吧！”

齐佳没有办法，才放下手中的筷子，拿餐巾擦了擦嘴说：“平姐姐说得不错，家父也一直教育我，让我先端正自己的思想，掌握了足够的知识，然后要了解了家庭的概念，了解男人的责任，这样才能够管理好一个企业。虽然这不是什么标准的管理法则，但我想家父一定有他的道理。”

平天霞又对赵小燕说：“而且我这弟弟也不是那种没有吃过苦的人，小时候他家里其实也不富裕，只是后来齐伯伯继承了海外的一笔遗产，才到珠海经商的，所以我这弟弟小时候也过了很长时间的苦日子，不是那种从小娇生惯养的人。”

赵小燕就说：“他？那叫苦？他跟我去西北背两天煤，就知道什么叫苦了。”

平天霞知道赵小燕说的是实话，也就笑笑没有再说什么。

齐佳琢磨了半天，总算品过味了。这位平姐姐一见面就能认出赵小燕，而且言谈间总是围绕着婚姻家庭，又不断投其所好，根据赵小燕的喜好来夸奖自己——不用问，这位平姐姐一定是事前从某人口中了解过了自己跟赵小燕的事情，而且或许还受了那个人所托来撮合自己和赵小燕，而能够做出这种事情的人，除了自己的母亲大人，不会有别人了。看情形这次即使赵小燕不主动来，平姐姐也一定会找机会再请赵小燕出来一次的。虽然齐佳确实是喜欢赵小燕，也希望有人能够从中牵线，但一想到是自己的母亲刻意安排的，心里还是有那么一丝别扭。

正在几个人谈话的时候，包间的门被打开，一名服务员和一名白衣白帽的厨师推着一辆小车进来了。那名服务员说：“你们要的烤鸭好了。”

平天霞看了看，说：“好，那你们就片吧。鸭架不用做汤了，给用椒盐炒一下再端上来吧。”

那名服务员答应一声。厨师拿起刀，很熟练地快速将烤鸭片好，盛在盘子里。服务员把片好的鸭片和荷叶饼端上来，又端上了黄瓜条、葱丝和面酱。那名厨师却对着众人点点头，说：“齐先生、林先生、赵小姐，你们好，请慢用。”

齐佳等人十分惊奇地抬起头，发现那名厨师有点眼熟，仔细地辨认了一下，居然是齐修远！

齐佳他们怎么也想不到会在这里碰到齐修远，而且看样子齐修远还是这里的厨师，所以就一齐愣住了。还是齐佳先反应过来，马上站起来说：“你好，齐修远先生，你怎么会在这里？”说着本能地伸出手想跟齐修远握手。

齐修远举起双手，他的手上戴着塑料手套，上面沾满油腻。齐佳笑了笑，就把手又放下了。齐修远说：“那边酒吧还没有正式开业，所以晚上也没什么事儿，我就暂时在这里做个兼职。”

赵小燕立刻问：“你还会做烤鸭？”

齐修远笑着说：“不是我烤的，厨房专门有大师傅烤，我只是负责把烤鸭片好而已。”

林教瘦越来越觉得这个齐修远有些诡秘，甚至是有些恐怖了，似乎到处都能遇到他，有时候真怀疑他是不是有很多孪生兄弟分布在北京各处。

齐修远接着说：“哦，不打扰各位了，我这也正在工作着呢。赵小姐，回头等你上班了我们再聊。各位再见！”

赵小燕觉得齐修远这个人非常有趣，笑着说：“好的，回头见。”

齐修远推着小车出去，服务员顺手把门又关上。

平天霞看着齐修远出去，又转头看到赵小燕夹起鸭片就往嘴里塞，就说：“那个鸭片要和瓜条以及葱丝一起裹在荷叶饼里才好吃，裹之前先蘸点酱，像这样。”赵小燕于是拿起荷叶饼，学着平天霞的样子夹起鸭片在面酱里蘸了蘸，然后放在荷叶饼上。平天霞才问：“刚才那位是你的朋友？”

赵小燕一边卷烤鸭，一边回答：“是啊。”

平天霞又问：“我刚才听他说上班？你上什么班？”

赵小燕说：“我刚找到工作，在一家酒吧上班，他好像是那里的领班吧。”赵小燕一边说着，一边已经把烤鸭卷好，塞进嘴里。

平天霞追问：“酒吧？”

赵小燕嘴里塞着东西，嗯了一声。齐佳补充说：“那是一间音乐酒吧，她在那里当钢琴师。”

“钢琴？”显然这在平天霞的意料之外，她转头问赵小燕，“你会弹钢琴？”

齐佳插道：“她还弹得特别好。”

赵小燕瞪了齐佳一眼，把嘴里的东西咽了才说：“当初都是我老妈逼着我学的，没想到现在还要靠这个混饭吃。”

平天霞本来对赵小燕的印象一般，但听说赵小燕会弹钢琴，而且弹得还特别好，看赵小燕的眼光立刻有点不一样了，笑着说：“原来你还有这本事啊，等我那孩子长大了也想让他学钢琴。”

赵小燕一边吃一边摆摆手：“别，没意思透了。整天坐在那里我屁股都快长茧了，我就受不了那个罪。怎么感觉最近的家长都想让孩子学点音乐似的，我老妈是音乐教授这么想也就算了，你到底是想让小孩以后当音乐家呢，还是像我老妈说的那样培养他的什么音乐素养？也不问问他们自己有没有兴趣。”

平天霞似乎被赵小燕问愣了，想了一下，才慢慢说：“因为公司里几个同事的孩子都在学。真要说的话，或许是感觉别的孩子都学，我的孩子不学就赶不上人家啊。”

赵小燕摇了摇头：“感觉人一当上父母，看到自己的孩子，脑子就不太会思考了。”

平天霞看着赵小燕笑了笑。赵小燕说：“平姐姐别光顾着说话啊，赶快吃，一会儿就都被他们吃光了。”

齐佳自从想到这顿饭背后的意义后，既有些高兴平姐姐愿意“游说”赵小燕，又对母亲的做法感到不自在——好像自己的魅力不够，非要借助其他人才能追到喜欢的女孩一样。在这种矛盾的心情下，自然是再没有什么心思吃饭了。平天霞本来食量就小，而且与赵小燕越聊越投机，所以也只是简单地吃了一些。林教瘦则是一声不响地坐在旁边，虽然有些闷，但倒吃得很舒服。

这顿饭，吃得最尽兴的自然是赵小燕了，一整只喷香的烤鸭，大部分都是被她一个人给吃光的，油嫩的鸭肉片，爽脆的瓜条，香葱段儿，甜面酱，配上薄薄的荷叶饼，虽然这些东西单吃起来味道一般，但包在一起，却形成了一种奇妙的美味。赵小燕以前也在其他地方吃过所谓的烤鸭，但直到这一次，赵小燕才知道了烤鸭的真正吃法，所以吃得很是过瘾。而且她觉得这位平姐姐对她极为和气，所以对平天霞的印象也非常的不错。

平天霞见赵小燕笑眯眯的一副“我吃饱了”的样子，就看了看表，说：“时候也不早了，我明天还要上班，今天就先到这里吧，改天我们再聚。”这次聚餐于是宣告结束。

齐佳叫过服务员，拿出钱包，准备付账。平天霞却拦着他说：“说好是我请你们的，我来付！”

齐佳自然不肯：“怎么能让女士付钱？”

平天霞说：“你别说你从国外学来的那套，说好了是我请你这位弟弟吃饭，哪有当姐姐的说请客，最后还要弟弟来付钱的。你把钱给我收回去！”

一方面平天霞的态度坚决，另一方面齐佳也发现自己即使想付账，也已经没有办法付了——平天霞在订下这个包间的时候，就已经预先付了订金，所以服务员算好账后，只是把多出来的钱退还给她而已。齐佳只能作罢。

出了餐厅的大门，平天霞把齐佳拉到一边低声说：“我对这女孩子印象不错，你可要抓紧了！”齐佳有点不好意思地笑了。平天霞又走过去拉着赵小燕的手说：“小燕妹妹，今天能认识你很高兴，下次你去我家里，我亲自下厨做给你吃！”赵小燕自然十分高兴地答应了。平天霞又跟林教瘦道了别。齐佳拦了一辆出租车，让平天霞先上车。

一直等到平天霞所乘坐的出租车离开视线，三人才又拦了一辆出租车，回到林教瘦家。

第十五章　由背叛构成的世界

正如林教瘦所预料的那样，周末待在家里，只会让他感到更无聊。早上起来做好早餐，赵小燕依旧在睡着她的懒觉，林教瘦和齐佳只好先把她那份早餐留出来。吃完早餐后，齐佳上网收发邮件，林教瘦也习惯性地上网转了一圈，却不知道该做什么。因为齐佳就坐在离他不远的地方，这使得林教瘦有些不习惯——无论是玩游戏还是网上聊天，林教瘦早已习惯了独自一个人享受，现在有人在身边了，一时就难以适应了。

快接近中午的时候，赵小燕才睡足了起来，却没有吃留下来的早餐——因为该吃午饭了，所以林教瘦就忙着张罗午饭。在这顿午饭快吃完的时候，时雨却赶来了。时雨已经很长时间没来了，只是偶尔通过电话与齐佳和林教瘦联系一下，今天好容易抽出点空，他就过来看看。

时雨到来不久，林教瘦所认为的这个无聊的周末就结束了，因为突然发生了一件“有聊”的事情。就在他们几个人的这顿午餐即将结束的时候，赵小燕突然接到一个电话，然后她立刻就爆发了。

齐佳他们也不知道究竟发生了什么事情，只是看到赵小燕接起手机，对方似乎只说了一句话就把电话挂了，赵小燕愣了一下，然后就对着手机大声喊："你说什么?！为什么？你们这不是耍人吗?"可是对方既然已经挂了电话，自然听不到赵小燕在喊些什么了，所以赵小燕气得直想摔电话掀桌子。要不是有齐佳在，仅依靠林教瘦和时雨是拦不住她的。

在几个人的连哄带劝之下，赵小燕终于说出了电话的内容。电话是齐修远打来的，他只说了一句话："对不起，你不用来酒吧上班了。"

假如赵小燕一开始就没有得到这份工作，齐佳或许会暗地里感到高兴，但是现在赵小燕的这份工作得而复失，齐佳却高兴不起来了。要么开始就不要录用赵小燕，通知说录用了不到几天却又莫名其妙地说不用去了，就连林教瘦也觉得齐修远他们这样反复无常，的确有点让人生气。

时雨却说："你们先别生气，他们或许也有他们的苦衷呢，未必就是在戏耍人。不行的话，你就去当面问问到底是怎么回事吧。"

赵小燕自然就立刻气势汹汹地准备出门，要杀到那家酒吧讨个公道。齐佳居然自告奋勇地要去帮赵小燕。所以林教瘦和时雨也就不得不跟着去了——倒不是为了人多壮声势，而是怕齐佳和赵小燕这两个"武林高手"到那里惹出什么事儿来。

四个人很快就来到了那家酒吧的外面，酒吧的大招牌依然没有安上去，只是门口的招聘启事却不见了。时雨隔着小窗户往里面张望了一下，隐隐约约地见到里面有人。赵小燕伸手去拉门，门却没有开，显然是从里面插上了。赵小燕也不管三七二十一，就从外面开始砸门。

很快，门就开了。开门的齐修远见到是赵小燕他们，并不感到意外，只是说："我原料到你们会来，只是没想到来得这么快。"

赵小燕一把抓过去，想抓住齐修远。齐修远却很灵活地向后一闪，躲开了赵小燕的手。齐佳则急忙拦住赵小燕，说："别着急动手，先把事情问清楚再说。"

赵小燕很气愤地对齐修远说："齐修远！你今天不给我个解释，我就砸了你这酒吧！"

齐修远叹了一口气，说："那你们先进来吧，这里说话也不方便。"

林教瘦见到一向笑得很开朗的齐修远，现在却是一脸的愁容，知道一定是发生了什么事情，所以也对赵小燕说："你先别冲动，我们进去说吧。"

赵小燕等四个人进到酒吧里，才发现原本就冷清的酒吧显得更加空荡，没有见到以往那些服务生，整个酒吧内只有齐修远和"蓝大先生"在。"蓝大先生"也没有像往常那样在吧台擦拭酒具，而是低着头坐在酒吧的一角。

齐修远让赵小燕几个人先坐下，并没有像往常那样让“蓝大先生”去倒水，只是说：“你们先坐着，我去给你们倒水。”

赵小燕说：“你不用去了！我是来听理由的，不是来喝水的！”

齐修远只好又拉过一张椅子，坐在几个人旁边，但又不知道该怎么解释，所以踌躇了一下才说：“这件事情原因很复杂，在电话里也说不清楚，而且事关张姐的隐私和酒吧内部的一些事情，所以也不方便跟你详细说。总之，这次算我们对不起你。嗯，虽然你还没有正式来这里工作，但我们可以做一些经济上的补偿。”

赵小燕一听齐修远的话就更火了，拍桌而起：“姓齐的，你以为我就是来跟你要那两个臭钱的?”齐佳和林教瘦急忙拦住赵小燕，不让她冲到齐修远面前。

这时候“蓝大先生”已经倒好水，端了过来，见到赵小燕发火，就对齐修远说：“你就跟她详细说明一下吧。”

齐修远说：“可是……”

“蓝大先生”说：“没关系，我知道事关我们内部的一些事情，可是赵小姐虽然还没有正式上班，但好歹也算是我们酒吧的职员了，所以也有权利知道发生的事情。我相信张姐也不会怪你的。”

齐修远似乎还是有些为难。时雨察言观色，就说：“你们有什么原委不妨说出来。我们自认还是有一些见识和人脉关系的，即使不能帮你们完全解决，说不定也能帮上一些忙呢。”

也不知道是得到了“蓝大先生”的许可，还是时雨的最后一句话打动了他，齐修远终于点了点头，说：“首先我向赵小姐道歉，因为今天的事情发生得太突然，我有些乱了方寸，所以刚才有点口不择言。”

“蓝大先生”听他这么说，才把手中的托盘上的水杯放在几个人面前，然后转身回到吧台，又拿出酒具开始擦拭。

齐修远顿了一下，才接着说：“这……我也不知道该从什么地方说起。其实张姐这个人的经历挺曲折的，虽然具体细节我也不是太清楚。但我听蓝小生说，张姐原本是学音乐的，修的就是钢琴。她原来有个学画画的男朋友，两个人准备共同发展，在各自的领域里闯出一点名堂。就在他们已经准备谈婚论嫁的时候，张姐突然发现自己怀孕了，而她那个男朋友却哄着她到医院堕了胎，没想到就在她动完手术的第二天，她的男朋友就不见了。后来张姐才辗转知道，她的男朋友是跟一个有钱的日本女人跑了。”

赵小燕立刻又拍桌而起，大声说：“那个男的在哪儿？我去宰了他！”

“嘘！”齐修远急忙拉她坐下，然后远远望了望“蓝大先生”，继续说，“这事虽然已经不是什么秘密，但是你也不用说得那么大声。只是经过这件事情之后，张姐一直想不通，觉得是因为自己没钱，她的男朋友才会丢下她跟那个日本女人跑的，所以一时想不开，就放弃了音乐，转行去做服装生意了。”

齐佳忍不住插嘴道：“不是有钱没钱的问题，是那个男的品质有问题。”

齐修远点点头：“这一点后来张姐也想明白了，只是当时没有绕过这个弯来而已。”

“要是那男的被我碰上，我非教训他一顿不可！”赵小燕一副咬牙切齿的表情，用眼睛扫了一下四周，林教瘦本能地将自己的椅子往远处挪了挪。

齐修远继续说：“我说这些，只是说明张姐为什么要办这样一个音乐酒吧。张姐后来也想明白为了一个背叛她的男人而放弃自己喜欢的事业并不明智，只是这已经是很多年以后的事情了。张姐再想重新做音乐，一则是已经过了发展的黄金期，另外就是放下的时间长了，已经有点荒废了。但是张姐觉得即使自己不能再把音乐当成一项事业，也要从事与音乐有关的事业。这时候她认识了你们那天见到的王经理和李经理，也就是王简和李固。

“那两个人原来是在其他酒吧当经理的，听了张姐的想法后，就给她出主意让她办一个音乐酒吧。张姐本也是一个喜欢泡吧的人，听到这个建议以后觉得非常适合自己，所以就决定要办这个音乐酒吧了。

“蓝小生跟张姐是多年的好友，张姐要办音乐酒吧，他自然就过来帮忙了。我因为小生的关系，也就过来帮着筹备一下。我原来也劝过张姐，这酒吧与服装贸易完全是两个领域，而且在北京，这种公共娱乐行业很不好做，不仅审批手续麻烦，而且各方面的关系也都需要处理好。无奈张姐觉得自己当年一时意气用事，放弃了音乐，这次说什么也不能再放弃这个机会了。加上王简和李固信誓旦旦，说自己有多年的管理经验，各方面的路子也熟，审批手续绝对没问题，又给张姐看了一份详细的计划书。张姐一算自己多年的积蓄基本够这间音乐酒吧的基本投资了，就把服装生意结束了，专心来做这间音乐酒吧。

“不过，王简和李固虽然谈起来头头是道，使事情看上去很简单。但真正运作起来却完全不是那么回事，各方面计划外的花费越来越多，到最后这里也租下了装修好了，基本的设备也买回来了，张姐的积蓄也花得差不多了，甚至还背负了一点外债。但是细算下来，这个酒吧要想正式运营，加上从运营到赢利的这段期间的费用，至少还得需要一两百万的投资才行。更要命的是，酒吧在装修前没有经过有关部门指导，在最后审查时发现卫生、消防、环保几个方面都不合要求，所以手续迟迟办不下来，后来又大改了几次却依然不得要领，还是达不到要求。时间长了，这里的房租、初期参与筹备的员工工资，各项花费一样不少，就是开不了业。那王简和李固也傻眼了，束手无策。张姐没有办法，各方面托人拉关系，求神拜佛的，终于找到了一个投资方愿意投资，而且那个投资方也做过酒吧的项目，有一定的关系和经验。张姐跟他们谈得很顺利，原本预计最近投资款项就能够到位，而且手续也会很快审批下来，所以也就开始大张旗鼓地招人了。没想到前两天王简和李固这两个人突然消失了，昨天那个投资方又打电话给张姐说要取消合作。张姐昨天一天都把自己关在家里不肯出来，后来是小生打电话给我，我们两个深夜跑到张姐家里，才问清楚发生了什么事。今天早上我找相关的人打听了一下，才知道原来是王简和李固那俩小子在投资方面前说什么这个酒吧没有计划好，张姐一无能力二无经验，肯定经营不好，然后自己拉了那个投资方，另起炉灶去了。”

此时赵小燕也听明白了，张姐又遭遇了一次背叛，就怒道：“那两个小子在哪儿？我那天看他们俩就不像好东西，不能就这么便宜了他们！”

齐修远苦笑着摇摇头：“要是知道他们在哪儿，还用得着你出手，我自己就把他们收拾了！不过，即使你抓住他们打一顿出出气，又能解决什么问题？投资方也不可能再回来了。照着目前的情形来看，一时半会儿是找不到资金来源了，再说手续也难办。为了减少日常开支，我只好让那些请来的服务生先到其他地方找工作，好在那些人多半是我的兄弟，所以容易安排。我这位蓝小生兄弟是张姐的好友，自然不能在这个关头丢下张姐，所以我也就陪着他守在这里。想到你的时候，其实我也犹豫了一下，但是这里既然距开业还遥遥无期，也不能耽误你再找工作，所以还是打手机通知了你，没想到惹得你那么生气。”

赵小燕刚才确实是怒火冲天，此时听到齐修远讲述了事情的原委，反而因为刚才的怒火而感到羞愧起来，加上听了张姐的遭遇后，对张姐这个人也起了同情，想了想就说："刚才是我不对，没有弄清楚事情经过就随便发火。要不我们一起去看望一下张姐吧？"

齐修远摇摇头："张姐是个很要强的女人，我们现在去看她，她反而会觉得我们是在怜悯她，只会使她更不高兴，所以还是让她一个人静静吧。当务之急，还是要想办法解决酒吧的资金和手续的问题。"

时雨自然明白这最后一句话齐修远是有意无意指向他的，但是他却没有说话。赵小燕却不允许齐佳和时雨再沉默下去了，就拍拍齐佳的肩膀说："你不是很有钱吗，我看这个酒吧的布置也不错，一定会很赚钱的，不如你来投资吧。"

齐佳面露难色："如果只是十万八万，我个人还出得起，但是牵扯到上百万的投资，就一定要通过集团，需要报董事会通过才行。而我们集团从来就没有涉足过餐饮娱乐，一无经验，二也没有这方面的投资计划，所以很难得到董事会的认可的。"

赵小燕瞪着齐佳："你平时不是说自己是什么副总裁吗？说得热闹，原来在集团里连这点事情都办不成啊！"

时雨忍不住说："因为齐佳是监管集团里各个项目的，假如因为他的考虑不周，使得集团利益遭受损失的话，以后还怎么得到那些董事的信任？"

赵小燕还想再说，齐修远已经听明白了时雨的意思，知道他说的不假，所以就截在赵小燕前面说："时先生说的不错，而且现在也不仅仅是钱的问题，假如再找的投资方对酒吧运营也是毫无经验，那这个酒吧也肯定做不长久的。你们几个只是有一面之缘的人，却还能在这个时候关心张姐，我相信她也会感到高兴，几位的好意我就代表张姐心领了。”

赵小燕听齐修远这么说，也就不再说什么了。时雨就说：“那我们也会尽量找一些生意场上的朋友，看看谁有这方面的路子，只是未必一定能够找到。”

齐修远虽然知道时雨这多半只是一句客套话，但还是说：“你能有这份心思，我相信张姐已经是非常感激了。”

几个人又闲聊了几句，又不知道该说些什么，赵小燕虽然还是想去看望那位张姐，但也知道今天是不可能的了，于是就放弃了这个念头。因此，林教瘦他们就跟齐修远起身告辞。“蓝大先生”并没有过来送他们，只是独自一人在吧台擦拭着酒具。不知道为什么，林教瘦感觉“蓝大先生”的身影有些落寞，似乎他把整个灵魂都放在了那些酒具里，而他正在擦拭着的是自己的灵魂，他全神贯注，缓慢而仔细，一丝不苟地擦拭着。林教瘦感觉得出来，在这种貌似冷漠而专注的外表下，一定隐藏了很多的东西，想必他也曾经有过很复杂的经历。无论是欢喜还是悲伤，忧愁还是痛苦，他都不愿意让不熟悉的人看出来，甚至连自己最亲近的人，他也不会让其分担自己的痛苦和悲伤，只把它们留给自己一个人去慢慢地品味。

林教瘦之所以能够感觉出来，或许是因为他们两个是同一种人，只不过他们隐藏的方式不同罢了，林教瘦是用他的淡然，而“蓝大先生”则是用他的冷漠。

赵小燕走出酒吧的大门，突然转身对齐修远说：“明天我还过来。”

齐修远没想到她会这么说，就问：“你来做什么？哦，我不是不欢迎你，而是怕耽误你的时间。”

赵小燕却说了一句让众人都感到意外的话：“要是这里突然冷清了下来，张姐会更伤心吧。”就连认识她时间最长的齐佳和时雨，都没有想到一向大大咧咧的赵小燕，什么时候心思变得这么细腻了。

齐修远笑了一下，说：“那好吧，你就只当是来这里坐坐也行，不过我这里可只有矿泉水来招待你了。”

几个人笑着跟齐修远道了别，一起往回走。

路上林教瘦发现赵小燕看自己和齐佳以及时雨的眼神有些凶恶，不知道发生了什么事情，就问：“你……怎么了？”

赵小燕瞪了林教瘦一眼：“你们男人都不是好东西！一个个为了那么点利益就背叛，把张姐害成那样。”

齐佳忍不住说：“也不是所有的男人都那样的……”

林教瘦也说：“不能一竿子打翻一船人嘛，何况也有很多男人不错的，比如那个‘蓝大先生’还不是不离不弃地跟着张姐？”

赵小燕想了想，就说：“那我把‘蓝大先生’当好姐们。”

林教瘦哑然失笑："可他是个男的啊。"

赵小燕说："男人都不是好东西。"

这就是她的结论。

既然赵小燕已经下了结论，林教瘦和齐佳也不好再说什么，只好陪着赵小燕回去。而时雨则直接回宾馆去了。

实际上，对于张姐的事情，后来齐佳确实是尽了力的，他联系了一些在北京的朋友，但他们都表示帮不上忙，所以齐佳也无计可施了。

第十六章　辩论

周日的时候，赵小燕还是起晚了，虽然她着急要去看望张姐，但是林教瘦却劝她说："还是等过了中午吧，要不人家要请我们吃午饭的话，岂不是又要给人添麻烦了。也要等到人家吃完午饭了，我们再去吧。"赵小燕也就只得坐下来等林教瘦做饭了。

吃完午饭，赵小燕就拉着林教瘦和齐佳前往酒吧。

酒吧的大门这次并没有从里面插上，所以赵小燕他们就直接推门进去了。齐修远和"蓝大先生"正坐着说话，见到赵小燕他们进来，两个人都站了起来。齐修远走过来，笑着说："你们果然来了，那就坐会儿吧。"

赵小燕问："张姐呢，她在不在？"

齐修远说："哦，昨天我把你们来的事情跟张姐说了，张姐说很感谢你们。她想了两天，也想通了，说自己不能就这么放弃，所以今天早上她还专门过来看了一下，见你们没有来，就又开车去一个朋友那里了。据说她那个朋友有些路子，或许能够找到合适的投资方也说不定。"

赵小燕听说又见不到张姐了，有些失望，就怪林教瘦说："都是你，我说早点过来，你非说要吃完午饭。"

林教瘦笑了笑，没有说话。齐修远就说："你们先坐一会儿吧，没准张姐一会儿就回来了呢。不过也不着急这一天两天的，以后还有的是机会嘛。"

其实齐修远知道，此时的张姐并不太愿意见赵小燕他们——在她人生最不顺利的时候，这些不熟悉的人的关怀，只能让她感到是一种怜悯。虽然从赵小燕他们的角度来说，或许只是出于一种单纯的关心。

赵小燕也就只好先找了张桌子坐下，林教瘦和齐佳也跟着她坐下。这一次不等齐修远招呼，"蓝大先生"已经主动把水端了上来。放下水后他没有坐下来，仍旧回到他的吧台站着。齐修远知道，在"蓝大先生"眼里，这些人已经不是客人了，而是朋友，所以他才会主动端水过来。所以齐修远笑了笑，也跟着坐下来。

齐佳说："要不叫你那位朋友也跟着坐下来聊聊吧？"

齐修远笑着说："不用了，他喜欢待在那个吧台里。"

赵小燕问："那个李什么和王什么找到了吗？"

齐修远说："你说王简和李固那俩小子啊，没有。他们可能知道我在找他们，所以暂时躲了起来。我那位'蓝大先生'兄弟说，其实那俩小子也不是一开始就存心欺骗张姐的，确实是真心实意地想帮张姐，这从他们做的计划中就可以看出来，他们也是雄心勃勃地想做一番事业。只是到后来他们发现自己计划的漏洞很多，能力也不足，使得张姐陷入了进退两难的境地，就感到有些愧对张姐，觉得即使这个酒吧最后办成了，自己在张姐面前也抬不起头来，所以干脆就选择了背叛。或许他们以为张姐若是真的把这个酒吧办成了，会报复他们，所以那俩小子就干脆断了张姐的路，把投资方也拉跑了。有时候想想，人性确实是很奇妙，有些人愧疚了就会努力弥补，有些人感到愧疚了就干脆把人往死里整。我本来想找几个哥们把那两个小子揪出来，不过张姐说算了，在这件事情上他们俩确实也出过不少力，最后也没落下什么好处。”

赵小燕说：“可是就这么让他们跑了我还是有点气不过。”

齐修远的笑容变得有些诡秘，像是在自言自语地说：“过两天，相信那俩小子会露面的……”说到这里，齐修远就停住不说了，转换话题说：“其实要说能力，那俩小子也有，就是人品差，不敢担当，职品差，缺乏责任感。”

林教瘦问：“职品？”

齐修远说：“职业品德啊。”

“哦，”林教瘦笑了，“原来是这么一个职品啊。我们胖老板经常说什么‘忠诚大于能力’‘责任心’什么的，我看那两个经理倒是应该跟着我们胖老板最合适了。”

齐修远想了一下，就说：“我发现确实有一批人很浮躁，还未做出任何的成果就想得到很高的回报。对于这些人来讲，接受一些类似于‘责任心’这样的理念也是好的。后来我又亲自做过一些这样的书之后，觉得其实所谓的思想理论本身并没有什么好坏之分，关键是看从哪个角度去解释，针对哪些人用。用在对的人身上，就可以成为一种工作动力，用在错误的人身上或者是错误的用法，就会产生反效果。这跟吃药是一个道理。”

林教瘦听到齐修远说做书，就问：“你刚才说亲自做过一些这样的书，是什么意思？”

“哦，”齐修远笑了笑，“我有一段时间在文化公司当编辑，曾经撰过一些这样的稿子，无非是把一些材料组合在一起，修改润色罢了。”

林教瘦追问：“你还当过编辑？”

“嗯，”齐修远说，“不是你想象的那种正规出版社或者报刊编辑，严格来讲属于写手，只是在稿件送到出版社之前做一些加工润色等的工作，到最后往往连个名字都不会在书上出现的那种。”

林教瘦忍不住挠了挠头：“你究竟做过多少种工作？”

齐修远说：“专职做过的有十多种吧，兼职的就不知道有多少了。”

齐佳就接着说：“怪不得觉得齐先生见识不一般，原来还有这么多的工作经历。”

齐修远看了看齐佳，笑着说：“你看，我们只顾着谈员工精神培训了，忘了这里还有一位大企业的管理者，实在是班门弄斧了。”

齐佳没有听出齐修远半开玩笑的口气，所以就一本正经地说：“不，齐先生刚才说的很有道理，我也能从中得到不少启发。”

赵小燕本来是个很喜欢聊天的人，无奈齐修远说的那些员工培训的东西她并不感兴趣，或者说她本就很讨厌那些“训人术”的话题，所以就故意插嘴道：“什么有道理，你刚才说不管什么样的思想理论，只要用对人就行了，那我问你‘歌舞教成心力尽，一朝身去不相随’这样的思想也是好的吗？”

齐修远愣住了，仔细回想了一下，才说：“你说的可是‘燕子楼’的典故？”

赵小燕点点头：“是。”

齐修远想了想，就说：“或许站在白居易的立场上，这样是为了成全关盼盼的名节吧。”

赵小燕说：“狗屁！关盼盼独守空楼十多年，就算是按照当时的道德标准，也已经算是那个什么狗屁忠贞节烈了吧。不过是那个臭男人为了满足自己的虚荣心，想看一出殉情的凄美戏而已，就非要逼死人家不可。”

齐修远听到赵小燕能够随口就说出燕子楼的典故，并且把里面的诗词记得清清楚楚，显然是看了不少书的，有一定的古文修养，但偏偏她说这些的时候脏话满天飞，倒让齐修远感到十分有趣，就说：“你也说了是当时的道德标准，不能简单用现在的观念来衡量的。”

赵小燕就说：“别拿什么狗屁道德标准做借口，就是你们这些臭男人看不起女人，不把女人当人，只当成自己的私有财产，所以才会有‘今日始知人贱畜，此生苟活怨谁嗔’的说法。”

这一次连齐修远都不知道赵小燕说的是什么了，好在赵小燕继续说：“可笑你们这些臭男人还为自己找借口说什么‘春娘此去太匆匆，不敢啼叹懊恨中。只为山行多险阻，故将红粉换追风’。”

齐修远听到“春娘”两个字，才舒了一口气，他刚从网上看过这个故事，所以就说：“或许苏东坡真的是怕春娘跟着自己太辛苦了。”

赵小燕已经将谈话升级到了争论，所以听到齐修远这么说就有点生气：“那也不能拿人跟马换啊，把女人当什么了？”

齐修远也哑口无言了，想了半天才说：“这个故事也只是后人记载的逸事，未必是真的。”

赵小燕继续说：“就算是吧。那卓文君不嫌弃司马相如家贫，宁可放弃万贯家财，不惜与老父反目，被传成一种美谈。可结果呢，司马相如后来小人得志了，刚过上两天好日子就想纳妾，弄得卓文君还不是要哀怨地写‘愿得一心人，白首不相离’。我知道你又要说是当时的狗屁道德观念了，可是你看看历史上多少这种故事。男人都是这样，得不到的总感觉像珍宝一样，一旦得到了，就觉得也不过如此，即便原本看起来像天仙的，娶回家也觉得是黄脸婆了。说白了就是男人骨子里的劣根性，加上男权主义思想在作怪，一定要彻底根除这种思想才能保证女人的利益。”

齐佳呆坐在一旁，其实他一直都没太听明白齐修远和赵小燕究竟在辩些什么，只是最后听赵小燕说男人总是喜新厌旧，就连忙辩解说："我不是，我不会喜新厌旧的。"

赵小燕瞪了齐佳一眼："没说你，没你的事儿，一边待着去！"齐佳就不敢再说话了。

齐修远知道这场谈话再辩论下去也不会有什么结果，就说："算了，不辩了，辩赢了又不能解决什么问题。你喝点水吧，不够我再去给你倒。"

赵小燕得理不饶人："你一定要改掉你那种男权思想才行！"

齐修远苦笑一声："好好，我一定谨遵教诲，见贤思齐。"

齐佳却悄悄地问林教瘦："他们刚才说的那些，都是什么事情？"

林教瘦想起齐佳一直在国外读书，所以对这些历史典故可能不太熟悉，想了一下，就低声告诉齐佳说："最开始那个典故，说是白居易写诗逼死关盼盼的。关盼盼原来是名歌伎，也就是给人表演唱歌跳舞的，后来嫁给了一个当官的。那个当官的跟白居易是朋友，三个人就这么认识了。后来那个当官的病死了，关盼盼就独居在燕子楼里为他守节，一守就是十多年。因为白居易是当时著名的诗人，关盼盼就写了几首诗请白居易指正，诗中叙说了凄苦之情。没想到白居易却回了几首诗，意思是关盼盼应当以死明志，应当自杀来报答那个当官的为她赎身的恩德。结果后来关盼盼真的就跳楼而死了。"

齐佳一听就生气了，“这个白居易怎么能这样……”

“嘘……”林教瘦急忙让他小声点，继续说，“这个故事我好像在某个报纸上见过，所以只是隐约记得，具体的你可以去查一些资料来看。后面那个故事，我也在网上看过。说的是苏轼被贬的时候，有个官员去送行，看上了苏轼的小妾春娘，就提出要用自己的好马来换春娘，苏轼就答应了。春娘却不甘受辱，觉得自己连牲畜都不如，所以就撞树而死了。哦，你先别着急生气，等我把话说完。最后那个卓文君和司马相如的故事是很有名的，司马相如穷困时到富豪卓王孙家做客，他知道卓王孙新守寡的女儿卓文君很美貌，于是弹了一首《凤求凰》来表达自己的爱慕之情。卓文君果然为之所动，就跟司马相如私奔了。司马相如那时候很穷，只好同卓文君开了个小酒馆，卓文君当垆卖酒，两个人就这么相依为命地度日。后来司马相如到京城向皇帝献赋，得到汉武帝赏识，就做了官。不想司马相如小人得志，就想在京城纳妾，卓文君听到这个消息，写了一篇《白头吟》表示恩情断绝之意。刚才赵小燕说的什么‘白首不相离’，大约就是《白头吟》里面的吧。”

“这……”齐佳耐着性子听完了林教瘦的话，有点不敢相信这些是真的。

这时候“蓝大先生”走过来给几个人的杯子里加水，突然开口说：“别以为这些文人名人什么的就没有缺点，有些文人犯错了却总是能为自己找到诸多借口……”

林教瘦他们没想到一向沉默寡言的“蓝大先生”居然

会慷慨激昂地说了这些话，所以都愣住了，等到反应过来，“蓝大先生”已经又回到吧台，专注地擦起自己的酒具来了。

林教瘦望了望“蓝大先生”，对齐修远说：“你这位朋友的话未免有些偏激了。”

齐修远笑了，“他就是那样的人。话虽然有些偏激了，但是他也有他自己的道理的。”

赵小燕则说：“我就非常喜欢‘蓝大先生’的话，不愧是我的好姐们！”

“姐们？”齐修远以为自己听错了。

齐佳见赵小燕不时地用眼睛望一下“蓝大先生”，就问齐修远：“你那位朋友‘蓝大先生’一直跟着你们张姐，是不是有点喜欢她啊？”

林教瘦摇摇头，暗想这齐佳不会认为追女孩子的唯一方法就是一直跟着她吧。

赵小燕却抢先说：“别总把别人想得那么龌龊，‘蓝大先生’这么跟着张姐，说明他是个很讲义气的人，不会随便丢下朋友，这叫江湖道义！说了你也不懂。”

齐修远却被齐佳和赵小燕两个人的话逗笑了，“要说喜欢嘛，至少我没看出来。要说江湖道义，我觉得也不是完全出自这个原因。”

赵小燕就追问：“那还有什么原因？”

齐修远思考了一下，抬起头望了“蓝大先生”一眼，才用适当的音量说：“好吧，我给你们讲两个故事吧，或许有助于你们理解我刚才所说的那些话。”

齐佳就说：“好的，齐先生请讲。”

齐修远又想了想，才说：“从前，有个酒吧女郎用她的美色去勾引一个男青年，那个男青年被她迷得神魂颠倒，居然想和这个女的结婚。那个男青年的父母看出这个女的居心不良，就据理力争，不让那个女的接近自己的孩子。没过两天，那个女的又看上了一个有钱的大款，就把那个男的给蹬了。老两口虽然看着儿子伤心自己也难过，不过儿子总算没有堕落，所以也有些欣慰，心想过上一段时间儿子自然会淡忘的。没想到没过多久，那个女的却又被那个大款甩了，而且已经大了肚子，就又跑回来纠缠他们的儿子。他们的儿子心软，就又想接受那个女的。老两口晓之以理，动之以情，要死要活的终于没有让那个女的得逞，又一次把自己的儿子从那个坏女人手里拯救了回来。后来那个女的生下孩子后就病死了，女人的弟弟也不愿意养这个孩子，又把这个孩子送到了男青年那里，男青年居然自愿养这个小孩。后来这个小孩的爸爸也知道这个孩子的存在，但却一直不肯认这个小孩。最可气的是这个男青年因为这件事情一直埋怨他的父母，不能理解两老的苦心，不肯和两老生活在一起，宁可带着那个女人的小孩在外面自己过。”

赵小燕说：“这个男的怎么这样？他父母为他做了那么多，他还这么不孝！”

“嘘！”齐修远抬头瞟了“蓝大先生”一眼，然后低声说，“你先别着急，等我把另一个故事说完。”

看赵小燕他们不再有说话的意思了，齐修远才继续说：“从前有个女孩，是做酒品推广的，有时候难免要陪客人喝喝酒什么的。后来这个女孩认识了一个男孩，男孩和女孩互有好感，无奈男孩的父母自视书香门第，认为女孩配不上这个男孩，所以就百般阻挠，说女孩没教养想高攀之类的话，极尽刻薄。女孩也是有自尊的，虽然伤心，却也只好无奈地离开了男孩。后来女孩嫁给了一个开公司的年轻商人，两个人生活倒也美满幸福。不过天有不测风云，后来这个商人做生意赔了，欠下一大笔外债，时间久了，其中一个债主就急了，扬言要烧他们家的房子，对他的家人不利。商人一方面不想女孩跟着自己受苦，另一方面也怕债主真的做出什么事来，无奈之下，商人只得跟女孩商量着离了婚，然后只身躲到南方去了。但是离婚后那个女孩才知道自己已经怀孕了，后来男孩知道了这件事情，就主动找到女孩，说要照顾她。但是这件事情又被他的父母知道了，就声称他要这个女孩的话就不要认他们做父母。女孩不想看到男孩为了自己跟父母反目，就悄然消失了。直到女孩的弟弟带着一个婴儿找到这个男孩时，男孩才知道，女孩已经在某个小医院里因难产死了，死时没有一个亲人在身边。女孩的弟弟是个农民工，自认养活不了也没时间照顾这个婴儿，就想到了男孩，于是把婴儿送来了。男孩自然义无反顾地收留了这个婴儿。男孩的父母虽然反对，但是这次却没有拗过男孩的坚决。过了几年后，这个婴儿的父亲，也就是女孩的前夫，在沿海做生意又有了一点根基，知道了这个小孩，一方面觉得对不起他们母子，无脸见这个小孩，另一方面觉得男孩这边是书香门第，小孩跟着他所受的教育比跟着自己这满身铜臭的人强，所以每隔几个月就给男孩汇一笔小孩的生活费，偶尔也来看看小孩，但一直没有告诉小孩自己是他的父亲。男孩也准备等小孩再大些再告诉他真相。但是男孩从此就不愿意在那个家再待下去，也不愿按照父母的意愿再去上什么大学，就自己带着小孩到大城市里漂泊。当然，他还是会经常回去看望一下父母。”

几个人听完齐修远后面这个故事，都有些伤感，赵小燕就说：“那个男的真没用，怎么不跟他的父母抗争，这样那个女孩就不会死了。”

“是啊，男孩也是一直这么自责。不过，”齐修远顿了一下，继续说，“你不觉得这两个故事很像吗?”

赵小燕仔细想了一下，恍然道：“你是说……”

齐修远点点头：“其实我讲述的是同一件事情，不过一个叙述是我从那个男的父母那里听说的，其实也不能怪他们，站在他们的立场上，始终认为自己是捍卫了儿子的幸福的。而另一个叙述我是从那个男的那里听说的。”

这下连赵小燕都变得沉默不语了。虽然齐修远没有说明，但几个人都已经知道故事的主人公是谁了。林教瘦也有些明白为什么每次见到“蓝大先生”，都感觉他的身影显得有些寂寞，也明白为什么“蓝大先生”会说出那样的话了。

齐修远见众人都不再说话，就微笑了一下，继续说：“我这位蓝小生兄弟之所以一直跟着张姐，不是因为喜欢她，也不全是为了江湖义气，照我看，可能是因为经历上有些相仿的缘故，所以有些同病相怜似的感情吧。其实，像我们这些在外漂泊的人，谁又没有点自己不愿意触碰的往事，所以偶然遇到投缘的朋友时，才会分外地珍惜吧。”说到这里，林教瘦注意到齐修远的眼中也闪过一丝忧郁，但旋即又恢复了那种爽朗的笑容道：“你看，我今天也是跟大家投缘，所以只顾着自己说了这么多无聊的话，倒是显得是我一个人在聒噪了。”

“哦，不。”齐佳连忙说，“我们很感谢齐先生能坦诚地告诉我们这么多事情，我从中获益不少。”

谈话进行到这里，气氛已经逐渐冷淡下来。林教瘦见时候已经不早，就提出要赶回去做饭。齐修远知道张姐今天肯定是不会来了，就劝赵小燕和齐佳一起回去，改天再来见张姐。赵小燕和齐佳也就答应了。

第十七章　倒戈一击

每个人都有属于自己的世界，每个人的世界里都在不断地发生着各种各样的事情，虽然有时候有一些事情，使得自己的世界仿佛快要崩溃，然而在其他人看来，却未必能够体会到你的悲伤。或者说，他们在忙着守护自己的世界，没有多余的精力沉浸在别人的世界里。所以即使在周末遇到不少的事情和听到了不少的故事，到了周一，林教瘦还是要依照自己世界的轨迹，按时上班去。

上一周，整整一个星期林教瘦都在忧郁着，不幸的是，这周伊始的星期一，林教瘦却感到自己还会继续忧郁下去，甚至会更加忧郁。因为到上班时间不久，就在大家刚刚到齐的时候，胖老板却突然把林教瘦叫到了自己的办公室里。

林教瘦感到有些头痛，因为他已经想到了胖老板大致要对他说什么事了。不过，他却想错了。

按照以往的惯例，胖老板总是习惯于关上门跟员工谈话的。然而这一次，当林教瘦进到胖老板办公室，正准备关门的时候，胖老板却站起来制止了他，故意让办公室的门大开着，然后亲自拉过椅子让林教瘦坐下。之后胖老板自己却没有回到座位上，而是站在林教瘦身后离门比较近的地方，用一种相当洪亮的声音说："小林啊，干得不错！我对你非常的满意！以后继续这样努力！"

林教瘦被胖老板这一顿夸赞搞得莫名其妙，就小声说："老板，我……我……"

胖老板走过来拍了拍林教瘦的肩膀："我知道！我跟时经理谈得非常顺利，这次咱们一定能拿下这笔大单子！以后我们公司会越来越好的，当然，我是不会忘记你的功劳滴！"

林教瘦扭过头去，极力想看看胖老板的脸色，想知道他说的是否是反话。不过他虽然很努力，但还是只能看到胖老板的肚子，只好说："老板，我其实什么都没做！"

"不要谦虚嘛！"胖老板提高了声音说，"谁干得好，谁干得不好，我是知道的！以后我会让他们都向你学习。你放心，我承诺过的，绝对不会食言！继续加把劲，我绝对不会亏待你的！"

林教瘦暗中叹了一口气，虽然他不知道胖老板跟时雨之间发生了什么，但看情形胖老板似乎以为自己已经私下跟时雨套过交情了。而且他也知道，自己现在无论怎么解释，胖老板也不会相信的。

林教瘦好不容易告别了那个满脸堆笑的胖老板，回到自己的座位上。在接下来的一天里，林教瘦就逐渐发现身边的人看自己的眼神都有些变了。无论是变得有些敬畏，还是变得有些冷漠，反正林教瘦的感觉是大家有意在拉远与自己的距离。略一思考后，林教瘦就明白了——这些人把自己当成胖老板的心腹了。无论是想巴结自己的，还是鄙视自己的，都在调整着与自己的距离。而在以前，自己被胖老板臭骂，甚至因为自己连累其他同事加班时，也从未感到过这种变化。

所以林教瘦变得更加忧郁了。

当然，在这个“蓝色的星期一”里，忧郁的不仅仅是林教瘦一个人。如果说林教瘦是因为胖老板的夸奖而忧郁，那么齐佳则是因为被人骂得狗血淋头而忧郁。原本有资格骂齐佳的人已经很少，齐佳从国外留学回来后，连齐老爷子都很少骂他了。自从遇到了赵小燕，也只是偶尔被训斥两句，他也只是当作一种感情亲近的表现来接受，并不会十分的忧郁。但是，当赵小燕和平天霞一起来训斥他的时候，齐佳有生以来第一次感觉这个星期一忧郁得近乎成了黑蓝色了。

齐佳是中午的时候，衣着整齐、兴高采烈地到达平天霞家的。因为平天霞周六加了班，所以周一补休。她一早就打电话给赵小燕，说要请赵小燕到她家里，她单独做饭给赵小燕吃，尤其强调了个“单独”，所以齐佳也就没跟着去。

接近中午的时候，平天霞却突然又打电话给齐佳，要他马上到她家里一趟。齐佳已经猜出了这位平姐姐请赵小燕吃饭的目的，多半又是为了游说赵小燕，不免就产生一点浪漫幻想。所以当平天霞打电话给他的时候，他没有注意到平天霞那有些强硬的口气，只是觉得至少能够跟平姐姐和赵小燕坐在一起，而且能够尝到平姐姐的手艺，也是一件非常快乐的事情，所以就迫不及待地赶到了平天霞家里。

当然，齐佳开始的时候猜得没错，平天霞确实是跟齐佳的母亲一直有联系的。通过齐佳的母亲，平天霞大致了解了齐佳和赵小燕的情况，所以上次请齐佳吃饭，目的之一就是想通过齐佳先进一步了解一下赵小燕，没想到赵小燕也跟着去了，所以平天霞索性就直接跟赵小燕聊起来。当知道赵小燕的钢琴弹得非常好之后，平天霞对赵小燕的印象就立刻变得非常好了。按照平天霞的计划，原本是想问出赵小燕喜欢什么样的男人后，再根据赵小燕的喜好来夸奖一番齐佳，不过既然赵小燕说她自己也不知道喜欢什么样的，平天霞就只好根据自己了解的赵小燕的脾气，来投其所好地夸奖齐佳。所以周一补休时，平天霞等丈夫一上班，就把孩子送到爷爷奶奶那里，又精心地拟定了一份菜单，做好了游说赵小燕的战斗准备，然后就野心勃勃地将赵小燕请来了。

但是，这场战斗还未完全打响，形势就发生了逆转。因为见到赵小燕之后，平天霞还没有夸上齐佳两句，赵小燕就把平时齐佳的表现，拣自己觉得讨厌的几个例子，说给平天霞听。结果平天霞听完极为生气，倒戈向了赵小燕那一边，打电话让齐佳立刻过来一趟。

当齐佳很有礼貌地向平天霞问好的时候，平天霞却显然十分生气地坐在沙发上，一开口就是："小齐，你现在怎么变成这样？"

齐佳不知道发生了什么事，但从平天霞和赵小燕的脸色看来，知道气氛有些不对，所以就小心翼翼地问："平姐姐，你们……怎么了？"

"你别叫我平姐姐！"平天霞大声说，"我问你，你是不是经常说'中国人这么没素质'这类的话？"

"是啊。"齐佳说，"我经常看到一些人在街上随地吐痰，明明看到'请勿践踏'的牌子却还是要跑到草坪上去躺着，还有一些报道上说很多人在公共汽车上不知道让座什么的，所以才这么说的。赵小燕看到了也会说'这些人没素质'啊！"

平天霞说："你说得是没错，可是我就是看不惯你这种留了两天学，回来就'中国人这样''中国人那样'地说。别忘了，你也是一个中国人，即使你以后加入别国的国籍，你也永远是一个中国人！"

齐佳苦着脸说："我没那个意思，我只是说那些现象在国外是不会发生的。"

"住口！你还敢顶嘴了你。"平天霞说，"你去的那些地方都是国外比较发达的地方，所谓'仓廪实而知礼节'而已，不代表他们的本质就比我们强多少，当年他们不也是靠残酷的原始积累发展起来的！再说什么叫'那些现象在国外是不会发生的’，那些现象国外一样也有！”

“我知道，我只是说中国现在……”

“不许找借口！”平天霞打断他，“我再问你，赵小燕告诉我，你经常说国内的物价这么低，其实人们的生活挺好的，他们却还说生活艰苦什么的？”

“是啊。”齐佳说，“比起国外那些地方，国内的物价确实很低嘛。”

“亏你还是学经济学的，你怎么不算算国内的收入水平？你以为自己家里是开公司的，别人都像你们家一样？而且，你总是在那些大城市里跑，有没有去过西北和西南的山区里看看？五谷不分的，还发什么谬论！”

“可是……可是……”

“我再问你，上次你请赵小燕去吃大闸蟹，你是不是只吃蟹黄，不吃蟹肉？赵小燕说你浪费你还不服气？”

“螃蟹不就是那么吃的吗？”

“住嘴！”平天霞更生气了，“一百多块钱一只的大闸蟹，你以为是小时候吃泡泡糖呢，嚼一下没甜味就扔了？”

齐佳刚张了张嘴，平天霞就立刻说：“不许说话，听我说！你想想你小时候，为了两分钱的糖便拉着我的衣角平姐姐、平姐姐地叫，怎么现在这么不知道节俭啊？稍微有点钱就这么显摆，你说你现在怎么会变成这样？”

齐佳只好低头不语。

平天霞问：“我问你呢，你怎么不说话？”

“你不是不让我说话吗？”

平天霞一拍桌子：“你还学会油嘴滑舌了！”

齐佳苦着脸：“我没有啊！其实我在我们那些人中间已经算是很节省的了。而且比我们花钱花得厉害的人多的是。”

“你们那些人？”平天霞随即明白了齐佳指的是跟他身家差不多的那些人，就说，“我不管其他人怎么样。我只知道你既然还叫我一声姐，就不能看着你这么穷奢极侈！小齐啊，我知道你们家有钱，可是也不能这么花吧！”

“我，我真的没乱花。”

……

总之，这一次齐佳遭受到了一场前所未有的批判。在整个过程中，赵小燕一直在旁边听着，并没有插嘴。最后平天霞批评得累了，就挥挥手对齐佳说：“今天就先说到这里吧，也不知道我说的你能听进去多少，总之以后你要好自为之。我跟赵小燕还要做饭，你就先回去吧。”

齐佳愣了一下，才明白平天霞叫他过来，不过是为了“教育”他一顿而已，并不是为了请他吃饭。虽然感到十分郁闷和委屈，但他还是乖乖地告辞离开了。平天霞想了一下，又说：“我还有几句话要跟你说，送送你吧。”齐佳虽然感到有些头痛，但也不敢表现出来，只得随着平天霞走出门外。

到了门外，平天霞似乎已经没那么生气了，说：“小齐啊，你别怪姐姐发火，因为一直把你看作弟弟，所以我才对你说这些话的。”

齐佳连忙说：“不会，我知道平姐姐是为了我好。”

听到齐佳这么说，平天霞的脸色才缓和了一些，说：“你知道赵小燕为什么一直对你没有好感吗？”

这个问题自然是齐佳十分关心的，所以他瞪大眼睛问：“为什么？”

平天霞说：“你现在在别人眼中也算个有钱人，所以难免也有些人会眼红，看着你花钱，就说你的钱来路不正、为富不仁什么的。”

齐佳很认真地说：“我相信赵小燕不是这样的人。”

平天霞笑了笑，点点头说：“小燕是个走南闯北、经历过很多事情的人，见过很多为了生活辛苦奔波的人。有的人一辈子没有出过大山，连牛奶是什么都不知道；有的人为了一日三餐，每天要背上几千斤的煤；即使是在北京这样的大城市中工作的人，也有很多一个月只赚几百块钱，却还要每个月往家里寄钱的。或许这些事情你都听说过，但只有亲眼看到，你才能体会到其中的辛酸。小燕虽然看起来有些粗鲁，但其实是个非常善良的人。人都说悲天悯人，所以见到你那些大手大脚的行为，再想想那些人，难免会生气了。”

说到这里，平天霞顿了一下，用一种语重心长的语气说：“小齐，按说，你怎么花钱，完全是你自己的事情，我们管不着。而且你的钱也并不是什么非法所得，完全是靠做生意赚来的。不过呢，既然你还叫我一声平姐姐，我也就不得不说你两句，如果你真的想让赵小燕对你的看法有点改观，不是说你整天跟着她，或者送她几朵玫瑰，送她一些首饰之类的就可以的。你也知道这些方法对赵小燕并不好使。当然也不是说你拿出一些钱来资助失学儿童或做些慈善活动就可以的，这些都是表面的东西。或者可以说，你们两个直到现在还处于两个世界中，你必须努力去了解赵小燕所经历过的事情，了解她所处的世界，从而改变一些自己的思想和行为。当然，我也知道让你这样改变或许对你不公平，但是，你也知道让赵小燕适应你的世界是不可能的。如果你是真正喜欢她的话，我相信你能做到的。希望你不要觉得不公平，感情这回事，没有什么公平不公平的，谁为谁改变，谁又为谁付出得更多，不是像做买卖那样可以计算得很清楚，也不能换算成统一的价值标准来比较。”

齐佳很认真地点点头，说：“我明白，我记住了，平姐姐。”然后用一种近乎慷慨赴义般的表情说：“我一定会尽力去做的！”

平天霞乐了，“你也不用像宣誓一样，又不是要你去打仗。唉，你从小就这样，平时看起来挺聪明的，遇到自己决定做的事情就有点转不过弯来，不惜代价也要做到。你现在都已经是个大人了，做事要留点余地，即使最后真的追不上赵小燕，也不要把关系搞得太僵了。”

齐佳又点点头：“我父亲也曾经这么说过。”

“好，那你就先走吧，我得赶快回去了。”

告别了平天霞，齐佳只好一个人找个地方吃午饭。想到方才那番训斥，齐佳不敢找很高级的地方，只是在路边随便找了个小餐馆，要了一碗素炒饼。感觉四周的卫生条件欠妥，而且炒饼的味道似乎也不怎么可口，所以这顿饭对齐佳来讲吃得很糟糕。看来虽然齐佳下了很大的决心，但要真正地适应，却不是一朝一夕的事情。

相反，赵小燕在平天霞家里却是吃得十分高兴。平天霞不仅手艺好，而且有很多观点与赵小燕相同，所以两人也是越聊越有相见恨晚的感觉。尤其平天霞发现，赵小燕不仅谈起钢琴乐理头头是道，古文修养也是相当的不错，所以就在原来刮目相看的基础上，又刮目相看了一回。一顿饭吃下来，两人已经成了好姐妹。

晚上，林教瘦回到家中，见到了兴高采烈的赵小燕和忧郁的齐佳，本来想打电话问问时雨与胖老板之间究竟发生了什么事情，但一时又不知道该如何问起，所以决定还是等见到时雨再当面问他。

第十八章　传说中的齐老爷子

周二的时候，林教瘦照常去上班。赵小燕则又跑去酒吧找张姐，不过这一次她仍然未能见到张姐，而且连齐修远也不见了，只有“蓝大先生”一个人站在吧台。赵小燕问蓝小生，蓝小生也不知道齐修远究竟干什么去了。虽然赵小燕已经把蓝小生当成了自己的好姐们，无奈蓝小生却依旧一副不冷不热的态度，不怎么爱说话，所以赵小燕坐了一会儿，就告辞出去了。临走的时候，蓝小生对赵小燕说：“张姐让我告诉你，这个酒吧短时间内是没办法开张了，你要是想来坐坐随时欢迎，但是她不希望耽误你找工作，希望你能早日找到称心的工作。”

其实即使张姐不说，赵小燕也明白，摆在自己面前的路无非有两条——要么回到珠海继续推销健身器材，要么就尽快在北京找到新的工作。

生存，毕竟是人所要面对的首要问题。

在考虑今后应该怎么做的绝不仅仅是赵小燕一个人。经过平天霞的一番教训之后，齐佳也开始思考自己应该怎么做才能改善自己在赵小燕心目中的印象。思考之后，他决定首先从日常生活做家务的方面开始改变，于是决定亲自下厨，为赵小燕做一顿晚餐，以显露一下自己的手艺。

可千万不要认为齐佳做出来的东西一定会很难吃。齐佳常年在国外单独生活，在做饭和整理家务方面，还是颇有经验的，只是在回国后家里有了保姆，这些事情才不必他亲自动手，他也就逐渐疏懒下来。此时为了赵小燕，他自然是使出了浑身解数，准备一鸣惊人。所以当林教瘦下班回到家的时候，齐佳已经做好了饭，正和赵小燕一起等待林教瘦回来。林教瘦虽然对齐佳的手艺有些怀疑，但还是感到非常高兴。

在选择要做什么菜这件事上，齐佳也是颇费了一番心思的。这顿饭不能做得太复杂，否则以自己的厨艺难免力有不逮；一定要美味，否则达不到一鸣惊人的效果。最后齐佳下足了材料和功夫，做了一锅的菜。

齐佳亲自动手把香喷喷的菜铺在白米饭上面，热气腾腾地端上桌来。林教瘦看了一眼齐佳端上来的饭，只见浓浓的汤汁浸满了整碗米饭，薄薄的肉片红润晶莹，不知道是什么肉，但是看起来就引人食指大动。齐佳又在碗里放上了煮熟的胡萝卜片和西兰花，红绿搭配得非常好看。林教瘦小心翼翼地尝了一口，立刻赞不绝口。虽然看起来很简单，但没想到齐佳也能做出这么好吃的饭来，所以就问齐佳说："这是什么饭？这么好吃，你教教我，我下次也做。"

齐佳见赵小燕吃得也似乎很开心，就笑着说："鲍鱼饭，做起来不难。我用的是鲜鲍鱼，所以只发了六七个小时就发好了，然后……"

林教瘦愣了一下，然后小心翼翼地问："鲍鱼？就是那种鲍鱼？"

"对啊！"齐佳说，"就是鲍鱼。"

林教瘦停下筷子，瞪着自己的饭。

齐佳就问："怎么了，林先生？"

林教瘦说："没什么，终于吃到了传说中的鲍鱼，我没心理准备，先瞻仰一下。"

赵小燕立刻放下筷子："鲍鱼？上次我们老板请客时我吃过一次，似乎说是很贵的吧？"

"呃……"林教瘦想了一下，又把嘴闭上，没敢说话。

齐佳连忙说："不贵，这些菜才几百块。"

赵小燕一拍桌子，差点把饭桌拍塌了，林教瘦和齐佳急忙扶住，赵小燕大声说："你知不知道我们几个人一个月的菜钱也才几百块钱。"

齐佳有点冒冷汗了，他只顾着考虑口味，忘了价格这回事了。而且在齐佳看来，这些菜确实不贵，所以就买了回来。此刻仔细一想，对比平时林教瘦所做的菜，才发觉自己确实是买贵了，但嘴上还是说："呃，就当我们改善一下生活吧。"

"改善？"赵小燕大声说，"也没你这么改善的！再说人家小林平时做饭也有菜有肉的，生活水平算不错了，还要你这么改善？我看你是老毛病又犯了，摆谱是不是？”

齐佳被说得急了，也有点上火，口气有点强硬地说：“我没有！我就是想……”齐佳本想说“想给你一个好印象”，但突然想到这句话还是不说为好，所以就突然停下了。

赵小燕生气地说：“想什么？就是想显摆一下！”

“我没有那个意思！”

林教瘦暗中叹了一口气，也没心思吃饭了。这时候突然响起了敲门声，林教瘦就说：“我去开门，你们先吃饭吧。”无奈这次齐佳似乎也较上劲来，忙着跟赵小燕争辩，两个人谁也没理林教瘦。林教瘦只好自己站起来去开门。

门外站着一位身穿西服的老先生，虽然从脸上的皱纹可以看出这个男人应当在五十岁以上，但是却满面红光，目光锐利，显得比一般年轻人的精神还要好。林教瘦并不认识这个人，但是这个老人身后站着的两个人林教瘦却认识，竟然是时雨和齐修远！

林教瘦刚想开口询问，那个老先生却笑眯眯地先开口问：“你就是林教瘦吧？”

林教瘦点点头，这个老先生既然跟齐修远和时雨在一起，又知道自己的名字，那么至少也是跟两个人认识的，也算是长辈了，所以就很恭敬地回答：“是的。”

老先生正想自我介绍，突然听到屋里传来赵小燕和齐佳的争吵声，微微皱了皱眉，就迈步往屋里走。林教瘦连忙往旁边让了让，等老先生走过去，林教瘦就看着时雨，意思是问这位老先生究竟是谁。时雨低声说："你先等会儿，一会儿我再跟你解释。"还没有说完，就急忙跟着老先生走进屋里。林教瘦只好等他们都进去了再把门关上。

等到林教瘦也回到客厅，才觉得气氛不对，刚才还吵得热火朝天的赵小燕和齐佳，此刻都呆在了那里，似乎没有料到会在这里见到这位老先生。尤其是齐佳，脸上的表情变得很奇怪，似乎有点惊讶，又有点高兴，还有点恐惧，呆了半天，才想起自己还是坐着的，急忙站起来说："您，您怎么来了？"旁边的赵小燕也急忙站了起来，低着头不再说话。

林教瘦见时雨没有说话，只是像个乖宝宝一样跟在老先生后面，而齐修远见到自己，虽然很爽朗地笑了一下算作打招呼，但也没有说话。一时猜不透老先生的身份，所以林教瘦自己也没有说话，屋子里的气氛立刻变得有些奇怪。

老先生看了看桌子上的饭，又看了看齐佳，脸色有点阴沉，声音带着责备地对齐佳说："跟小燕吵什么？这么大的人了，还这么浮躁！"

"我……"齐佳张了张嘴，没敢辩解。

老先生脸色平和了下来，对赵小燕说："小燕啊，别生气了。来来，坐下来继续吃饭吧。闻起来这饭挺香的，是林先生做的吧，我听说你手艺不错。"

林教瘦急忙说："哦，不是。今天的饭是齐佳做的。"

"哦？"老先生的眉毛一动，看了看齐佳，说，"在家里他可没这么勤快。还有没有，我正好也没吃饭呢，可不可以也吃一点？”

齐佳连忙说：“还有，做了一大锅呢。”

林教瘦就说：“我去给你们盛。”

老先生摆摆手：“让齐佳去吧，林先生过来坐。”然后转头对时雨和齐修远说：“你们也坐下一起吃吧，忙着去接我，还没吃东西吧。”老先生口气里自然而然地透着一种惯于发号施令的威严，使人无法抗拒。齐佳急忙走到厨房去盛饭了，老先生就坐在齐佳和赵小燕的中间，面对林教瘦的位置。林教瘦看时雨和齐修远也坐下了，也只好跟着坐下，原本很宽松的饭桌立刻就显得有点挤了。

等林教瘦坐下来，老先生才说：“刚才一时着急，忘了自我介绍了。我姓齐，是齐佳的父亲。”

其实林教瘦看那乖得像绵羊一样的时雨和齐佳的反应，已经猜到这位老先生就是传说中的齐老爷子，齐氏集团的现任掌门人了，于是站起来说：“齐老……伯父好！”

齐老爷子笑着摆摆手：“不需要这么客气，坐下来说话。”林教瘦只得又坐下。

齐老爷子继续说：“齐佳这孩子在这里的大体情况，我已经听时雨说了，给你添了不少麻烦吧？”

“没有没有，就是我这里太简陋了，怕他住得太辛苦！”

齐老爷子笑着说：“不简陋，比他小时候住的房子好多了。”

赵小燕也忍不住说：“他有什么辛苦的，别人住就是活该，他住就是辛苦？再说住得比这还不如的人多的是，怎么个个都认为齐佳是在这里受罪一样？”

齐老爷子也被赵小燕的话逗笑了，“是啊，小燕说的不错。这孩子小时候我们家虽然也不富裕，但是已经比很多家庭过得好了。长大了他又常年在国外居住，虽然我尽量只给他基本的生活费用，但是他母亲不忍他生活得太拮据，总是想办法给他汇钱，所以他难免会染上一些纨绔气。”

林教瘦说：“他在这里挺好的，你看今天就是他亲自下厨做的饭。”

赵小燕又想起了方才吵架的事情，就说：“他今天做的是鲍鱼饭，一顿顶人家小林一个月的菜钱了。”

“哦。”齐老爷子皱皱眉头，“你们刚才就是为了这个在吵架？”

“是啊。”

齐佳正好端饭出来，听到赵小燕在老爷子面前告状，但还是硬着头皮把盛好的三碗饭端了上来，然后站在老爷子旁边，没敢坐下。

齐老爷子拿起筷子尝了一口，仔细品了品味道，点点头说：“味道不错。以后在家里也可以亲手做一些家常菜给你母亲尝尝。”

齐佳站着说：“好的。”

“不过，”齐老爷子继续说，“做一些家常菜就好。做菜嘛，吃的是味道和心情，不是要吃多贵的东西。像这些鲍鱼什么的，在我们家里也是不常吃的，我们平常吃的不也都很简单？你在外面，更不能太放纵自己。我不是经常告诉你，‘克勤于邦，克俭于家’。一些生活细节上的不注意，就容易形成不好的习惯。你总跟我说外国这定律那定律的，中国的‘象牙筷’定律你听说过没有？”

齐佳想了想，老老实实地说：“没有。”

齐老爷子叹了一口气，对几个人说：“你们谁知道，告诉他！”

时雨就立刻接着说：“董事长莫非说的是明代冯梦龙记载的一个小故事，说纣王即位不久，有人献给他一把象牙筷子，他的一个贤臣就说：‘象牙筷子肯定不能配瓦器，要配犀角做成的碗，白玉做成的杯子。玉杯肯定不能盛野菜粗粮，只能与山珍海味相配。吃了山珍海味就不能再穿粗葛短衣，住茅草陋屋，而要衣锦绣，乘华车，住高楼。国内满足不了，就要到境外去搜求奇珍异宝。’后来纣王果然造鹿台，建酒池肉林，最终导致亡国。”

齐老爷子满意地点点头，对齐佳说：“听到没有，一个国家如此，一个企业也是如此。我也说过中国古代有很多哲理故事，你多看看，无论是对人生观还是对管理企业都是有帮助的。”

齐佳低着头说：“我记下了。”

齐老爷子就说：“那坐下吃饭吧，别光站着了。”齐佳这才又坐到了齐老爷子旁边。

齐老爷子又说：“其实偶尔吃一顿这个也不错。平常我们偶尔请朋友吃饭，也会想请吃点好的，而且越是要好的朋友越希望能够招待得好一点。这种心情我可以理解。”

这话倒有一半是说给赵小燕听的，果然赵小燕听了齐老爷子的话后，就没那么生齐佳的气了。

齐老爷子就问齐佳：“在这里住着，你感觉怎么样？”

齐佳就很认真地回答：“嗯，这里虽然环境不太好，地方有点小，东西用着也不太顺手，而且处于郊区，交通和通信也不太方便。”林教瘦暗中叹了一口气，觉得这齐佳有时候说话真不会顾及他人的感受，虽然他说的是实话。齐佳偷看了一眼赵小燕，继续说：“但是林先生待人很好，做菜手艺又好，很多见解对我很有帮助，我们聊得很投机，所以感觉很好。而且这段时间的经历我也觉得受益很多。”

齐老爷子似乎看出了林教瘦的心思，就责备齐佳说：“刚说过你！君子与君子以同道为朋，小人与小人以同利为朋。志同道合，谈得来的才是朋友，不要总是抱怨那些客观生活条件。”

齐佳认真地说：“我知道了。”

齐老爷子就对林教瘦说：“这孩子在人情世故方面比较差，经常会说错话，你不要太放在心上。平时有什么不对的地方你就直接给他指出来！”

实际上，齐佳要比林教瘦还大上两岁，只是齐佳平时注意健身保健，皮肤也保养得很好，胡子刮得很干净，反而是林教瘦喜欢穿颜色旧一点的衣服，年纪倒显得比齐佳还要大一些，所以齐老爷子才会这么说。

林教瘦急忙说：“我跟着他也学了不少东西。”

齐老爷子笑着说：“你们互相帮助，有什么事就跟时雨或者直接跟我说。”

赵小燕听到齐老爷子这句话突然眼睛一亮，就问：“齐伯伯，您想不想办个酒吧？”

齐老爷子没想到赵小燕突然有这么一问，有点不明白：“什么酒吧？”

“那天我去面试，认识了张姐，张姐本来想办个音乐酒吧，但是被她的两个经理骗了，投资方也跑了，所以我就想你能不能帮帮她？”

齐老爷子虽然听出大致意思是赵小燕想让他帮忙，但还是没有明白究竟发生了什么事，所以看了看时雨。

时雨知道赵小燕一时心急，没有把事情说清楚，所以就想了一下，说：“哦，是这样的，我们有个朋友叫张姐，想办一个音乐酒吧，没想到她手下的两个经理把投资方给拉跑了。现在张姐的酒吧只筹备到一半，据估计要想开张到赢利，还得一两百万的投资。而且现在那个酒吧的装修环保和消防都没有达到要求，他们也没有经验，一直不知道该怎么改。所以赵小燕就想让齐佳帮个忙，由我们集团来继续投资那个酒吧。”

齐老爷子点点头，看看齐佳问：“你的意思呢？”

齐佳说：“我也看了，那个酒吧设计理念不错，地理位置也很好，只是我们集团也没有经营这类餐饮娱乐的经验，怕搞不好。而且董事会也一定不会通过的。”

齐老爷子微微点了点头：“听你们的转述，你们那位张姐以前也没有做过酒吧的经营吧？这样由我们集团做起来风险是比较大。”

赵小燕有点着急，就说：“齐伯伯，您帮帮忙，张姐这个人经历挺曲折的，这次酒吧办不成，她很多年的辛苦就毁了。”

齐老爷子笑了：“我没说不帮忙啊，我只是说由我们集团做风险比较大而已。”

齐佳就说：“我也联系过北京的一些朋友，但他们好像都没有这方面的意向。”

齐老爷子说：“看问题不能只往眼前看，你只想着北京周边这些朋友，怎么不想想你深圳郭伯伯那个天乐集团不就是专门做餐饮娱乐的吗?”

“我也想过郭伯父那边，只是他们一直都是在沿海的几个城市做。”

齐老爷子说：“前两天你郭伯伯正好跟我提起他有在北京开一个酒吧或者餐馆的打算，只是对北京市场还不太熟悉，所以现在还在考虑。正好这个项目可以作为他们的试点嘛，一方面这边有初期投资，他们那边投资不用很大，权当是一个试点；另外一方面天乐集团也有酒吧的设计及管理经验，审批手续方面也有路子，知道应该怎么做。即使天乐集团对这个项目没兴趣，你也可以请你郭伯伯派一个专家过来，指导一下怎么装修和运营嘛。”

齐佳说：“可是这个毕竟属于私人帮忙，那样做我觉得有点不妥吧?”

齐老爷子摇摇头："所以说你有时候做事太死板。我一直跟你说，做生意做的不仅是利益交换，还有人情和经历。天乐集团那边也可以借机了解一下北京的市场和审批流程嘛。而且有时候你请人帮些小忙，反而会增进双方的关系。你以后慢慢会明白的，不是什么事情都一定要讲公私分明，也不是什么事情都分得清是公还是私的。没有什么法则、定理是一成不变的，要学会根据具体情况灵活运用才行。算了，你和时雨专心盯这边的项目吧，这件事情我明天给你郭伯伯打个电话，先问问他那边的意思就行了。"

赵小燕听到齐老爷子肯帮忙，自然是非常的高兴："太好了，齐伯伯！您一出手果然不同。来吃东西，吃完我再给您盛一碗。"

齐老爷子笑了，"你们那个朋友的事情我也只能尽力而为，不知道能帮上多少忙呢。别到最后没帮上说你齐伯伯没用就行了。我胃口不比你们年轻人，不能多吃了。你们赶快吃吧，别都愣着。"

赵小燕解决了一件心事，胃口大好，就大口吃起来。齐老爷子只是吃了一小碗就不再吃了，又简单问了一下时雨那个酒吧的情况，等齐佳吃完，又问了齐佳最近在北京的一些经历。

有齐老爷子在，林教瘦多少还是感觉有些拘束的。事实上这顿饭除了赵小燕外，其他人可以说谁都没有吃好。而林教瘦还想着时雨和胖老板的事情，所以虽然面对美味，却也没有心思吃饭。瞅着机会，看齐老爷子正在跟齐佳谈话，就悄悄拉了拉时雨，站起来往厨房走去。时雨自然明白他的意思，就跟他走进厨房。

林教瘦首先低声问：“这是怎么回事？怎么齐佳的父亲突然来了，还突然跑到我这里？”

时雨苦着脸：“我也不知道啊。他下午上飞机前才给我打的电话，我这边又是推掉预约好的工作，又是安排车子，又是订宾馆房间，忙了一下午。他一下飞机就非要先到你这里来，我就只好带他来了。”

“那齐修远呢？”

“这次多亏齐修远帮忙了。老爷子说要在这里待两三天，顺带在北京逛逛，看望几个老朋友什么的。我想既然这样，不如租辆车，雇个司机比较方便，就想到了齐修远，结果他马上就开着车子过来了。所以老爷子在北京这段时间，他就是老爷子的专属司机了。”

“哦。”林教瘦总算有点明白了，想了一下，又接着问，“那胖老板那边是怎么回事，他……”

“哦。”时雨笑了，“你是说我答应胖老板按照他说的形式签订合同的事吧？其实他一说我就明白了，我还想到他一定会找你来跟我说情，不过我也知道你一定不会开口跟我说的。所以我就告诉他没问题，按照他说的来订合同也可以，这个项目你们公司很有希望。”

“可是这样你会不会难做？不是因为我的原因你才答应的吧？”

时雨笑着说：“有什么难做的，其实其他几个代理开出的折扣也差不多，而且也提出了类似的条件，跟谁签都一样，当然跟你们公司签也一样了。获利的是我们集团，又不是损害集团利益，合同上灵活一点也没什么。而且我也没有说已经定了是你们公司，只是跟胖老板说希望很大而已。再说这件事情也不是我一个人说了就算，还要报回集团审批，有专门的人核查，齐佳又是这个项目的总监，现在连齐老爷子都来了，顺道也会去那个德国公司看看。你说我哪敢有什么私心啊。”

林教瘦点点头：“这样就好。”

时雨笑着说：“你放心吧，只要不损害集团利益，为了谁也无所谓。”其实，要说时雨完全没有私心那也未必，只是几个代理商给出的条件差不多，各有各的优势。在这种情况下，时雨当然乐得做个顺水人情，在做报告时突出了胖老板他们公司的优势。因为他知道，这个项目对于林教瘦在公司的地位极为重要。只是他没料到因为他的这番好意，虽然确实使得胖老板对林教瘦器重有加，却也使得林教瘦在公司里被孤立了起来。

林教瘦听时雨这么说，就松了一口气，本以为两难之下，自己只能选择辞职了，没想到时雨听了胖老板的话，就猜出了事情的大致经过，然后不动声色地就把事情圆满解决了。至少暂时林教瘦不用为换工作而发愁了。

等时雨和林教瘦从厨房出来，时雨就说：“董事长，您从珠海赶过来，也累了，不如我们早点回宾馆休息吧？”

齐老爷子也确实有点累，就说："好吧。"然后又对齐佳说："你明天一早到宾馆一趟，把这段时间的工作当面跟我说一下。另外，集团的一些事情我也要向你交代一下，我在北京的这段时间，那边的事情你就先代表我处理一下。我还是用不习惯那些网络视频和邮件什么的。"

齐佳点点头说："好！"

几个人一直把老爷子送到楼下，各自告别后，齐老爷子和时雨坐上车，齐修远就开着车离去了。

第十九章　蓝色漂流瓶

接下来的两三天里，林教瘦依旧每天按时上班下班，没有再见过齐老爷子。只是到周五下班的时候才听齐佳说，齐老爷子已经和时雨一起坐飞机回珠海了，过几天时雨还会回来。

赵小燕一直在为了工作的事情四处奔波，却没有任何好的消息。不过，周五回来的时候，赵小燕却说，平天霞告诉她周末国展那有个大型的人才招聘会，要她过去试试。

林教瘦本想劝她和齐佳不要去，但想了一想，这对于赵小燕来说未必不是个机会，而且让齐佳去见识一下也好。但是他自己是肯定不愿意去的，所以就找个借口说自己周末要查一些资料，就不能跟着一起去了。

周六，齐佳和赵小燕一早就出去了，林教瘦则在家里悠闲地上着网。中午的时候，林教瘦炖了满满一大锅的牛肉，等着他们回来。

直到下午两三点的时候，齐佳和赵小燕才满脸疲惫地回来。虽然林教瘦也料到他们此行不会很轻松，却没想到两个人居然会累成这样。一向显得精力过剩的赵小燕，也变得无精打采；而齐佳更是衣衫不整，满脸的汗渍，眼神也变得有点呆滞，仿佛刚打完仗一样。齐佳和赵小燕一回家就赶紧喝水，坐了好一会儿才缓过劲来。齐佳到洗手间里洗了脸，又把衣服换了，林教瘦才问："情况怎么样？"

齐佳显得心有余悸地说："人，我第一次见到那么多人。五一的时候我曾经出去旅游，认为人已经够多了，没想到跟这招聘会比起来，那点人就不算什么了。我好不容易挤到楼上往下看，黑压压的一片，到处是人。以前听别人说中国人多，我还没什么感觉，这次简直是大开眼界了。以前我们集团也经常招聘，我有时候会负责复试，却从没有到过招聘会现场，没想到会这么恐怖。光在那里挤我就已经头晕了，更别说看什么招聘信息了。"

林教瘦知道这次招聘之行一定给齐佳带来了很大的震撼，所以一向话不多的齐佳才会一下子说了这么多话，就笑着安慰他说："这种盛况不是经常会有的，只是最近是求职高峰，而这次又办的是特大的人才招聘会，所以才会那么多人，平时没那么多人的。"

这时候赵小燕也换好衣服从卧室里走出来了，听到齐佳他们的谈话，就说："那哪儿是去招聘啊，简直就是去挤人了。我和齐佳这样的身手，还是有很多地方挤不进去。"

林教瘦问："那你找工作的情况怎么样了？"

赵小燕的目光立刻黯淡下来。林教瘦看到赵小燕的表情，知道并不顺利，就笑着说："你们都饿了吧，正好我炖了牛肉，可以补充一下体力。”美味的牛肉，自然驱散了赵小燕的烦恼。

周日的时候，赵小燕和齐佳又去了一趟张姐的酒吧，发现酒吧内有一些工人正在装修，“蓝大先生”和齐修远都没在，所以两个人只好又回来了。

接下来的一周里，林教瘦逐渐习惯了目前的生活状态，每天早起上班，下班做饭。齐佳除了每天上网处理工作，就是跟在赵小燕后面四处奔波求职。不过，赵小燕的求职之路，依旧显得任重而道远。赵小燕这次却摆出了要打持久战的架势，完全没有显露出要回珠海的打算。齐佳也明白，这是因为她还一直挂念着张姐的酒吧，想要待在这里看酒吧开张。

这段时间，时雨也从珠海又回到了北京，一方面继续负责这边的项目，另一方面也是为了辅助齐佳进行工作。

又到了周末，林教瘦正在做晚饭的时候，齐修远却突然来了。齐修远似乎非常高兴，他带来了一个好消息——张姐的酒吧要正式开张了。林教瘦他们听到这个消息既感到非常意外，又十分的高兴。

赵小燕就问：“到底是怎么回事？这两天我一直忙着找工作，没有去看你们，怎么突然就要开张了？”

齐修远就笑着说：“那你也不用找了，过两天就去上班吧。”

林教瘦问：“你们是怎么找到的投资方？”

齐修远说："你们不记得了？上次齐董事长不是说要帮忙的吗?"

林教瘦本以为齐老爷子只是随口说说，没想到居然真的是齐老爷子帮忙找到的投资方，想必就是他说的那个什么天乐集团了。

齐修远笑着说："开始我也没抱很大希望，毕竟齐董事长的事情那么多。没想到第二天他真的让我带他到张姐的酒吧去看了一下，觉得设计格调和环境布置都非常不错。所以当即给深圳那边打了电话。深圳那边正好计划在北京进行一个试点的投资，一拍即合，就立刻跟张姐取得了联系。这一点上，不得不佩服南方那些大公司的办事效率，两天后他们就派了三个人过来，看了酒吧的布置以后，也感觉非常满意，然后又仔细研究了整个酒吧的建设过程，当即就决定要继续投资这个酒吧。他们是这方面的专家，也一眼就看出了酒吧的问题所在——设计封闭得很严密，固然能给人一种与外界烦恼隔绝的感觉，但是遇到紧急情况不利于疏散，而木质结构过多，也带来更多的消防隐患。所以他们就列了一份详细的解决方案，诸如增开紧急出口，采用阻燃漆，在隐蔽处增加消防设施，等等，只用了几天时间就把酒吧改造好了。手续办理方面他们也是轻车熟路，有专人上下奔走，就在昨天，酒吧营业所需的各项手续也批下来了，加上开始我和蓝小生就已经把其余所有的东西都准备得差不多了，所以已经可以正式营业了。"

赵小燕迫不及待地说："那我明天就去上班。"

齐修远笑着说：“不用那么着急。一方面还是有一些零碎的东西需要准备，另一方面现在人员还没有招聘够。深圳那边的意思也是说先试营业一段时间，等过几天国庆黄金周的时候，再举办一个大的开业仪式，那时候才正式营业。所以这段时间不用有钢琴演奏，放点背景音乐就可以了。当然，张姐说你如果愿意的话，可以和齐佳先生以及林先生一起到酒吧里坐坐。张姐说一定要当面向你们道谢！”

齐佳连忙说：“不不，我没帮上什么忙！”

齐修远说：“因为你们几位的关系，我们才能有幸得到齐董事长的帮助，才能那么顺利地取得天乐集团的信任。张姐说这个酒吧能够办起来，她的梦想能够顺利实现，多亏了能遇到你们几位朋友，所以一定要当面道谢。”

赵小燕就十分高兴地说：“那我们明天就去看张姐。”

齐修远说：“明天白天张姐有事不在酒吧，你们傍晚时候去吧，一定能见到她的。”

齐佳就问：“那现在你们酒吧究竟是谁负责，深圳那边还是张姐？”

齐修远说：“按照投资协议，张姐这边仍旧是大股东，而且深圳那边也很认可张姐办酒吧的理念，只是张姐在具体运作上缺乏经验，所以天乐集团就派了两名经理和一名财务过来协助，总经理还是张姐。”

赵小燕就问：“那你呢？”

“我？”齐修远笑着说，“自然暂时还是在那里帮忙当领班了。”

林教瘦一直没有说话，这时候突然问：“哦，对了，去了几次那个酒吧都没有安装招牌，这次要开张了，究竟叫什么名字啊？”

齐修远说：“经过这次办酒吧的波折之后，张姐觉得人生起起伏伏难以预料，加上我们这些人都属于都市漂流一族，带着各自的心愿和目的偶尔碰到一起，就像是海里的漂流瓶一样，所以把原来的那个名字舍弃了，改成了‘蓝色漂流瓶’。”

“蓝色漂流瓶。”齐佳说，“这个名字不错，我喜欢。”

赵小燕高兴地说：“我也觉得这个名字不错，那明天我们就一起去酒吧坐坐，先见一下张姐。”

齐佳自然是十分乐意，林教瘦想到明天是休息日，自己也没什么事情，也就答应一起去了。

第二天，刚到下午，赵小燕就迫不及待地想到“蓝色漂流瓶”酒吧去。林教瘦就劝她，既然齐修远都说张姐傍晚才会到酒吧，那么现在去了也未必能够见到她。赵小燕耐着性子又等了一会儿，就再也坐不住了，执意要立刻去。就在这时，时雨却突然跑来，带来了几份从珠海传真过来的项目策划书，说是齐老爷子叮嘱齐佳一定要尽快看完，提出意见，周一的董事会上要进行讨论。齐佳本想丢下这些工作陪赵小燕去，无奈赵小燕见他又想为自己丢下工作，脸色变得十分难看，齐佳只好打消了陪赵小燕一起去的念头，专心地坐下看起那些传真文件来。结果赵小燕就拉了时雨和林教瘦一起赶往酒吧。

等齐佳把那些传真文件处理完，写好详细的意见发回公司后，才吃惊地发现时间已经是晚上十点多了。而赵小燕几个人还没有回来，齐佳就有些着急，正想给时雨打电话，时雨和林教瘦就扶着醉醺醺的赵小燕回来了。

赵小燕属于那种一旦喝醉就会拳打脚踢，等累了才会呼呼大睡的人，所以林教瘦他们三个人费了好大的劲才让赵小燕安静下来。齐佳把她扶到床上，和衣而卧，然后拉过被子给她盖上，才悄悄走出卧室把门关上。

齐佳问时雨：“你们怎么这么晚才回来？”

时雨和林教瘦似乎累坏了，坐在那里歇了好一会儿，时雨才摇头苦笑着说：“别提了，我们差点就回不来了。”

齐佳急忙问：“到底发生什么事儿了？”

时雨似乎也喝了一些酒，努力摇摇头清醒了一下，说：“虽然酒吧刚营业不久，但是我们到酒吧的时候，那里的人还真不少。张姐不在，只有齐修远领着几个服务生在那里，明显有些忙不过来。齐修远倒是很热情，安排我们坐下，并且说张姐交代了我们在那里可以免费喝酒。我见深圳那边派过来的张经理也在，我跟他见过几次，就过去跟他聊了一会儿。小林可能是觉得跟赵小燕坐在那里太无聊，就主动跑过去要帮齐修远的忙。结果没有人看着她，赵小燕一个人坐在那里左一杯右一杯地拿那些烈酒当饮料来喝了。”

“啊？你们怎么不拦着她？”

时雨苦笑了一下，说：“你也知道赵小燕的脾气，等她喝到一定程度时，再拦她是拦不住的，而且越是拦她越喝得来劲，说自己曾经有过一次喝几瓶白酒的纪录，多少打啤酒也不会醉。我让蓝小生给她上饮料，她还非喝酒不可。好在她酒量不错，我们又让蓝小生只给她低度酒，就让她慢慢喝着。没想到一直等到晚上六七点的时候，还是没有见到张姐过来。这时间一长，赵小燕就有点喝多了。”

“那你们应该早点回来啊。”

时雨说：“我是想早点回来，不过赵小燕非要等到张姐回来。后来我去了一趟厕所，回来的时候就发现赵小燕把一个男的打得鼻青脸肿的，还砸坏了酒吧里很多的东西。”

“她不会是喝醉了闹事吧？”

时雨摇摇头：“她单单喝醉是不会闹事的，那时候还发生了别的事情，只是当时我不在场，你让小林跟你说吧。”

齐佳就转头看着林教瘦。林教瘦似乎没有喝酒，比时雨要清醒，所以听了时雨的话，就接着说：“其实我也没看见，那时候我正帮着齐修远他们取东西，送送酒什么的。后来一个服务生告诉我说，有个男的看到赵小燕独自喝酒，似乎是想去搭讪，就跑过去跟赵小燕一起喝酒。可能是赵小燕平时豪爽惯了，又很少去酒吧，所以就把那个男的当成酒友你一杯我一杯地喝，聊得似乎还很开心。结果那个男的就会错了意，以为赵小燕对他有意思，加上也多喝了几杯，就有点不老实，对赵小燕动手动脚的，结果赵小燕就不乐意了。等我听到吵闹声赶过去，正看到那个男的被赵小燕一拳揍趴在地上，桌子也被掀翻了。我怎么拦都拦不住，要是……”

林教瘦刚想说：要是你在那里肯定就能拦住她了。齐佳听了却突然变得很生气，一拍桌子：“怎么有这种男人，这么轻浮，太给男人丢脸了！一定要好好教训一顿！”

林教瘦愣了一下，本以为齐佳一向冷静，没想到他是这种反应，居然说出来的话与赵小燕当时说的差不多。转念一想，才想起来一旦事关赵小燕的时候，齐佳的思维就不在正常轨道上，才暗自庆幸没有带齐佳去，否则两人联手，恐怕那个男的就不只是鼻青脸肿那么简单了。

齐佳似乎还在生气，继续说：“赵小燕砸坏了什么东西，我赔；打坏了人，我出医药费；那个人要告的话，我请律师跟他打官司！”

林教瘦感觉自己的脑袋又开始变大了，拦住有些激动的齐佳说：“你先别着急，事情也没那么严重，否则今天赵小燕就回不来了！”齐佳这才安静下来。

林教瘦继续说：“后来齐修远和两个服务生一起，才把赵小燕拉住，那个男的却已经是鼻青脸肿了。时雨也来了，我正在告诉时雨发生了什么事，幸好这时候张姐赶来，把场面安抚下去，又让酒吧的人别打电话报警。那个男的本来嚷嚷着要报警，时雨说了他两句，他就灰溜溜地跑了。”

齐佳就问时雨：“你跟那个男的说什么了？”

时雨就笑了笑说：“我看那个男的穿的都是名牌，估计是很顾及身份面子的人。所以我就对他说：‘如果你报了警，人家知道你是跟一个姑娘搭讪不成才被打的，会怎么想？而且你一个大老爷们被个姑娘打得鼻青脸肿，你以为那些警察会怎么看你？假如这个姑娘再说你对她意图不轨，这个案子就有得查了，万一查到你的单位或者家里……’结果旁边的一些人看他被赵小燕打得鼻青脸肿，也都在一旁乐，他可能真的觉得很没面子，就自己走了。”

齐佳仍旧有些气不过：“便宜他了！那后来呢？”

林教瘦就说：“后来张姐让人把现场清理一下，桌椅又摆好，酒吧也就又恢复了正常。虽然张姐说砸坏的东西不用赔了，不过时雨好像还是留了一些钱在桌子上。然后我们就带着赵小燕回来了，只是路上她拳打脚踢的，我跟时雨有点拦不住她，所以折腾到现在才回来！”

齐佳就对时雨说：“那些钱算我的，回头我取了钱给你！”

时雨笑了，“怎么能让你赔，我也是赵小燕的朋友啊。只是这件事情别告诉赵小燕，就说没砸坏东西，所以不用赔。估计她自己也不会记得了。我跟齐修远他们也是这么说的。”

齐佳还想再说什么，又一想自己现在也不过算是赵小燕的朋友，又不是男朋友，也不是家人，就不好再跟时雨争，所以没再说话。

时雨就问齐佳：“那些文件你都看完了？”

齐佳点点头：“刚看完，意见已经用邮件发回去了。”

时雨说：“那好，那我就先回去了，明天早上我再给公司打个电话确认一下他们收到没。哦，对了，那你是不是还没吃东西？”

齐佳这才感觉自己已经很饿了。林教瘦就站起来说：“正好我也有点饿，我简单做一点我们一起吃吧。”

时雨却站起来说：“不了，已经不早了，我得赶快回去了。你们俩吃点东西早点睡吧，小林明天还要早起上班呢。”

林教瘦知道时雨回到宾馆也不会愁没有吃的，就没有挽留他，只是把他送出门外。

第二十章　爱情只是一个定义

这一次的折腾，的确是把林教瘦给累坏了。所以第二天，林教瘦起床有些晚，匆匆忙忙做完早饭，就赶着上班去了。

下午下班回家，林教瘦见齐佳一个人坐在电脑前看电影，卧室的门却还是紧闭着，就问："赵小燕午睡没起呢？"

齐佳说："哦，她从昨晚一直睡到现在，还没起来呢。"

"啊？她怎么睡这么久？没事吧？"

齐佳笑着说："没事，她每次喝醉了都会先闹一阵，然后大睡一场。可能这次喝的酒后劲比较大，所以她睡得久一点而已。"

或许是听到外面有人说话，卧室的门突然打开了，赵小燕依旧穿着昨天的衣服，头发散乱，满脸倦容地走出来，坐到齐佳旁边的椅子上说："谁说我一直睡呢，我早醒了，一直在想事情呢。"

林教瘦看赵小燕打着哈欠的样子，就笑着说："你也一天没吃东西了，我马上去做饭。你洗把脸，坐一会儿吧。"

赵小燕揉揉太阳穴："我头还有点疼，一会儿再去，你赶快做饭吧。"

过了一会儿，林教瘦蒸上米饭，准备好菜，就从厨房里出来，见赵小燕还是坐在那里没动，眼神有些呆滞地看着齐佳的电脑。屏幕上一个长得挺酷的女杀手闯进一个屋子里，却发现上了敌人的圈套，上百个拿着刀的武士冲出来，把女杀手团团围住。

赵小燕的头似乎还在疼，就皱着眉头问齐佳："这个女的是怎么逃出去的？"

齐佳也是第一次看这部片子，所以也不知道后来的剧情。林教瘦以前却在网上看过这部电影，名字虽然记不清楚了，但是还记得这段剧情，就对赵小燕说："哦，这个女的没有逃，她把那些男的全杀了。"

赵小燕瞪大了眼睛："这个女的那么厉害？"

林教瘦笑了，"直到昨天以前，我还不相信真有女的能那么厉害。"

齐佳自然明白林教瘦话里的意思，也跟着笑了一下。赵小燕却没听明白，皱着眉头看了看齐佳和林教瘦的表情："真的假的，你们俩不是在骗我吧？"

林教瘦就说："你还是头疼吗？可能是昨天宿醉，今天又睡得太多了。开开窗透口气，我再给你泡杯清茶，喝了就会好点。"

赵小燕捂着脑袋点点头："好的。"

齐佳就急忙去打开窗子，林教瘦则取出茶叶给赵小燕泡茶。赵小燕继续看电影，果然片子里的女杀手手持长刀，一阵冲杀后，那些围着她的男人就都横尸当场了。

吃完晚饭，赵小燕的精神似乎逐渐恢复了，头疼也好了一点。林教瘦正收拾碗筷，一直呆坐一边的赵小燕突然大声说："我想过了，我要回珠海了。"把林教瘦吓了一跳。

齐佳似乎也不敢相信这个突如其来的消息，自己和林教瘦百般劝她，她一直不肯回去，现在酒吧也开张了，她工作也有了，却突然提出要回去，不知道她究竟发生了什么事，就小心翼翼地问："你说要回珠海？"

赵小燕点点头："是啊。我开始不愿意回去，是因为张姐的事情一直没有着落。现在既然酒吧也开始营业了，我也该回去了。"

林教瘦就说："可是，你在张姐那边的工作……"

赵小燕的脸色变得有些难看，沉默了一会儿才问："我昨天是不是打伤了人，还把张姐的酒吧给砸了？"

齐佳连忙说："没有没有，你就是喝醉了，时雨送你回来的！"

赵小燕瞪了齐佳一眼："你以为我真的什么都不记得了？我打了一个男的几拳吧？好像还掀了桌子？"

林教瘦摇摇头，暗想：昨天要不是齐修远带人拉住你，没准你真能把整个酒吧给砸了，嘴上却说："没事儿，没坏什么东西。张姐昨晚也说不会怪你的。"

赵小燕突然跳了起来："你说张姐昨天也在？"

林教瘦吓了一跳，说："是啊，后来她来了。"

这次轮到赵小燕苦着脸了，颓然坐下说："完了完了，这下我连张姐都不能见了。"

齐佳也感到赵小燕的话非常奇怪，就问："为什么？"

林教瘦见赵小燕这种反应，以为她是为自己在那么多人面前发酒疯打人而感到不好意思，就劝解说："那个男的确实该揍，你也不用不好意思，大家也没有人会笑话你的。"

"笑话？"赵小燕说，"我教训一个登徒子，谁敢笑话我！我就是觉得张姐的酒吧好不容易才开张，这还没两天就差点被我砸了，觉得对不起她。万一因为我在那里惹出什么事儿来，牵连她们酒吧办不下去，我可就真不知道怎么面对他们了。"

林教瘦这才明白赵小燕只是为差点砸了张姐的酒吧而内疚，本想劝她不要放在心上，但突然转念一想，如果赵小燕就这样回珠海也未必不是一件好事，所以就没有再说话。

齐佳自然是十分高兴，立刻说："那我明天去买火车票去。"

赵小燕说："不着急，我还想跟平姐姐道个别，再待两天吧。"

齐佳也不着急这一天两天的，连声说："好，好。"

等林教瘦洗完碗从厨房出来，赵小燕仍旧坐在那里，想了半晌，才像突然下定决心似的说："不行，虽然不好意思，我还是要当面跟她道歉，然后道个别。我现在就去!”

林教瘦看了看表，说：“已经这么晚了，明天再去吧。”

赵小燕却不肯：“明天不一定见得到她，我现在就去，见一下说两句话就回来了。”

齐佳就说：“那我陪你一起去吧?”

“不用了，我自己去!”既然赵小燕坚持这样，齐佳和林教瘦也就不再说什么了，只好待在家里等赵小燕回来。

赵小燕既然已经答应要回珠海，齐佳的目的也就达到了，林教瘦也觉得困扰自己很多天的问题终于马上就要消失了，所以两个人都放松下来，心情也就都变得不错起来。

林教瘦看到齐佳笑得很开心，就开玩笑说：“赵小燕只是答应要回珠海，又不是答应你的求婚，你就那么高兴啊!”经过这段时间的相处之后，林教瘦已经逐渐跟齐佳熟稔起来，两人的关系就好像多年的好友一样了。

齐佳听到林教瘦开自己的玩笑，想了一想，居然一本正经地说：“她要是真的答应我的求婚的话，我就不只是笑了，我会上大街跳舞。”

林教瘦知道齐佳这么说了，真的做出这种事情也不奇怪，就摇摇头说：“有时候真的觉得恋爱中的人会变得很可怕。你为什么会……喜欢赵小燕呢?”林教瘦本来想说“爱”，但想了一下还是觉得说不出口。

齐佳笑了笑说：“很多人也问过这个问题，不过我也奇怪为什么要问为什么呢，爱是人的一种感情，很自然地就发生了。爱，并不是像做项目一样，要去衡量投入产出，有多少收益。我也从来没有想过为什么会爱上赵小燕。”

林教瘦听了挠挠头，想了一下，就又问：“那我这么问吧，你觉得赵小燕哪点好？”

“你觉得赵小燕不好吗？”齐佳反问。

“这……也不是。经过这段时间相处，我倒是觉得越来越能发现她这个人的特别之处。只是……”林教瘦迟疑了一下。

“只是什么？”

“别的不说，她偶尔拍我一巴掌，我就得疼上好几天。”

齐佳也笑了，“那是一种亲密的表现，证明她把你当成好哥们！”

林教瘦笑了笑，没说话。齐佳想了一阵，接着说：“其实，我无论是在社交还是在工作中都能遇到很多女孩子，但是赵小燕给我的感觉却不同。怎么说呢，其实我并不喜欢现在的工作，以前都是按照家父的意愿来生活。虽然我也很认真地学习和工作，但只是将那些作为一种必须完成的事情来对待，从未有过那种为了达成理想而努力的快乐感。但是遇到赵小燕以后，我却有了一种责任感，我想帮她完成一些她的理想，想更努力地工作，做更多的事情让她幸福。这么说其实我自己都感到有点奇怪，不知道为什么，跟她在一起的时候就会有一种很努力向上的感觉，好像无论遇到什么困难都能克服一样。”

林教瘦点点头：“赵小燕有时候做事虽然显得有点鲁莽，但是她总是一副精神很旺盛的样子，而且为人也很豪爽开朗。可能正是这样，她才能够感染到她身边的人吧。不过……你认为这就是爱情吗？”

齐佳笑了笑：“谁知道呢。我也曾经很多次地想过这个问题，不过，谁又能真正说清楚爱情是什么呢？所谓爱情只是一个定义而已，古今中外，不管是平民百姓还是国王将军，每个人都有自己对爱情的定义，却每个定义都不一样。有人认为爱情应该是轰轰烈烈的，直至粉身碎骨；有人却认为爱情就是平平淡淡，幸福一生。或许各有各的道理，但谁也不能说自己的定义就是真理。也许，不同的人也都有注定的适合各自的爱情。”

林教瘦没想到一向显得有点刻板的齐佳会说出这样的话，就笑着说：“那赵小燕就是你对爱情的定义了？”

“那林先生呢，现在有没有喜欢的女孩子？”

“我？”林教瘦说，“整天忙着上班下班，哪儿有那时间啊。也可能，是我还没有找到我的爱情定义吧。”

齐佳就说：“林先生不要着急，我相信每个人都会有自己待定的缘分，总有一天会遇到自己命中注定的人的，也不必强求。”

林教瘦笑着说：“你这是典型的唯心主义宿命论。”

齐佳就问：“那林先生喜欢什么样的女孩，或者说林先生对于爱情的定义是什么？”

林教瘦想了一下，才说：“我这个人没有什么远大的目标。我只希望能够找一个温柔贤惠的，喜欢我的人，两个人一起努力，在这个大城市里生活下去，哪怕不能在这里扎根，最后也能攒够钱在其他地方买一座小房子，然后一起很平静地生活。老了能够一起牵着手漫步，如果有可能，最好能牵着手一起离开这个世界。”

“你说的更像是亲情了。”

“嗯，或许吧。你也说了爱情各人的定义不同。在我的定义中，世人所说、所定义的爱情都是一种以‘纯正爱情’为基础，融入了亲情、友情等其他感情成分所形成的复杂感情，有时候又会掺杂一点怜爱、敬爱、关爱或者羡慕之爱，使人难以分辨得清楚。有时候这种感情多一点，有时候那种感情多一点，但因为‘纯正爱情’成分的存在，使得这种感情又不同于其他感情。只不过由于其他成分的不同，所以也就产生了人们千差万别的对爱情的感受和表达。”

齐佳就笑着说：“你这是‘鸡尾酒爱情’理论。”

“那我这也是一杯度数比较低的鸡尾酒，不会喝得太醉的那种。”

齐佳笑着说：“爱情故事？”

“什么？”

齐佳说：“我听说过一种软性鸡尾酒，叫‘爱情故事’，据说是以鲜奶和蜜糖配上水果调制成的。跟你说的倒是有几分相像。”

“哦。呵呵，你说的那个听起来对我来讲过于甜腻了，我的可能是不加蜜糖的那种。”

“林先生对此似乎颇有自己的见解，不像是一个没有女朋友的人。”

“其实我真的没有谈过什么恋爱，要说有，也仅限于很久以前的单恋而已，所以纯粹是纸上谈兵。或许谈的时候你听起来似乎有那么一点道理，但有一天自己真正陷入其中的时候，哪有那么多道理可讲，跟着感觉走就是了。”

两个人正在聊天的时候，赵小燕却突然回来了。比两个人预料的要快得多，而更出乎两人预料之外的是，赵小燕不是一个人回来的，她还带回来一个女人。

这个女人似乎喝了很多酒，满身的酒气，脸色发红，走路都走不稳了，所以是赵小燕把她扶回来的。好在这个女人身材并不高大，赵小燕只需要一只手就能很轻松地扶住她，另一只手则提着一个黑色的大行李包，显然是这个女人的东西。现在虽然已经入秋，不过天气并不十分的寒冷，这个女人却穿着一件旧的灰色风衣，一副风尘仆仆的模样。看样子是刚刚抵达北京不久，还没来得及洗去身上的旅尘。

赵小燕扶着那个女人坐在椅子上，才把手中的包放在墙角，然后对那个女人说：“这里就是我住的地方，今天你就跟我一起住在这里吧。”

那女人抬起头，醉眼蒙眬地扫了一眼齐佳和林教瘦。赵小燕就说：“我们睡卧室，他们两个睡客厅，你就当他们不存在好了。”然后她转头对齐佳和林教瘦说：“你们两个别愣在那里啊，赶快去拧个毛巾来啊。”

齐佳和林教瘦相对苦笑了一下，齐佳就急忙去拧了一条毛巾给那个女人洗脸，林教瘦则去调了一杯蜂蜜水，给那个女人醒酒。等到洗过脸、喝完蜂蜜水后，那个女人的脸色似乎好了一点。赵小燕就对女人说：“我扶你到里面休息一下吧。”

那个女人酒还没有醒，似乎头晕得厉害，勉强微微点了点头，赵小燕就把她扶进卧室。过了一会儿，赵小燕又走出来，低声问林教瘦：“还有没有毛毯？再给我拿一条。”

林教瘦小声说：“里面的衣柜右边最下层有，你自己拿就可以了。”

赵小燕点点头，正想回到卧室，林教瘦连忙问：“你这么快就回来了，跟张姐道别了？”

赵小燕摇摇头：“没有，我还没到酒吧就碰到齐修远带着这个姐姐，我怕她吃那个家伙的亏，就把她带回来了。”

林教瘦指了指卧室：“你跟她以前认识？”

“不认识。”

“那你问她叫什么名字了吗？”

“还没问呢。”

“那你怎么……”

“你打听那么多干吗？你们俩别在外面吵啊，影响到这位姐姐休息！”说完，赵小燕就走进卧室，把门关上了。

林教瘦无奈地摇了摇头。这个赵小燕莫名其妙地把一个陌生女人带回自己的家里来，还要怪自己问得太多了。不过想想当初她既然能一个人闯到自己家里，然后住了这么久，那么她带陌生女人回来也就没什么好奇怪的了。所以林教瘦和齐佳也就不再去探究这件事情究竟是怎么回事，就把折叠床打开，各自洗洗睡了。

半夜，齐佳听到房内隐隐传出哭泣的声音，就悄悄爬起来，走近卧室的门，仔细听了听，似乎不是赵小燕的声音。他也不敢敲门打扰她们，所以就一个人站在黑暗中，直到里面又没了声音，才又蹑手蹑脚地返回自己的床上继续睡觉。

事实上，赵小燕确实不知道这个女人是谁，关于她碰到这个女人的经过，还得从齐修远说起。

第二十一章　漂泊的理由

傍晚的时候，蓝色漂流瓶酒吧里的人逐渐多了起来。不过，本该十分忙碌的齐修远却没有多少心思工作，此时他的目光一直盯着坐在墙角的一个女人。

齐修远记得这个女人是下午三四点钟进来的，当时齐修远刚刚接班，这个女人就穿着灰色风衣，提着一个黑色的行李包进来了。看她风尘仆仆的样子，似乎是刚从很远的地方回来，或者是刚刚从外地到北京。

这个女人径直走到一个僻静的角落坐下来，齐修远就走过去问她要点什么。齐修远记得她是点了一杯“斯普莫尼”，然后就独自一人静静地坐在那里听背景音乐。其后似乎有其他服务生到那个位置送过几次酒，齐修远还以为已经换了别的客人，此时才注意到是那个女人一直坐在那里没有走。不知道为什么，齐修远突然觉得她身上似乎有一些东西在吸引自己的目光，所以不自觉地就开始留意起她来。

看她的容貌，似乎是三十岁左右的年纪。一头波浪卷的披肩长发，脸上一直是一副很漠然的表情，只是眼神却跟随着音乐一直变幻不定，有时好像在专心听着音乐，有时若有所思，有时又会闪过一丝淡淡的忧伤。有好几次，齐修远发现她似乎沉浸在某种情绪中，习惯性地从口袋里掏出一个烟盒，拿出一支烟，然后看看四周，又把烟放回盒子里。每当此时，她总会端起酒杯喝上一小口，或者叫附近的服务生再上一杯。而她要的酒，似乎都是随时想到，随口说出的，每次都不一样。

齐修远发现，这个女人长得并不算十分漂亮，但是越看越让人觉得她的身上有一种特别吸引人的东西。她眉眼之间有一种浑然天成的魅力，举止之中又透出一种优雅和从容。观察了她很久，齐修远终于忍不住走过去，轻声问："请问我可以坐在这里吗？"

那女人本在低着头想什么，听到有人说话，就抬起头来看了一眼，见到齐修远一身招待打扮，就反问："你不是这里的招待吗？"

齐修远并不是一个脸皮薄的人，所以就笑了笑，直接坐到了那女人的对面。那女人似乎没有料到齐修远会真的坐下，但是也没有生气，就微微笑了一下，说："你上班时间坐在这里，不怕你们老板炒你鱿鱼吗？"

"我们老板不在。"齐修远笑着说，"你好，我叫齐修远。"

"齐修远？"那个女人终于真正笑了起来，但只是很短的时间，就又恢复了一脸的漠然。

齐修远发现她笑的时候显得很开朗，似乎并不像他想象的那么内向，就问她说："这个名字很好笑吗？那我应该如何称呼你呢？"

"我？"那女人想了一下，"你就叫我路漫漫好了。"

齐修远笑了，"这恐怕不是你的真名吧？"

路漫漫悠悠地说："你问的是我的称呼嘛，不妨就这么称呼我，名字也不过是一个代号而已，又有什么关系呢？"

齐修远被她说得哑口无言，就笑着说："路小姐说的很有道理，倒是我太拘泥了。"齐修远看了看路漫漫放在地上的包，然后说："你……是来北京办事的？"

路漫漫端起酒杯，轻酌了一口，慢慢地说："你总是这么喜欢打听别人的事情吗？"

齐修远也没有不好意思，只是靠在椅子上说："只有遇上感兴趣的才会打听。"

路漫漫微微笑了笑却没有说话。齐修远就继续说："既然你不肯说，那么我来猜猜好了。"

"哦？那你猜猜看。"

"你一定是刚从很远的地方到北京来的。从你的皮肤来看，应当是从南方过来的，北京的空气干燥，即使再怎么保养，也很难有这么好的皮肤。虽然你的普通话很好，但还是能听出一些口音，应当是长期住在苏杭一带。你头发波浪卷，不像是故意做的发型，倒像是盘发髻形成的。你之所以要盘发，很有可能是为了让自己显得老成一些。看你的肤色，也像是长期在室内工作的，所以你极有可能是一个管理人员或是掌握着什么关键环节的人，因此需要给人一种很老成可靠的印象。一般从事这种工作的人，都会比较忙碌，而现在既非节假日，也不是周末，你在这里悠闲地坐了一下午，穿的又不是职业装，所以我大胆猜一下你并不是来这里出差的，而是来旅行的。”

路漫漫拿起酒杯又喝了一小口，对于齐修远的话不置可否，只是悠悠地说：“哦？你还看出了什么？”

“这……”齐修远犹豫了一下，还是说，“我看你没有戴戒指，而且独自坐在这里一直没有人打手机给你，想必到现在还是单身吧。而且看你的眼神中似乎有些忧郁……”其实齐修远前面说了那么多都是在做铺垫，只有这句才是他的最终目的。

路漫漫眯着眼睛笑了一下，说：“你知不知道一个男人太自作聪明，而且话这么多，很容易引起女人讨厌的。”

齐修远仍旧带着那种很爽朗的笑说：“你刚才也说让我猜的。我又不是侦探，纯粹是半蒙半猜而已，说得不对的地方，你就当我胡说好了。不过一个人心情不好的时候，最好别喝这么多酒，对身体不好。而且这些酒后劲大，初喝时没什么，时间长了很容易醉的。”

“醉了岂不是更好，也许一醉醒来，发现一切不过都是一场梦而已。”

齐修远听路漫漫语气幽怨，就劝她说：“自古情之一字，总是会让人多受折磨的。其实时间是最好的药，一切还是要向前看……”

路漫漫摆摆手："你好像一个碎嘴的老先生，我说过一个男人太自作聪明的话会让女人讨厌的。情，确实是情，却不是你想象的那样。有些东西时间越久，记忆却越深刻。"

齐修远自己也不知道自己今天是怎么了，一向精明的他遇到路漫漫后在不知不觉中真的变得有点婆婆妈妈起来，他也不知道自己为什么会说这么多莫名其妙的话出来，一点不像平常的自己。路漫漫却又接着说："不过，还是谢谢你齐先生，能够陪我说这么多的话。我知道你是一番好意，可是有些东西，是很难依靠语言来化解的。"

齐修远想了一想，就说："我知道，很多道理或许你都懂，但自己懂和别人说出来还是会不一样的。有时候不要把所有的事情都闷在心里，寂寞不能治愈创伤，它只能让自己走入死角而已。所以多跟人交流一下，是很有好处的。"

路漫漫笑了一下，拿起酒杯，却发现已经没酒了。齐修远就对走过的一名服务生说："给这位小姐来一杯爱尔兰咖啡，算我请的。"

那名服务生看了看齐修远和路漫漫，笑容有些暧昧，点点头就转身朝吧台走去。

路漫漫微笑着说："爱尔兰咖啡？可惜我不是空姐。"

齐修远也微笑着说："我倒觉得当一次酒保也不错。"

"那么你也一定知道这个故事的结局了。错误的时间遇到了错误的人，注定只是一场错误而已。"

齐修远带着他那种很爽朗的笑说："即便是同样的爱尔兰咖啡，不同的人调出来也会带有各自的特点和味道。我相信没什么绝对的对和错，如果遇到了不试试看的话，就一定是错的。"

至少在一瞬间，路漫漫似乎被触动了一下，但是旋即又恢复了她那种漠然的表情。这时候一个人走过来，把一个杯子放在路漫漫面前，却不是齐修远要的爱尔兰咖啡，好像是一杯矿泉水。齐修远抬起头，发现站在面前的居然是一向不肯亲自送酒的"蓝大先生"，就笑着问："这次你怎么亲自过来了?"

"蓝大先生"仍旧是一副冷淡的表情，说："她已经喝了很多了，你要真为她好，就别再请她喝酒，而且现在也不早了。这杯虽然是水，但要是认真喝的话，也能喝出爱尔兰咖啡的味道的。"说完就礼貌性地弯了弯腰，转身离开了。

齐修远知道蓝小生是一番好意，所以也不生气，只是对着蓝小生的背影说："哪有你这种酒保，人家买酒你也不卖。"

"蓝大先生"站住，转头对齐修远说："谁说我不卖！你刚才说是你请，所以那杯水我会按照爱尔兰咖啡的价格给你记在账上的。"

"你……"这次齐修远真的说不出话来了。

路漫漫却被"蓝大先生"的举动逗笑了，端起玻璃杯喝了一口矿泉水，缓缓地说："你那朋友说得不错，只要认真地喝的话，矿泉水也能喝出爱尔兰咖啡的味道。”齐修远才跟着笑了起来。

路漫漫站起来，边掏钱包边说：“时候确实已经不早了，我得走了，埋单吧。”但是显然因为喝了不少，所以她晃了几下。

齐修远见她站都有点站不稳了，就急忙站起来说：“我帮你拿行李吧，你找到住宿的地方了吗？我知道附近有家旅馆不错，而且价格也不贵，我送你过去吧。”

路漫漫斜着眼睛看了齐修远一会儿，似乎在揣摩齐修远这个人是否可靠。可能是因为真的喝得过量了，所以她最终还是点了点头。

齐修远就非常高兴地叫过一个服务生交代了两句，然后提着路漫漫的行李，跟着路漫漫走出酒吧。

一出酒吧的大门，本就喝得不少的路漫漫被冷风一吹，酒劲上来，就感到头晕目眩的，走路开始摇摇晃晃。齐修远就扶着她往旅馆走，正好碰到了正要前往酒吧的赵小燕。

赵小燕见齐修远扶着一个醉醺醺的女人，就跑过去问：“你怎么没去酒吧？这是谁，你女朋友？”

齐修远说：“是赵小燕啊，你怎么会在这里？这位路漫漫路小姐在我们酒吧喝醉了，我正要送她去旅馆。”

赵小燕说：“我……我想去见一下张姐，她在酒吧吗？”

“她不在，今天不会过来了。”

赵小燕哦了一声，面露失望。

齐修远说：“我得赶快送路小姐去旅馆，你要去酒吧的话就过去吧，蓝小生在那儿呢。”

赵小燕本想就这么回去了，突然看到路漫漫一副昏昏沉沉的样子，就拦住齐修远：“等等，她怎么这个样子？”

齐修远笑着说：“我刚才不是跟你说了吗，她喝醉了。我这不是要送她去旅馆休息嘛。”

“你？”赵小燕上下打量了一下齐修远，“你送我不放心！”

“啊？”齐修远愣住了，“有什么不放心的，我……”

“我什么我，我去送。”说完，赵小燕一把拉过路漫漫，齐修远不敢跟她抢，只得放手。

“可是……”

赵小燕不等齐修远说话，就抢着说：“我看她喝得不少，送到旅馆那些人也未必能照顾她，我把她带到我那里吧，也好有个人照顾她。”说完扶着路漫漫就走。

齐修远急忙跑上去说：“等一下，这……”

“等什么啊，人家一个女的，你别凑那么近，男人靠边站！”

“不是，我是说这是她的行李，你总得给她带上啊。”

赵小燕瞪了齐修远一眼，伸出一只手把行李夺过去，说：“既然是这位姐姐的行李，你干吗老拿着不放，我看你就有点不怀好意！”

齐修远只好站在那里看着赵小燕一手扶着路漫漫，一手提着行李远去。他伸手挠了挠头：“我不就想送她去旅馆吗，难道这也有错？怎么一个个都觉得我像坏人。”说着，齐修远对着路边的橱窗照了照自己的样子，微微摇摇头叹了一口气，就回酒吧去了。

赵小燕带着路漫漫回到林教瘦家，就把她安排到卧室里去睡。因为白天的时候赵小燕已经睡了一天了，并不困，所以就搬了张椅子，坐在床旁边看电视。

或许是因为一路奔波确实累了，再加上又喝了不少的酒，所以路漫漫蜷在床上，很快就睡着了。不过她似乎睡得很不安稳，有时会皱着眉头，露出有点痛苦的表情，有时候又会在梦中呓语，但又听不清楚她在说什么。赵小燕就给她盖好毯子，免得她着凉了，后来见夜深了，怕自己看电视影响路漫漫休息，就关了电视和灯，也躺到了床上，不过她自己还是睡不着，就躺在床上发呆。

半夜里，赵小燕似乎听到路漫漫低声啜泣的声音，翻过身才发现，确实是路漫漫在哭。而赵小燕知道，每个漂泊在外的人，总会有一个漂泊的理由，总会遇到一些伤心的事情，总会有自己不愿意告诉别人的痛楚。所以赵小燕也没问，只是轻轻拍了拍路漫漫的后背。路漫漫就把头埋在赵小燕身上，呜呜地哭了起来，含糊不清地呓语。赵小燕只能隐约地听到“妹妹……别离开……是姐姐不好……你们都……”之类的话，也不知道该怎么安慰，就只好静静地陪着她，轻轻地拍着她的背。

过了一会儿，或许是路漫漫哭累了，才依偎着赵小燕沉沉地睡去，这一次路漫漫却睡得很安稳，像个婴儿一般。赵小燕怕吵醒她，也不敢乱动，就一直躺着。直到天快亮的时候，赵小燕才有了点困意，慢慢地睡着了。

林教瘦一早起来，有点意外地发现齐佳并没有被他的起床声吵醒。他不知道齐佳昨天晚上也是一夜没有睡好，半夜还起来听了听赵小燕房里的动静，所以现在才睡得那么沉。

林教瘦轻手轻脚地做完早饭，就匆匆忙忙上班去了。齐佳还一直沉沉地睡着。直到上午十点钟左右，齐佳才被一阵敲门声惊醒，匆忙穿上衣服起来，把折叠床摆好，才跑过去开门，发现门口站的是齐修远。

齐修远正想开口，齐佳却低声说："嘘，她们还没醒呢。"

齐修远张着嘴点了点头，做了个小声点的手势，才跟着齐佳轻手轻脚地走进门。不过卧室的门却已经打开了，赵小燕拿着一张字条走出来，看到齐佳，就有点生气地问："那位路姐姐走了，你怎么不告诉我一声？"

齐佳并不知道路漫漫的名字，所以听了赵小燕的话没有反应过来，就问："谁？谁走了？"随后才反应过来赵小燕说的是她昨天晚上带回来那个女人，就说："我不知道啊。她不是跟你在一起吗？"

"可我早上起来她就不见了，只留下这张字条。你在外面睡的，怎么她走了你也不知道啊？"

齐佳一脸的无辜，但也不敢对赵小燕有任何意见。齐修远更关心的则是路漫漫的去向，所以就笑着说："你也别怪他了，先看看纸上写的什么吧。”

赵小燕已经看到齐修远来了，知道他是来找路漫漫的。她也不是很清楚齐修远和路漫漫的关系，所以就把纸条递给齐修远看，齐佳也凑了过来。

齐修远接过那张纸，见上面字迹显得有些潦草，显然是写得很匆忙或者是因为写的人情绪波动：

小燕妹妹：

我听那个酒保这么称呼你，不知道是不是这样写的。非常感谢你昨天晚上收留我，一个月多来，我也是第一次睡了一个好觉。

一个多月来，我在各个城市间游荡，遇到过各式各样的人，有好人，有不怀好意的，有热心的，也有冷漠的，而你却是唯一一个能让我睡得很安心的人，或许是因为你跟我的妹妹长得有点像吧。

曾经，我也拥有一个美满的家庭，慈祥的父母、可爱的妹妹。我努力地工作，拼命地赚钱，总想着有一天等钱赚够了，就好好孝敬一下父母，让妹妹过上好日子。但是突然有一天，一场大火，我失去了这一切。那一刻，我不知道我所有的努力究竟还有什么用，我所有的人生目标在那一瞬间已经破灭了，所有的理想在那一刻变得毫无意义。我不知道该怎么办。想了很久，我决定辞去工作，开始漂泊，想知道自己应该怎么生活下去，想重新找到我自己的路。

昨天，我刚刚踏进这个城市，随便坐上一趟公共汽车漫无目的地游荡，我看到了那个名字‘蓝色漂流瓶’，所以立刻就决定要去那里坐坐，所以才遇到了那个酒保，才认识了你。在你这里，虽然只是一瞬间，我又一次感受到了那份久违的温暖。只是醒来，我对这份温暖又有了一丝恐惧，我才体会到了什么是患得患失。我害怕得到，因为害怕会再次失去。我觉得我像一只惊弓之鸟。或许，我还没有准备好重新面对生活，所以我决定继续流浪。我所要寻找的东西，到现在还没找到，或许，我自己也不知道要找的是什么，所以也不知道究竟能不能找到。我现在所能做的，只是继续漂泊而已。

已经很久没有说过这么多话了，唠唠叨叨的或许妹妹也烦了。还是不能当面说出自己的心事，怕一时忍不住又在你面前哭起来丢丑。不过能够写下这么多，能够找到一个人倾诉，我的心里已经好受多了。

或许有一天，等我知道了自己应该怎么生活，我会回到这个城市，到那时候，我希望能够再次见到妹妹你。

路漫漫其修远兮，吾将上下而求索。假如真正有缘的话，我们总有一天一定会再次遇到的。衷心地谢谢你，也替我向你的朋友道谢。

路漫漫

齐修远看完这留言，心里不知道是什么滋味。只有他自己可以读出来，很明显这封信里的有些内容是路漫漫写给自己看的。明明只见过一面，连齐修远自己也不清楚为什么自己竟对路漫漫产生了一种爱慕的情感，此时知道了路漫漫的遭遇，更是想陪在路漫漫的身边。只是他知道现在还不是时候，自己现在即使找到了路漫漫，她也一定不会接受自己，那时候事情就没有回转的余地了。而且就齐修远自己来讲，也还没想好该如何接近路漫漫，所以现在最好的办法，就是让路漫漫一个人先游历一段时间。所以齐修远拦住要去找路漫漫的赵小燕，说："既然她不愿意让人去找她，又在信里说不愿意当面跟你说，你找到了只会让她不好意思而已。而且你又不知道她去哪儿了，怎么找？就像信里说的，一切随缘吧。"赵小燕也就只好放弃了去找路漫漫的打算。

齐修远又拿着路漫漫的信说："这个……可不可以给我？"

"干什么？这是那位姐姐留给我的信，你要来干什么？"赵小燕伸手去夺，却被齐修远闪开了。

"这……"齐修远一时想不到合适的借口，就只好实话实说，"我……对她印象很好，所以想……想留个纪念。"

赵小燕瞪着齐修远，把齐修远瞪得都有些不好意思了。赵小燕却突然笑了，"好吧！"

齐修远有点喜出望外，没想到赵小燕答应得这么爽快，"你答应了？"

"是啊。"赵小燕笑着说，"我又不是傻瓜。"

这次齐修远真的不好意思起来，连忙说："那多谢了，我得赶快回酒吧去，不打扰你们了。"说完就匆忙离开了。

当然，齐修远没有告诉赵小燕，昨天路漫漫在掏钱包付账的时候，从钱包里掉出了一张名片。虽然齐修远不能肯定这张名片一定是路漫漫的，也不能肯定凭借这张名片一定能找到路漫漫，但是，毕竟有这张名片在手，他就拥有了希望。

第二十二章　求你了，别爱我！

晚上，林教瘦下班回家，又买回了不少菜。齐佳和赵小燕马上就要回珠海了，而他现在在公司里的工作也十分轻松，没那么累，所以就能拿出十二分的精神为齐佳和赵小燕好好做几道好菜了。

当林教瘦到家的时候，发现只有赵小燕一个人在家，齐佳不知道做什么去了。林教瘦就开始做饭。当他开始炖汤的时候，齐佳正好赶回来，林教瘦就从厨房里出来说："正好，汤炖上了，再有十分钟就可以吃饭了。"

齐佳似乎心情很不错，见到林教瘦就说："我下午去见时雨了，一起订了后天的车票，时雨也跟我们一起回去。"

林教瘦听说时雨也要一起回去，才想起这段时间时雨一直住在宾馆，忙着工作，自己也没有机会再跟他谈谈，也没请他回来好好吃顿饭。一直说以后还有机会，还有机会，没想到现在他真的要回去了。齐佳似乎看出了林教瘦的心思，就说："他只是跟我回去交代一下这段时间的工作，这边的事情还没有结束，他还会回来一段时间的。"林教瘦这才点了点头。

齐佳从带回来的包里拿出一个精致的小盒子，双手递给林教瘦，说："这是我下午跟时雨一起去选的礼物，在这里打扰你这么长时间，算我的一点心意吧。"

"啊？"林教瘦连忙摆手，"不用了不用了，大家都是朋友了，不用来这些。"

齐佳笑着说："既然是朋友，送一件礼物总是应该的，你就别客气，收下吧。"林教瘦见他举着不动，也就只好伸手接过。打开一看，却是一支很精美的钢笔，就问："这是？"

齐佳说："是精装限量版的派克笔。"

林教瘦一听"限量版"这个词，就不敢去想象手中钢笔的价格："这……很贵吧？"

齐佳笑着说："既然是礼物，就是一份心意，不用计较价格。"

听齐佳这么说，林教瘦也只好收下了。齐佳又拿出另一个更精致的盒子，送到赵小燕的面前说："我……给林先生买礼物的时候顺便也给你买了一件，你看看喜欢不喜欢。"

看到盒子那么精致，林教瘦就在猜想里面会不会是戒指。赵小燕把盒子打开，才看到里面是一款别致的手表。赵小燕抓起手表看了一眼，就问齐佳："这你又花了多少钱？"

"啊？"齐佳好像突然发现自己做错了什么似的，愣了一下才说，“没……没多少钱，才几千块而已。”

赵小燕瞪大了眼睛：“才几千块？还而已？这么贵还说不贵！我不要，还给你！”说完赵小燕把表放回盒子里，把盒子关上扔给齐佳。不过赵小燕扔的力气太大了一些，齐佳伸手去接却没有接到，盒子哗啦一声砸破玻璃，掉到窗外去了。

林教瘦连忙说：“掉到楼后面了，我知道怎么绕过去，我去捡！”说完就匆匆跑下楼了。

这栋楼的后面是一片空地，耸立着几棵大树，平时虽然不是人迹罕至，但去的人也不多，而此时又只是初秋时节，所以也没有多少落叶，林教瘦本以为应该很容易就找到的，没想到找了半天也没有发现那个盒子。楼上却隐隐传来赵小燕和齐佳的争吵声，只是赵小燕的声音听得更清楚：“是你没接好……谁让你买的……不稀罕！”

林教瘦见天色逐渐暗了下来，已经看不清楚东西了，所以只好回到楼上。刚打开门，就听到齐佳正在说：“可是……我是爱你的啊！”

赵小燕说：“求你了，别爱我了！行吗?!”

两个人一转头，才看到林教瘦回来了，顿时都有些不好意思。林教瘦呆在那里，过了半天才反应过来，连忙说：“哦，我在下面没找到。天已经黑了，我拿个手电筒下去继续找。”

赵小燕说：“你别去了！他自己的东西，让他自己找去！”

林教瘦正想说话，突然闻到一股东西烧焦的味道，仔细闻了闻，问：“这是什么东西……”突然想起自己还在炖着的汤，脸色就立刻变了，“糟了，我的汤！”他匆忙跑进厨房，厨房里立刻传来丁零当啷的声音和林教瘦的惨叫。齐佳和赵小燕顾不得再争吵，急忙也跑进厨房。

这汤自然是喝不成了，林教瘦的手也在匆忙中被烫伤了，所以齐佳和赵小燕就手忙脚乱地给林教瘦用凉水冲洗，然后上药包扎。这一忙活，也就顾不上到楼下找东西了。等他们七手八脚地把厨房又收拾干净，林教瘦就提议说：“既然天已经这么晚了，外面那么黑也不好找，不如等到明天一早我们再下去找吧。反正那个地方平常也极少有人去，一般不会丢的。”

因为这件事情弄得林教瘦都烫伤了，赵小燕对齐佳已经是相当的不满，所以齐佳看了看赵小燕的脸色，只好点头答应。

第二天一早，林教瘦陪着齐佳又下去仔细找了一圈，但还是没有找到，林教瘦就认为可能是有人给捡走了，所以就说：“要不我们报警吧？”

齐佳仔细想了一下，说：“要是报警的话，就需要调查取证，不知道要耽搁多久呢。要是被赵小燕知道了也会不高兴的。而且找到的可能性也不大，干脆算了吧。”

林教瘦急着去上班，所以也就没有揣摩齐佳话里的意思，既然齐佳都这么说了，他也就不再坚持。

等到林教瘦上班走后，时雨也过来了，赵小燕就同时雨和齐佳一起，去了趟“蓝色漂流瓶”酒吧，但是这次依然没能见到张姐。赵小燕只好把自己辞职的事情告诉了“蓝大先生”，请他转告张姐，说自己要回珠海了。“蓝大先生”并没有多问什么，只是祝他们一路顺风。

因为平天霞在上班，所以赵小燕就跟她打手机告别，说自己一直在这里找不到工作，不能总这样打扰朋友，所以只好先回珠海去了。平天霞自然是十分失望，但也没办法，只是说让赵小燕下次来北京的时候一定来看她，然后就是叮嘱齐佳不要欺负赵小燕。

该处理的事情都处理完，该道别的人也都道别了，赵小燕却莫名其妙地感到有些惆怅。她走南闯北那么多年，一向不喜欢有人送别，因为她不喜欢那种送别时别人伤感的表情。但她自己倒是从来没有伤感过，她觉得江湖儿女，四海为家，总有一天还是能相聚的，干吗要伤感？但是这一次，赵小燕自己也不知道自己为什么产生了一丝离愁的滋味。

赵小燕想了半天，把这种离愁归结为遗憾不能再继续吃林教瘦那一手可口的饭菜，但是仔细想想，又觉得原因似乎也并非如此。苦思不得其解之下，赵小燕就决定不再想了，拉着齐佳和时雨一起到一个小饭馆内喝酒。所以，林教瘦下班回来后，看到的是时雨正醉醺醺地靠在门外的墙上。林教瘦急忙走过去问时雨：“怎么了？你怎么喝成这样？”

时雨明显喝了很多酒，靠在墙上说："别提了。下午赵小燕拉我和齐佳喝酒，不知道她是怎么了，莫名其妙地喝个没完，我跟齐佳也就只好陪着她喝，结果就成这样了。"

"那你怎么不进去啊？我给你开门。"走到门边，林教瘦才听见屋里传来争吵声和砸东西的声音。他原以为是电视剧的声音，细听之下，才听出来是赵小燕和齐佳的争吵声。他知道齐佳对赵小燕说话一向都是轻言细语的，就问时雨："这……他们怎么了？怎么连齐佳都吵得这么大声？"

时雨苦笑着摇摇头："赵小燕一个劲地喝，齐佳也不甘示弱。你也知道他一向都是喝洋酒的，不知道这中国二锅头的厉害，我劝他们都劝不住。结果回来的路上风一吹，我们几个酒劲就上来了，你也知道赵小燕喝醉后的样子，没想到这齐佳醉起来也是手舞足蹈的。这不，两个人刚刚到家就不知道为了什么事吵了起来，然后就乒乒乓乓地开打了。我看里面实在太危险，所以就躲出来了。"

林教瘦一听就着急了："你怎么能放任他们两个人打架呢？砸坏东西是小事，万一他们两个伤着怎么办？不行，我得去劝劝他们！"

"哎，你别去！他们俩杀伤力太大，你别被殃及池鱼了。"时雨急忙去拉林教瘦，无奈实在喝得太多，脚步踉跄，所以没能拉住林教瘦。没过多久，就听到里面乒乓声大作，然后就传出林教瘦的惨叫声："嗯……啊！啊……"

时雨立刻脸色大变："糟了！"他也赶快拉开门摇摇晃晃地冲进去。

林教瘦头破血流躺倒在地后，齐佳和赵小燕的酒就醒了一半，两人自己也不清楚究竟是谁推的林教瘦，林教瘦是怎么受的伤，所以都愣在了那里。时雨冲进来看到这副光景，就连忙说："赶快找点东西给他按住伤口，我马上叫救护车！"说完拿出手机拨打120。齐佳和赵小燕也急忙把林教瘦扶起来，找来干净的布给他按住伤口止血。

救护车很快就到来，把林教瘦送到了医院里。齐佳、赵小燕和时雨也跟着到了医院。医护人员对林教瘦的伤口进行了处理和包扎，因为林教瘦一直昏迷不醒，所以又给他做了详细的身体和脑部检查。值班医生建议先住院观察，等明天医院的专家上班后再诊断，齐佳就交了押金，安排林教瘦住进了特护单人病房。赵小燕和齐佳坚持要在病房里等林教瘦醒来，时雨想到照现今的这个情况来看，多半明天的回程计划要受到影响，如果林教瘦晚上顺利醒来也就算了，如果他一直这么昏迷着，齐佳和赵小燕一定不肯就这么回去的。所以他先赶回宾馆，把这边发生的事情原原本本地写成电子邮件，发给齐老爷子。

第二天一早，时雨就从宾馆赶到了医院。林教瘦还是没有醒，赵小燕和齐佳两眼通红，一脸的焦急，显然是一夜都没睡好。时雨就劝他们说："你们也回去休息一下吧，在这里也休息不好。你们这么着急也没有用，别把自己的身体也累坏了。”

齐佳摇摇头说：“我等结果出来了再说。”

时雨知道这种情况下自己再劝也没有用，就说：“那我去给你们买点早餐来，你们先吃一点吧。”齐佳这才点了点头。时雨正想开门出去，一名中年医生和一名年轻的护士却推门进来。那名医生进来就问：“你们就是患者的家属吗？”

时雨说：“哦，不是，我们是他的朋友。请问医生，他究竟要不要紧？”

赵小燕也站起来问：“他到底怎么了？为什么一直不醒呢？”

齐佳也说：“医生，要做什么检查或者用什么药您尽管决定，钱不是问题。”

中年医生笑了，“你们都先不要着急，听我说。”看到几个人都不再说话了，医生才继续说：“我看过这位林先生身体的各项检查和脑部详细检查的结果，发现他的脑部没有什么问题，只是受了一些皮外伤而已，没什么大碍，休息两天就没事了。”

齐佳问：“可是他为什么一直昏迷不醒呢？”

医生说：“一般说来，如果脑部检查结果毫无问题，但是病人却一直昏迷不醒的话，我们认为有两种可能。一种可能是出于目前医学还无法探知的原因，毕竟大脑是人体最精密的器官；另一种可能是心理因素的影响，例如外界有什么因素使得病人自己不愿意醒来，或者病人因为恐惧某些东西而宁愿处于昏睡状态等。”

“啊？”齐佳和赵小燕对视了一眼，都在考虑这个“恐惧某些东西”究竟恐惧的是什么。

“不过，”那名医生继续说，“根据我多年的从医经验以及他的身体各项机能的检查结果来看，他只是太累了而已。病人好像长期睡眠不足，过度劳累，而近期又处于一种情绪压抑的状态，身体透支过大，这次受伤才会处于一种暂时的昏迷状态。相信只要让他好好休息，很快就会醒来的。所以你们让他先休息一段时间，假如他还是一直昏迷的话，我们再给他做进一步的检查。”

时雨说：“哦，原来是这样，那谢谢你了。”

中年医生冲着三个人点点头，就又到下一个病房去了。

听了医生的话，三个人才没有那么着急了。只是林教瘦还是一直昏迷不醒，终究不能说可以完全放心。时雨给齐佳和赵小燕买来早餐，赵小燕吃完后却还是不肯离开，齐佳也就陪着赵小燕在这里。时雨无奈，只得自己先去把火车票退了，然后打电话回珠海把这里的详细情况告诉了齐老爷子。齐老爷子吩咐他不要着急回来，等林教瘦康复了再说。时雨只得又把原先定好的工作计划又做了一番调整。直到晚上九点多钟的时候时雨才又赶回医院。

时雨进到病房的时候，赵小燕和齐佳都趴在病床边打盹。时雨本不想吵醒他们，但是两个人听到声音，就马上醒了过来，见林教瘦还是一动不动地睡着，就都有些失望。时雨见他们醒了，就低声问：“你们吃晚饭了吗？”

齐佳摇摇头："还没有。"

时雨就有些着急了，"你们这样不行，也不好好睡觉也不好好吃饭，等小林醒了你们俩该住院了！"

赵小燕没有说话，自从林教瘦住院到现在，赵小燕似乎突然变得非常安静，话也少了很多。齐佳则是看着赵小燕。时雨也明白，假如赵小燕不愿意回去，齐佳肯定是不会回去的。所以时雨就劝赵小燕说："医生都说没事了，你就算守在这里也无济于事。而且医生也说了小林需要好好休息，我们在这里只怕会影响到他休息。"赵小燕却还是坐在那里没有动。

时雨又说："如果你实在不愿意回去，我们就在附近找个旅馆住下，一则可以休息好，二则你们什么时候想过来都可以，三则也可以好好吃点东西，医院的伙食太差了。"

赵小燕想了一想，这才勉强点了点头。

时雨这才高兴地说："那好，我们先去找个饭馆点几个好菜，你们两个也一天没有好好吃东西了。"

赵小燕刚站起来，就听到林教瘦的声音："我饿了！"

三个人急忙回头，见林教瘦已经睁开了眼睛。赵小燕就一把抓起林教瘦的手说："啊，你醒了？！"

"哎哟！"林教瘦痛苦地叫了一声。

赵小燕急忙问："你怎么了？是不是哪里不舒服？要不要叫护士？"

林教瘦皱皱眉头说："你抓得太用力了！"

赵小燕这才知道是自己一时激动，把林教瘦抓疼了，连忙松手。

林教瘦挣扎着坐起来，用手捂着头，看了看四周问："这里是哪儿?"不等时雨回答，林教瘦就好像明白了，"我想起来了，我好像撞到什么东西了，这里是医院吧？现在几点了，我们要赶快回去，明天还要上班。"

时雨笑着说："还明天呢，你从昨天下午一直昏迷到现在，已经差不多三十个小时了。不过你放心，胖老板那里我已经给你请过假了，他说让你好好休息。"

齐佳就说："实在对不起林先生，我昨天喝得太多了，你在这里的一切医疗费用都由我来支付。这段时间我们住你那里确实也给你添了不少的麻烦。医生说你身体没什么大碍，只是最近太累了，依我看你就在这里多住几天，把身体调理好再说，其他的事情暂时不用操心。"

林教瘦对齐佳说："你太客气了。其实我这个人向来运气都不是太好，不怪你们。我原本也是一个喜欢热闹的人，只是平时朋友少，能够谈得来的就更少了。你跟赵小燕住我那里，喜欢吃我做的菜，又能够在一起聊天，我其实觉得很开心。所以你也别说什么麻烦不麻烦的。"

赵小燕说："可是都是我们害你受了伤。"

林教瘦笑着说："这点小伤没事，我现在都感觉不到疼了。"

时雨看林教瘦言谈清楚，思维清晰，知道他没什么事情了，就对赵小燕和齐佳说："现在好了，小林醒了，你们也不用担心了，赶快去吃东西，然后回去休息吧。"然后又对林教瘦说："那你就在这里安心地养伤吧，多住几天。我一会儿给你带点吃的过来。"

"住什么，这里又不是高级宾馆，价格却比高级宾馆还贵，我才不在这里住！"

时雨说："可是你的伤……"

"这点伤没事的，我自己知道。而且我饿了，要出去吃饭，不想在这里吃！我不喜欢医院的味道，在这里会浑身不自在，这你也是知道的。"

齐佳说："林先生……"

一向很温和的人一旦倔脾气上来，往往是谁劝也不听的，此时林教瘦就是这种状态，所以他一摆手，口气强硬地说："你们都不用说了，我说要出院，就一定要出院。现在，马上！"

时雨笑着摇摇头说："好了，你们都别劝他了。他的犟脾气上来就这样，我去问问值班护士，听听他们怎么说吧。"

医生已经说过林教瘦的检查结果一切正常，所以醒了就可以出院了，而林教瘦头上的伤其实也只是擦破了一点皮，护士过来取下他头上的绷带，只是在伤口上点了药，贴了巴掌大的一块纱布。值班医生知道林教瘦执意要走，也不强留，就又给他开了一些药，只是已经是深夜了，无法结账办理出院手续，所以就让他们先回去，明天再过来办理。

几个人高高兴兴地从医院出来，都感到饥肠辘辘，所以一起到饭馆吃了东西，才一起坐出租车回到林教瘦的住处。

第二十三章　江湖匪类

等四个人到达林教瘦住处的楼下，时间已经接近晚上十二点了。虽然林教瘦一再说“不用了，我自己可以走”，但赵小燕和齐佳还是坚持要扶林教瘦上楼，所以林教瘦几乎是被悬在空中被两个人架上楼的。时雨就跟在三个人后面一起上了楼。

四个人一进门，赵小燕首先叫了起来：“啊？怎么这么乱，这里进贼了？”

林教瘦看了看，叹了口气，说：“不是进贼了，是你们俩昨天给砸的。”

赵小燕和齐佳立刻感到不好意思起来，赵小燕就说：“那我先帮你收拾一下吧。”就走过去把摔倒的椅子扶起来。

齐佳也说：“我也来帮忙。”说完也走了上去。这时从卧室突然冲出一个人向齐佳扑过来，齐佳本能地向后一躲，那个人扑空趴在了地上。接着又有一个高壮的黑大汉从卧室里冲出来，似乎没有料到第一个人会摔倒，不小心踩到了趴在地上的那个人，地上那人“啊”了一声。

后面冲出的那个大汉并没有冲向齐佳，他似乎认为四个人中唯一的女性，也就是赵小燕是最弱的一个，所以就直接冲向了赵小燕。由于事出突然，所以几个人一下都愣在那里，齐佳也是第一次遇到这种情况，还没有反应过来究竟发生了什么事情。赵小燕却江湖经验丰富，首先反应过来这些人一定是入室行窃的，只是没有料到他们会回来得这么快，所以被堵在了屋子里。眼见那个大汉直奔自己扑来，她自然不会示弱，立刻拳来脚往地跟那大汉打了起来。那名大汉显然也练过一些功夫，所以一时间跟赵小燕打了个旗鼓相当，两个人乒乒乓乓这么一打，屋子里的东西就又一次遭殃了。

齐佳虽然还是没太明白究竟这些人是什么人，但是看到那个大汉跟赵小燕打了起来，当然不会袖手旁观，立刻冲上去想要帮忙。这时候趴在地上的那个人挣扎着想站起来，齐佳一脚正好踩在他的手上，那个人又惨叫着倒地，齐佳连忙低头说了声“对不起”，就继续往前去帮赵小燕。

时雨也已经猜到这些人来者不善，所以就立刻掏出手机想报警。没想到卧室里还藏了一个人，一个年龄只有十六七岁的少年从卧室里冲出来，拿着刀抵住林教瘦，大声说：“都不许动！”

时雨虽然也算见多识广，但从未经历过这种场面，而且事出突然，所以他站在那里不知道该怎么办。齐佳也只好停下脚步。赵小燕见林教瘦被挟持，一把明晃晃的刀抵在他那细脖子上，也就停下手，被那个黑大汉绊倒制住。

那黑大汉说："这……这……他妈的这娘们还真……真能打！"

这时候趴在地上的那个中年男人也爬起来，拿着一把刀象征性地抵住了齐佳说："都别动！"事实上已经没有人在动了。中年男人环顾了一下，见只有时雨还没有被制住，就对时雨说："你也别动，别耍滑头！去找几根绳子过来！"

时雨看了一下情形，无奈地问："你到底是让我别动，还是想让我找绳子？"

齐佳、林教瘦、时雨和赵小燕四个人都被反绑住了双手，靠着墙角坐着。因为赵小燕似乎更威猛一些，所以被绑得比较紧，齐佳等人因为没有动手，所以绑得就没那么严实。以齐佳的功夫，本来可以很容易就挣脱的，只是见对方三人都带着刀，怕争斗之中伤到了林教瘦或赵小燕，所以不到万不得已，齐佳也是不会动的。

这时候那个中年男人已经坐在凳子上，那名少年正在帮他揉着被踩痛的肩膀。那名黑大汉说："老……老大，你没……没事吧？"显然这个人说话本来就结巴。

那个被称为老大的人龇牙咧嘴地说："没事。哎哟……老四，你轻点！"可能是背后那个少年揉得太重了，老大转头举手欲打，少年本能地躲了一下，老大的手没打下去。他转回来问那个黑大汉："老二，你刚才找到什么了吗？"

老二说："没……没有。"

老大瞪着他："别想骗我，我看到你把一个盒子装兜里了。”

老二见老大已经点明，就极不情愿地从兜里掏出一个盒子，里边正是齐佳送给林教瘦的那支钢笔。他说：“也没什么，就一支破钢笔。”

老大伸手夺过来，打开看了一下，就装到了自己的兜里。

老二虽然不愿意，但也没办法，就说：“老……老大，我说这里住的能……能有什么有钱的主儿，你……你非说可能是有钱人在这里包……包小蜜，结果找了半天一分钱都没找到。”

老大说：“你懂什么。光他们楼上掉下来那块表我看最少就值上万呢。加上那台手提电脑，看起来也蛮贵的，这家人一定非常有钱。”

一直站在身后的老四急忙点头说：“是啊是啊，那台手提电脑我看没有两三万拿不下来。”

“闭嘴，你插什么嘴!”老大呵斥道，老四就不再说话了。

老二说：“那……那我们拿了这些东西赶快走吧。”

老大摇摇头：“不行！这些东西虽然还值点钱，但一时半会儿不好出手，我们还是得弄点现金才行。老四，你去搜搜他们身上。”

老二眼睛一亮，抢着说：“我……我去!”

老二看到时雨西装革履的，似乎认为他更有钱，所以就去搜他。老大也急忙站起来，走到赵小燕面前，俯身想去搜她。赵小燕向来是不肯吃素的，见老大双手伸向自己，哪肯那么老实地待着。虽然手被捆着，但是双腿还是可以自由活动，赵小燕一伸腿，正好踢中了老大的要害。老大就惨叫一声倒在地上。

老二一看就急了，立刻掏出匕首向赵小燕刺过去，林教瘦离赵小燕最近，本能地挡在赵小燕前面。就在老二的匕首尖几乎已经触及林教瘦的鼻尖时，齐佳已经跳了起来，用肩膀使劲撞上老二，两人轰然倒地，老二的匕首也掉在了地上。就在老二挣扎着想去抓齐佳，老四也抽出匕首要走过来时，门外突然响起了王大妈的声音："小林，你们半夜三更不睡折腾什么呢，再闹我打 110 了啊！"

很明显是最后一句话起了作用，屋子里所有的人都立刻安静下来，不再动弹。老大挣扎着起来，拿着刀架在林教瘦的脖子上，低声说："你们谁回答她？知道该怎么说吧？"

林教瘦无奈，只好高声说："对不起啊王大妈，我刚从医院回来，正在收拾屋子呢。"

门外的王大妈高声说："别再吵了啊，不然我真报警了！"

等到门外没了动静，老大才忍着剧痛说："你，你们老实点，我们，我们只想要钱，不想弄出人命，别，别逼我们！"说完捂着下身，颓然倒地。老四急忙跑过来，老二也从地上爬起来，把老大扶到椅子上休息。

林教瘦这才感到浑身已经被汗湿透，想起刚才匕首刺过来那一幕，手脚就开始发软。赵小燕关切地问："你，你没事吧？"

林教瘦摇了摇头，无力地靠在墙上。

这段时间里，时雨也把情况想明白了，就低声对齐佳他们说："我看这些人不像是惯于抢劫的。可能只是入室盗窃，被咱们堵在了屋里才狗急跳墙的。不把他们逼得太急，他们应该是不会伤人的。待会儿你们别多说话，我来应付他们。"他也知道赵小燕一定不肯乖乖就范，而一旦赵小燕出手齐佳也一定会帮着她，就补充说："小林病刚好，经不起折腾。那个老二似乎也会两下子，万一我们中的谁伤着了都不好。他们若只是要钱，给他们一点也无所谓，只要人没事就好。"

本来蠢蠢欲动的赵小燕，听了时雨的话也就安静下来了。

那边的老大也从半昏迷中缓过劲来，但依旧疼得龇牙咧嘴。老二拿起匕首："妈的，他……他们不老实，老大，我给你教……教训他们去！"

老大怕老二惹出事来，急忙拉住他，低声说："嘘，小声点！真想把警察招来啊？别，别惹事儿，闹出人命怎么办？你，你老实待在这里。老，老四，你过去搜他们。"

老四过去把林教瘦几个人的兜子翻了一遍，除了时雨身上有一些现金之外，其他人都没什么钱，老大粗略地数了一下，大概只有一千多块钱的现金，就说："唉，算我们倒霉，不过这些也够我们的路费了，我们收拾收拾赶快走吧。”

老二看到时雨和齐佳的手机比较高档，就面露贪婪之色，凑过去说：“老……老大，我看那两人好……好像很有钱，没……没准是他们把现金藏起来了。”

老大听了，就走到时雨面前问：“说，你们把现金藏哪儿了？”

时雨就说：“我们是从珠海来的，本来就没带多少现金，这次小林住院，钱又全交了押金了，所以没剩下多少现金了。”时雨已经看出来这些人目的只是偷窃而不是绑架，而且他们似乎也不想多耽搁时间，只想早点离开。假如知道这里真的没有现金了，就自然会离开的。

果然，那个老大听时雨这么说，就对老二说：“这样的话我们就把这几个人的嘴巴堵上，赶快撤吧。”

但是老二却似乎心有不甘，拿着刀指着时雨的鼻子：“你小子别耍花样，有钱赶快拿出来！”时雨知道他这是最后的挣扎，只是吓唬吓唬人而已，所以就没有理他。

齐佳却开口说：“你不就是要钱吗，要多少？”

时雨知道事情要坏。果然老二的眼睛一亮，用刀指着齐佳说：“哦，好像你很有钱啊！”

时雨故意大声对齐佳说：“不许乱说话，你是老板还是我是老板！”然后又对老二说：“我卡上还有一万多，只是这附近没有银行，离这很远的地方才有提款机，来回恐怕要很长时间。”

老二用刀指了指齐佳，问："那你呢？"

"我卡上还有三四万吧。"

老大似乎只想尽快离开这里，所以还有些犹豫，老二却已经两眼放光了。时雨见这老二一提到钱，说话都不太结巴了，知道这个人是个要钱不要命的主儿，而老大这个人虽然奸猾，但是胆子比较小，就故意说："你们拿点钱也就算了，千万别闹出人命。万一时间长了再惹出什么事儿来，或者有邻居报了警，就变成绑架了。"

老大略一踌躇，就说："老二，我看我们还是走吧。我们只管爬房子，这绑票可不是咱干的事儿。"

"不行！"老二语气很强硬，"不能眼睁睁地看着这么多钱不要！"

其实面对这几万块，老大不能说不心动，所以看到老二态度坚决，老大也就不再说什么了。老二却继续问时雨说："就这些？还有没有？"

时雨见这老二似乎有些贪得无厌，就皱了皱眉头，说："再多的话就只能从珠海那边汇过来了，恐怕要三四天时间才行。"

老大怕老二再这么纠缠下去，就说："行了！已经有这么多钱了，赶快拿了离开这个是非地儿。这里到处都是保安巡警，你还想住这里是怎么着！"

既然老大都这么说了，老二也就不再说什么。时雨就说："怎么样？是我去取了给你们，还是我把密码告诉你们你们自己去取？"

老大想了一下，就说："现在已经这么晚了，出去万一被人查问起来就不好了。而且那三四万块也不能一次从提款机上取出来的，不如明天天亮了直接去银行取吧。"又仔细想了想，转头看看老四，老四这时候正在摆弄林教瘦的电脑。老大就呵斥他说："老四，你过来！别整天光想着上网玩那啥破游戏。"

老四就有些不情愿地走过来，嘴里嘟囔着："我就是看看，别说，里面还真有几个经典老游戏。"

老大就指着林教瘦对老四说："你明天早上就带着他，让他拿着身份证到银行里把钱取出来。"

时雨说："小林身体不好，我去吧。"

老四也说："老大，我怕我看不住他，你让二哥去吧。"

老二说："对啊老大，我……我去，肯定没问题。我一……一只手就可以把他制住！"

老大一瞪眼："都别废话！"然后对老四说："让你去你就去，别想偷懒。明天你带着他过去，看他的样子也弱得很，你不用怕，我跟老二在这里看着这些人，一旦他想要什么花招，你就打我手机，只要我一收到信号马上把剩下这些人收拾了。你看他敢玩什么鬼花样！"

老二坚持说："老……老大，还是我去吧。你……你是不是信……信不过我？"

"自己兄弟，怎么这么说呢！"老大又想了一下，指着时雨说，"那这样吧，明天你跟他一起去取他卡里的，那张卡还让老四去。这样我们分散开，一旦发生了什么也不至于全部出事。”

老二还想再说：“可是，老大……”

“别说了！就这么定了！老四先看着他们，我们先休息一下！”

老四答应了一声，眼睛却还是盯着林教瘦的电脑。

老二虽然一脸的不愿意，但也没有办法，眼睛看看时雨又看看桌上的手机，眯着眼睛不知道在打什么主意。

事到如今，时雨也没有办法可想，只好走一步看一步，等待事情的发展再做打算。依照赵小燕的脾气，本来不愿意这么老实地待着，不过对方既然有刀，而且那老二功夫也不弱，自己这边林教瘦大病初愈，时雨这两年已经微微发福，恐怕也帮不上什么忙，齐佳又似乎没什么斗志，合作得很。赵小燕投鼠忌器，也就只好听从时雨的安排，暂时静观事态的发展。另一方面，赵小燕觉得林教瘦平时看起来挺文弱的，关键时刻能够替自己挡那么一刀，突然发现他还是有那么一点气概的。

有太多的人，平时说得口沫横飞，说自己如何如何勇敢，遇到事情的时候却胆小退缩，没有担当。有的人平时夸耀自己如何的专一坚贞，一转眼却马上喜新厌旧。当然，也有人平时看起来比较懦弱，关键时候却能挺身而出的。事情没有发生的时候，有人坚定不移地认为自己可以挺身而出，也有人认为自己没那个胆量。只是究竟是会真的畏惧退缩，还是会真的挺身而出，只有事到临头的时候，才会真正知道。

虽然坐在地上并不怎么舒服，但是齐佳和赵小燕已经一天没睡好了，而林教瘦身体比较虚弱，所以几个人还是靠着墙小睡了一会儿。

天亮以后，老大看时间差不多了，就让老二带着时雨，老四带着林教瘦分批出门去取钱。临走的时候，老大故意当着时雨和林教瘦的面交代老二和老四说，一旦林教瘦他们耍花样或者遇到什么情况不对，就立刻给他打手机，他马上把家里的赵小燕和齐佳收拾掉。林教瘦和时雨自然明白这话中的威胁之意。

鉴于赵小燕一贯不合作的表现，老二又把赵小燕捆了个结实，嘴也给堵上了。而鉴于齐佳长得斯斯文文，又十分合作，所以就还是只捆着他的手，没有另外再加束缚。

第二十四章　给自己一个改变的机会

老四虽然长得很壮实，但毕竟只是个少年，这次老大交给他如此重大的“任务”，他自然是十分的紧张。他右手紧紧握着手机，左手揣在兜里，林教瘦知道他的兜里装的是一把匕首。他一路上东张西望的，好像街上的每个人都可疑，所以神情惶恐。见到路上指挥交通的交警他也会吓得掉头就往回走。只有偶尔路过网吧的时候，他才会略微停下脚步，脸上露出很想进去的表情，似乎只有在那里，才能让他有安全感，忘记这些令人紧张的事情。但是老大的命令他终究是不敢违抗的，稍微犹豫后，就又神色慌张地往前走。

林教瘦看到老四的样子，就摇摇头，这个少年涉世不深，恐怕正是因为太过痴迷于游戏玩乐，才会被老大引诱入伙的。林教瘦轻轻拍了拍老四的肩膀说：“放松点，你太紧张了。”

老四吓了一跳：“你想要什么花招？我，我告诉老大！”引来周围一些人看着他们。

林教瘦笑了笑："你太紧张了，手机都快被你攥裂了。你不要紧张，像平常一样走，没有人会注意你的。"

老四看了看四周，行人匆匆，确实没有人在意自己，才松了一口气，问："你为什么帮我？打的什么鬼主意？"

林教瘦说："我只是怕你太紧张，按到了拨打键，你老大以为我把你怎么样了，狗急跳墙伤了我的朋友。"

老四立刻大声说："不许你骂我们老大！"

林教瘦说："好好！我不说！"林教瘦果然不再说话了。

老四还是有点紧张，就故意找话跟林教瘦说："我看你电脑里挺多游戏的，你平时也玩网游？"

林教瘦说："是啊，经常玩。只不过多数网络游戏我都只是在公测期玩玩而已。"

"那你玩过《劫案》没有？"

"以前玩过一段时间，后来就没有玩了。画面还可以，操作起来太麻烦，而且我不太喜欢那个游戏题材。"

"我一直在玩，游戏里的 ID 叫'老四'，不知道你听说过没有。"

"哦，还真听说过。好像是挺有名的一个角色，级别很高。"

"是啊。有段时间我曾经一天二十四小时泡在网吧里练级，级别当然会很高了。"

林教瘦摇摇头说："那个游戏不只是花点时间就能升级快的，它还要求一定的操作技巧，看来你的游戏悟性很好，而且据说你在那个游戏里人缘还不错。"

谈起游戏，老四就来了兴致，双眼放光，脸上也有了笑意："是啊。"

"不过在现实里，你的朋友就很少了吧？"

"你怎么知道的？"

林教瘦从谈话中，发现这个老四还是一个有点懵懂的少年，涉世并不深，或者说是因为太长时间沉迷于虚拟世界，而缺乏应对真实世界的能力和心态。但也正是因为他沉浸于虚拟世界中，形成了他自己的虚拟与现实交错的世界观，使得老大对他的影响也减弱了很多，尚没有完全被老大那些人同化。所以林教瘦笑了笑，说："或许因为我们是同一类人吧。在游戏里都有一个看似复杂其实很简单的游戏规则，那是一个非常简单的世界，大家聚在一起交流一些简单的思想，所以人也变得简单了。而现实世界则显得太复杂，现实的人是立体的。我们因为游戏世界聚集在一起，在现实中却又是处于不同的世界，所以很难把游戏里的朋友与现实里的朋友画等号。当然也有现实和游戏里关系都很好的朋友，不过不多罢了。"

老四就说："就好像我们一样，在游戏里或许能成为朋友，在现实里却不行。"

林教瘦就点点头说："我觉得你很聪明，可为什么会跟他们走在一起，为什么非要干这种事情？"

老四说："其实我觉得你也不差啊，为什么还是住那么小的房子？"

这下子倒是林教瘦被问住了，所以只好笑了笑。

眼看就要走到银行了，老四突然紧张起来：“警……警察！”

林教瘦一看，才发现银行门口停着一辆警车，两个警察正站在车边聊天。林教瘦和老四站了一会儿，见那两个警察并没有离开的意思，林教瘦就说：“要不我过去取钱，你在这里等我吧。”

老四却一把抓住林教瘦的胳膊，说：“不行！老大说不许你离开我的视线！”

林教瘦觉得老四抓得很紧，知道他现在非常紧张，而且对自己也还不信任，于是就说：“那怎么办？要不我们换另外一家？不过据我所知这附近没有，恐怕要跑到更远的地方才行。”

这时候老四自己也没了主意。林教瘦看到他的表情，就说：“算了，我们先到那边等一会儿吧，等他们走了再进去。你别太紧张按到了手机拨打键。”

林教瘦和老四一起躲进了远处的一条胡同中，这条胡同很僻静，没有那么多人来往，所以老四没那么紧张了。两个人靠着一堵墙坐下，老四这才松开抓着手机的手，手机几乎已经被汗水整个浸湿了。

林教瘦问：“你跟着你们老大多久了？”

老四说：“没多久，几个月吧。那时候我赌气跑了出来，在街上流浪，是我们老大收留了我，每次让我放个风什么的。”

“哦？那你为什么要跑出来？”

老四没有说话，林教瘦也就没有追问，想了一下，又问：“那你到北京多久了？”

“没几天。原来我们是四个人，三哥主意最多，他说北京人都富，每个人收入都几万几万的，所以我们就来了北京。没想到跟想象的完全不一样。这里到处都有警察，稍微好一点的住宅都有保安，到处还装有摄像头监视器什么的。我们第一次动手，就被人发现了。三哥跑得慢，被警察给抓了，原来住的地方怕被警察找到，也不能待了。本来想就这么离开北京，可是大哥好赌，他带来的钱不知道在哪儿赌光了，二哥的钱早在路上被人给骗了，换回来一堆假的古董，我的钱又花了买了游戏装备，所以连回去的车票钱都凑不够，都要露宿街头了。后来老大发现你的房子下面那个单元里似乎没人住，我们就暂时住在了那里。”

林教瘦想，或许是这段时间的遭遇使得老四感到非常焦躁，看样子他在团伙中还经常受气，不好跟那些人沟通，所以才会想找人倾诉一番。林教瘦也想知道一些他们的情况，就故意接着他的话问他：“你是说你们一直在我楼下那间房子里待着？”

老四说：“也才待了两三天。”

“那你们是怎么想到去我那里的？”

“这件事情说起来就很复杂了。本来我们看那座楼里住的都不是什么有钱人，打算瞅个机会，随便弄点钱就赶快离开北京。谁知道前几天晚上的时候，从你们楼上突然掉下来一块金表……”

“等等，你说那块手表是掉你们屋子里了?”

“是啊，当时我们把窗户开了透气，就从缝隙里掉下一个盒子，里面是一块表。我想可能是因为掉下来的时候碰到了树枝才弹到我们那里的。因为楼上只有你们一家人，后来又听到楼上有人吵架，所以才肯定是从你们那里掉下来的。我们老大识货，看了那块表认为值好几万，断定上面住的是个非常有钱的人，就想找个机会去你们那里看看能不能捞一笔。对了，我看你也不像有钱人，那块表是胖胖的那个人的吧？他也住你那里吗？他好像很有钱的样子。”

林教瘦知道他指的是时雨，就苦笑着说：“这事说起来就更复杂了。那块表其实也不是他的，他也不是什么有钱人，不过也是给别人打工的而已。那后来呢?”

老四就继续说：“本来我们还想找机会，没想到前天傍晚的时候你们楼上突然吵闹了起来，后来就看到你被救护车送进了医院，你的朋友也都跟着去了。我二哥当时猜想，可能是你们几个为了那个女的争风吃醋，所以你被打伤住院了。”

“啊?”林教瘦没想到自己这次住院居然能够被人想象得如此戏剧性。

老四问：“怎么了？不是吗?”

“当然不是，只是他们俩喝醉了而已。”

“哦，”老四点点头，“原来是这样。本来二哥想前天晚上就动手，但是因为三哥被抓的事情，我们老大就说还是要谨慎一些，再等等，看看风声再说。谁知道过了一天你们也没人回来，二哥就猜可能是你的伤太重，所以一时半会儿回不来了。我们这才选择了昨天晚上等人都睡熟了动手，老大还说没有哪个神经病会深更半夜出院的，所以可以放心。没想到你们真的半夜回来了，当时我们再想撤已经来不及了，就都躲在了你们那间卧室里。后来的事情你也都知道了。”

林教瘦才知道这其中还有这么多波折，想想那块表居然能够被树枝弹到这些盗贼的屋子里，从而引起了他们的贪念，而自己恰恰又坚持要在深夜回来，反而因此让时雨他们都陷入危险，看来这次自己的负面磁场，是强得离谱了。

老四见林教瘦没有说话，不知道他是在想着心事，以为他是在担心自己的朋友，就问：“昨天我看你为了那女的去挡刀，那女的跟你什么关系？女朋友？”

林教瘦立刻说：“怎么可能，只是一般的朋友而已。当时我大脑一片空白，都不知道自己怎么过去的，后来吓得差点昏过去。现在想想，都还有些后怕。差点就变成尸体了，当时都有一种想读取存档的冲动，后来才想起来，那毕竟不是电脑游戏，后悔了可没办法重新读档。”

这句话似乎对老四有所触动，他沉默了一会儿，才说：“是啊，有时候我也想现实也能像游戏那样存档就好了，什么时候后悔了，就读取进度。有时候我真想一觉醒来，一切都只是一个梦，都能回到从前就好了。可是，已经没有办法回头了。”

林教瘦听出他的话里有后悔的意思，想了一想，就很诚恳地说：“你去自首吧。”

老四吓了一跳：“你说什么？你，你耍花样，我，我告诉老大！”说着举起手中的手机。

林教瘦却意外地很镇定，只是静静地看着老四，直到老四又缓缓地把手放下，林教瘦才说：“我这么劝你，是因为我发现有些地方你跟我很像。其实我也看出来了，你虽然跟着那些人，但他们未必真正待你好，而你其实骨子里也看不起他们。可以想象，假如昨天我被杀了，那么你们就是杀人团伙，要么你们最后全部落网，被判得很重，要么从此逃亡，一辈子不得安宁。虽然昨天是没有发展成这种局面，但是难保以后还会这么幸运。或者照这样发展下去，现在你只是个望风盯梢的，以后就可能成为盗窃惯犯，过几年，你就会成为另一个‘老大’或者‘老二’。你难道想一辈子都靠盗窃为生？”

老四似乎已经有点动摇了，但是真的让他去自首，他还是有些不太愿意：“我不想被抓，我已经没有退路了。”

林教瘦说：“人生无法读档，也不像游戏那样，练坏了可以换个 ID，换个角色再练。过去是既定的，已经成为事实，无论怎么后悔也无法改变，但是现在的选择却可以改变将来的事情。为什么不给自己一个机会去改变？你现在还小，干这个的时间也不长，若是能够自首的话罪也不会很重。等到你越陷越深，无法自拔的时候，才真的是无法回头了。”

林教瘦知道自己一时很难说服老四，虽然他跟自己很谈得来，但那不过是因为两个人都爱好网络游戏罢了，自己还没有办法取得他的信任。而且相对于自己来说，老大、老二那些人跟他更亲近一些，所以见老四沉默不语，林教瘦就笑了笑，说：“其实我虽然这么劝你，自己还不是有很多事情放不下。因为觉得你跟我有点像，我才跟你说这些话。你即使不马上听，也可以考虑一下。”林教瘦站起来，继续说：“好了，我们去取钱吧，你们老大该等得着急了。”

这时，老四才抬起头说：“其实……我也不是没想过离开老大，只是……小心！”

就在老四和林教瘦靠着的墙上，摆放着一个花盆，时间已经很久了，花盆里已经没有了花，所以也就一直没有人在意它。或许是林教瘦的一番话使得这个花盆也不甘寂寞，也或许是某只散步的小猫踏动了它，反正这个不甘寂寞的花盆就从墙上翻滚了下来。老四一抬头，正好看见花盆瞄准林教瘦的头直落下去，所以大喊一声：“小心！”然后跳起来推了林教瘦一把。

老四的这一把，本来是想把林教瘦推出花盆掉落的范围，可惜力道不对，林教瘦撞到墙上又反弹了回来，而那个花盆配合着林教瘦的行动，在空中也翻转了一下，然后以一种不可思议的轨迹与林教瘦的动作达成默契，最后还是砸在了林教瘦的头上。

林教瘦惨叫一声，立刻就倒在地上。老四急忙冲过去，扶起满头是血的林教瘦，大声说：“你没事吧，醒醒，快醒醒！”

其实林教瘦这一刻还是清醒的，所以还来得及说一句：“他，他妈的……”然后才真正地昏了过去。

老四看着自己满手的鲜血，脸上露出了非常恐惧的神色，呆了半天，才想起来抱起林教瘦大声叫喊：“快来人啊！救命啊！快来啊……”

第二十五章　谁是谁的老大

时雨那边的取钱行动却十分顺利。老二胆大老练，时雨又十分配合，所以两个人很快就从银行把卡上的一万多块取了出来。时雨就说："我们赶快回去吧。"

老二一把夺过时雨手中的钱，看了一眼，就塞到了自己的兜里。等到两个人从银行出来，老二却没有着急回去，反而把时雨拉到了一个僻静的角落。时雨已经有点猜到这个老二想干什么了，但还是问："怎么了？你们老大还等着呢。"

老二就说："这……这点钱太少了，你是……是不是还有藏起来的？"

"没有啊，卡上真的就这么多了。"

"你……你他妈别想骗我，我知道你们买个金……金表就几万呢。"

时雨一愣："金表？"

"对……对啊，就是从你们楼上掉下来那……那块。难道不是你买的？"

时雨已经明白他指的是自己陪着齐佳一起去买的那块表，但又不能说那是齐佳买的，所以就说："是！是我买的。可是我这次从珠海过来确实没带很多钱，差不多都花光了。"

老二说："你……你既然是来这边办……办事的，我……我看你这么有钱，在……在北京一定认识不……不少有钱的老板和朋……朋友吧，找……找他们先借点。"

时雨就故作为难之色说："可是我怕你们老大在那边等的时间太长会着急，要不先回去跟他说一下？"

老二说："你……你他妈少废话。他名义上是老大，我早看他不顺眼了，不过是因为他……他入行时间长，老……老三又支持他，我才拿他当老大的。跟你说实话吧，这次出来，我……我就没打算回去。本来我想拿……拿了那三四万就走的，没想到那小子居然防着我，让老四去取了。我……我就只好找你多给老子弄点钱来了。"

时雨已经明白这个老二是打算拿了钱自己先逃，就说："那怎么能行，我朋友还在他手里呢，你这么一走，我回去怎么跟他交代？他一定以为我把你出卖了呢。不行不行！"

老二一把抓住时雨的领子，几乎把他提了起来，左手插在兜里，时雨知道他的兜里便是那把匕首。老二恶狠狠地说："你……你他妈弄是不弄！别以为老子没有杀过人！大不了等我钱到手后就立刻放了你，你爱想什么办法救你的朋友都行！"

时雨知道这个老二是要钱不要命，他说得出做得到，惹得他恼羞成怒的话，没准他真的什么事情都干得出来。但是事关齐佳他们的安危，时雨还是咬咬牙，什么话都没说。

老二见时雨不受威胁，加上光天化日的，也不好真的对时雨动手，想了想，就说："你要是不给我想办法，我就打电话给老大说你要花样跑了，你看我们老大不马上把你的朋友给收拾了！"

时雨没有想到这个貌似粗鲁的老二居然会要这种心机，愣了一下，说："你没当老大真是屈才了，没想到你还挺会抓人短处的。我发现一提到钱，你说话都利索多了。"

老二说："你他妈少说风凉话，赶快给老子想办法！"

时雨眼珠转动了几下，见老二如此的贪婪，索性自己也豁出去了，就说："办法不是没有，我可以找生意上的朋友先借点。不过你要记得刚才所说的话。"

老二说："你……你放心，江湖信义我还是讲的。"

时雨想了想，说："可是我不记得那些朋友的电话了，只有上他们公司去找了。"

老二就从兜里把时雨的手机掏出来，递给他说："这……这是你的手机，你打……打电话吧。"

时雨这次才真正对老二有些刮目相看了，看来这个老二似乎早有这个打算，想必是出门前就偷偷地把他的手机藏自己的兜里了。时雨接过手机，说："行啊你，原来早就计划好了，人才啊！别瞪我，你想要多少？"

老二说："五……五……五……"五了半天，突然改口说：“六万！”

时雨瞪了老二半天，才拿起手机拨了林教瘦的那个胖老板的手机号。老二不放心，凑过来听。时雨就故意把声音调高一点，任他听。

胖老板接起电话，喂了一声。时雨就说：“庞老板吗？我是时雨啊。”

胖老板一听是时雨，声音马上热情起来：“原来是时经理啊，今天准备上哪玩啊，兄弟我来安排！”

时雨说：“找你有正事。那个合同我想就跟你们公司签吧。”

这段时间时雨虽然经常跟他见面，但对合同的事情一直口风很紧，胖老板也摸不清时雨的态度，所以心里一直没底。这时候时雨突然说得这么干脆，胖老板倒是有点不敢相信：“啊？你的意思是……”

时雨说：“我的意思就是可以马上跟你签合同了。不过……我有个小忙想请庞老板你帮一下。”

胖老板立刻明白了时雨的意思，故意笑着说：“都是朋友了，有什么事儿你尽管说！”

时雨就说：“最近我手头比较紧，想跟庞老板借十万应急。”

胖老板没料到时雨一开口就要这么多，所以有点为难地说：“我一时也凑不到这么多钱……时经理你看能不能少借一点，兄弟我手头也不宽裕啊。”

时雨说：“庞老板，做生意不能光看眼前这点利益。我知道这个项目你们确实不赚什么钱，可是这个工程还会上二期三期的嘛，而且建成后的配件更换、维护都是你们的，借着这个项目，我们以后的合作机会还多的是啊。这笔账我相信庞老板你也是算过的。”

胖老板见时雨一下子把事情点得这么明，知道已经没有什么可拐弯抹角、讨价还价的余地了，所以犹豫了一下。时雨听那边没有说话，就继续说：“合同我这边已经准备了，总公司那边我也已经全部安排好了，只要我一签字，马上可以生效。”

胖老板咬咬牙，说：“好吧，我信得过时经理你。只要我们合同一签，我马上把钱打到你的账号上。”

时雨说：“不行，要现金，我有急用！我们一手交钱一手交合同，干净利落。你看怎么样？”

“啊？”胖老板没想到时雨这么直接，就说，“可是我一时也凑不到这么多现金啊！”

时雨说：“哦，这样啊，那我找张经理他们问问吧。”

胖老板急忙说：“别，别！你时经理提出来的，我就是再困难也要想办法啊。我马上去准备，我是去你那里一趟，还是我们约个地方？”

时雨想了一下，说：“这种事情越少人知道越好，你一个人来。地点就定在那个忘忧谷包间，就是我们上次去的那个地方。那里离你那近，你先去，我随后就到。”

胖老板说：“好吧时经理，我们就这么说定了，一会儿见。”

时雨说："一会儿见。"

胖老板一挂上电话，立刻就破口大骂，把时雨恨得咬牙切齿的。但一边却又不得不心痛地准备好钱，然后往忘忧谷赶。

时雨挂上电话，一边的老二却早已乐得合不拢嘴，拍着时雨的肩膀，很亲热地说："行啊，十万，够爽快，够哥们，够朋友！"

时雨说："这次你满意了吧？"

老二眉开眼笑地说："没……没想到你也够黑的，这么容易就……就把别人给卖了。"

时雨板着脸说："彼此彼此。这个庞老板是我朋友的老板，我那朋友平时在他手下估计没少受气，都快被整成精神抑郁了。我也是想正好借你的手修理一下他。待会儿到了那里，你把他打晕了，拿了钱就走，事后的事情由我处理。反正我也是被你拿刀逼的，也是受害者，而且那也不是我的钱。"

老二对时雨几乎有点敬仰了，拍着时雨的肩膀说："行！你要是入了我们这行，我拿……拿你当老大！"

时雨说："得了吧。我们赶快走吧，那里离这儿挺远的，我来带路。"

走过了前面富丽堂皇的大餐厅，老二对后面这略显幽暗，甚至有些阴森的防空洞改成的包间有过半秒钟的迟疑，不过那名服务员既然说“庞经理已经在里面等着你们了”，就代表这里确实是个包间。而且老二也知道，有些有钱人就是喜欢这种调调，所以也就跟着服务员进去了。

到了二号包间门口，时雨对服务员说：“我们一会儿再点东西，你先在外面等一下吧。”

服务员微微点了点头说：“好的。”之后就自觉地走开了。

老二先是伸头往包间里看了一下，见包间里灯光有些昏暗，只有一个胖子独自坐在那里，手里抱着个小皮包，才放心大胆地走了进去。时雨也跟着进了包间，顺手把门关上。

胖老板见时雨进来，旁边还跟了个黑大汉，就连忙站起来，笑着说：“时经理，你来了。这位是……”

老二却没时间跟他客套，走过来就去夺胖老板手中的包。胖老板急忙护住包说：“等等，合同……啊！”话没说完老二就一拳把胖老板打倒，然后夺过他手中的包。胖老板就哇哇大叫起来。老二怕他惊动别人，就蹲下去用一只手捂住他的嘴，另一只手对着那张胖脸一拳下去，胖老板就叫不出来了，老二又猛打了几拳。老二到底是练过功夫的，这几拳下去，胖老板就鼻青脸肿，晕了过去。然后老二才拉开皮包，借着灯光看到里面确实是一沓沓百元大钞，当时就乐不可支了，站起来说：“兄弟，真够朋友，你……”他这才发现不知道什么时候时雨已经不见了。

老二以为是灯光太暗，所以又仔细看了看四周，才反应过来时雨跑了。他以为时雨是害怕了，所以丢下朋友，只顾自己偷跑了。不过此时老二已经拿到了钱，也就没有心思再打手机给老大报告这件事情。他也想到时雨可能是去报警了，自己还是赶快离开这里比较好。但当他去开门的时候，才发现门把手怎么也转不下去了。

时雨并不是自己偷偷跑了，而是跑到门外把门关起来，双手死死攥着把手，又用身体顶着墙。然后时雨才对不远处的服务员大喊："这里有个绑架犯，赶快去报警!"

那名服务员愣了一下，确信时雨不是在开玩笑后，就匆忙跑了出去。

这时候老二也开始在里面使劲转动门把手想出来。按说老二力气要比时雨大得多，不过时雨却把身体靠在墙上，用巧劲顶住门把手不让它转动，所以老二空有蛮力却无法把门打开。而这包间的门偏偏又做得相当厚重，任凭老二又砸又踹，兀自岿然不动。

老二在里面也着急了，就大声喊："姓时的，你赶快给我开门，不然我打电话给我们老大了!"

时雨故意气他，也高声说："不好意思，这里手机没信号!"

老二不信，拿出手机一看，果然没信号，尝试拨出几次果然都无法拨通，就气得把手机扔在地上。老二这么一着急，头脑就有些发热，不再去打如何开门的主意，在里面转了两圈，就大声喊："姓时的，你要是再不给我开门，我就弄死这个死胖子!"

时雨故意说：“那你可要先想好，入室盗窃顶多判两年，故意杀人可是要枪毙的。”老二就在里面气得又叫又跳，可是就是拿时雨没办法。至于胖老板那边，时雨也已经想好了应对的办法，只要事情能够最终摆平，时雨已经顾不了那么多了。

服务员除了报警之外，又让两名饭店的保安过来帮时雨守着门。因为时雨说里面的凶犯十分凶恶，而且又带着刀，所以谁也没敢进去。很快，110的巡警就冲了进来，时雨才把手松开。

老二虽然气昏了头，但是他还没有笨到用匕首跟手枪对峙的地步。衡量轻重之后，老二也就选择了乖乖地跟警察合作。时雨急忙对警察说：“我还有朋友在他们老大手里，你们赶快设法救他们出来。”

这时候鼻青脸肿的胖老板也从包间里走出来，看到时雨就气急败坏地骂：“姓时的，你……”

时雨没工夫跟他啰唆，一摆手说：“合同我已经签好了，一会儿你跟我去宾馆取。”

胖老板的脸上红一阵，白一阵，愣了大半天，终于又挤出一堆笑容：“时经理，您……”

假如时雨告诉他，跟他们公司签订这个合同，是齐佳认可，齐老爷子早就亲自决定了的，只是因为工程的其他一些环节还没确定下来，所以没有正式宣布而已，不知道他该作何表情了。

老大那里其实早就已经等得十分着急了。老二和老四这一去，如同石沉大海，没了消息，他的心里就七上八下的不知道究竟发生了什么事情，就有点后悔没有早点离开。

老大焦急地在屋内来回走了几圈，拿起手机想给老二和老四打电话，但想了一下，又把手机放下。又等了一会儿，还是没有动静，老大就抬起手腕看了看表。齐佳正好在注意着老大，看到老大腕上的表有些眼熟，就问："你的表是从哪里来的?"

老大抬起手说："你说这表啊，就是你们丢下去的啊。"

齐佳说："原来是被你们捡去了。"

老大说："要不是因为这块表，我还不知道这里能住你们这些有钱人。我看这表怎么也值几万吧?"

赵小燕本来是呆坐在那里的，听到老大的话，突然瞪大了眼睛看着齐佳，只是她嘴被堵上了，说不出话来，但她还是发出唔唔的声音。

齐佳当然明白赵小燕的意思，就说："那个表没那么贵，我……我是会员，打折买的，真的才几千块而已。"

赵小燕已经忍了一天了，憋了一肚子气，这时候突然发起脾气来，也就什么都不顾了，虽然双手双脚被人捆住，但还是能够并着脚去蹬齐佳。齐佳也就只好一边左躲右闪，一边说："别，别这样。我不敢了，我是买了以后才想起来买贵了的。我不是故意的，下次不会了。"

老大本就已经很烦躁了，大声说："你们都给我老实点，别出声，不然我对你们……哎哟!"

老大本想过去把他们拉开，没想到赵小燕这次一脚却踹在他的腿上，他跌倒在地。这次可把老大给惹急了，他爬起来就想给赵小燕一个耳光，嘴里还嘟囔：“妈的，你……”

不过他这个举动却把齐佳给惹怒了，大喝一声：“不许打她！”就跳了起来。

老大急忙抽出匕首，说：“你小子……”不过他们既然不是职业绑架犯，绑人的手法自然不怎么高明，而且他们也低估了齐佳的功夫，所以齐佳一用力就挣脱了那根细绳，然后一掌切中老大手腕，老大的匕首掉在了地上。齐佳又来了个漂亮的侧踢，把老大踢飞了出去，然后俯身捡起匕首，把赵小燕手脚上的绳子划断。

老大挣扎着想去摸手机，赵小燕已经冲了上来，一脚把手机踢飞，然后把老大拽起来，噼啪就是两耳光，接着乒乒乓乓地又把老大打了一顿。齐佳看到赵小燕占着绝对优势，自己就没上前帮忙。

假如不是警察及时赶到，老大恐怕就要人头变猪头了。所以当那些警察踹开门进来时，老大就连滚带爬躲在了一名警察背后。赵小燕看到警察冲进来，以为是邻居听到他们吵闹报的警，就连忙说：“不是，我们这是……不对，这个人是那个盗窃犯，还想绑架我们。”

最前面的那个警察看了看四周的情况，说了声：“把他带走。”就有两名警察把老大带走了。然后那名警察就笑了笑，说：“我知道，你是赵小燕，你是齐佳吧？”

赵小燕感到奇怪，就问："你是怎么知道的？"

那名警官就笑着说："最开始我们是接到一个匿名电话，说是你们一个姓林的朋友受伤住院了，还有一个人被叫老二的带走了，老大在这里看着你们。因为电话说得有些不太清楚，所以我们本想先派人过来调查一下，可后来我们又接到消息说那个老二也落网了，你们一位姓时的朋友把这里的情况详细地说明了，我们这才过来设法营救。不想刚到门口就听到这里面在打斗，我以为是老大想对你们不利，情况紧急，来不及多想就冲了进来，没想到你们已经把他制伏了。"

赵小燕一听就急了，"你刚才说小林住院了？"

那名警官说："电话里是说你们那位姓林的朋友受伤住院了，我们已经派人……"

赵小燕立刻就冲了出去："不行，我要去看他！"

那名警官愣了一下："你知道他在哪家医院吗？"赵小燕却没有听见，已经跑出门外了。

齐佳问明了林教瘦所在的医院，知道就是林教瘦才刚刚出院的那家。那名警官派人先在现场调查取证，答应齐佳让他们稍后再去公安局把这里的情况说明。

医院的医生和护士都认识林教瘦，因为他还没有办理出院手续和结账，所以连住院手续都省了，就又让他住进了原来的病房。

时雨得到消息赶到医院的时候，齐佳和赵小燕已经在林教瘦的病房里了。时雨一进门，看到齐佳呆站在门口，就问："你怎么站在这里？"

齐佳没有回答，时雨却看到了不可思议的一幕——林教瘦头包着纱布，躺在床上昏迷不醒，赵小燕正抓着林教瘦的手，一边还在不断地抹泪。

时雨愣了半天，悄悄地对齐佳说："我认识她这么久，还是第一次看到她哭得这么伤心。"

齐佳微微皱着眉，摇摇头没有说话。

这时，原来那名中年医生走了进来，见到齐佳他们就笑了："又是你们啊？"

赵小燕急忙跑过来，问："医生，他，他怎么样了？怎么又昏迷不醒了？"

医生就笑着说："别着急，我们又给他做了详细的检查。我听送他来的那个人说，这次他是被花盆砸到了脑袋，不过我发现他的脑袋还是没有什么事。送来的时候满头鲜血，只是因为原来那个伤口又裂了，我给他缝了几针。其他的除了又多了一个包之外，没有什么损伤。他之所以又昏迷了，可能是由于脑部受到震动，有点轻微的脑震荡，醒了会有点头疼，其他不会有什么问题。你们就放心吧。"

齐佳就问："那他大概什么时候能醒？"

医生说："哦，这就不一定了，不过应该会很快吧。"

齐佳说："谢谢医生。"

医生冲几个人点点头，转身离开。听了医生的话，赵小燕也就不再着急了，就又回到林教瘦身边坐下，不再哭了。

时雨低声对齐佳说："你上次花了十二万买的那块金表好像还在他们那个老大手里，我已经跟公安局的人说了，那块金表是有编号的，鉴定证书和发票应该还在你那里吧，他们说回头可以拿着这些去那里认领。"

齐佳一个劲地跟时雨打手势，让他不要说了，但是时雨并不知道他把金表送给赵小燕的事情，所以没有明白齐佳的意思。

赵小燕却突然站了起来，大声问："那个破表花了十二万?!"

时雨看出事情有点不对，所以就没敢再说话。

齐佳想解释，可是又不知道该如何解释，就急忙说："你别生气，我只是想给你买件礼物而已，再说我也给你解释过了，我买完了才想起来的。"

赵小燕显然非常生气，冲了过来，齐佳就急忙躲开。赵小燕说："我生气不是因为你买这个表，我生气是因为你是为了我买了这么贵的表，你拿我当什么人了？而且还一再撒谎骗我！你让我怎么不生气!"

齐佳一边逃，一边说："别，别这样，这里是医院，会吵到小林的。别，我下次不会了!"

赵小燕还是不听，齐佳只好躲闪，一不小心被凳子绊了一下，齐佳就跌在了病床上，正好坐在了林教瘦的手上。

"啊!"林教瘦大叫一声，突然坐了起来，"谁敢偷袭我?! 看我火系魔法!"

时雨和赵小燕见到林教瘦醒了，就围了上来，高兴地说："你醒了！"

林教瘦看了看齐佳，又看了看赵小燕，然后又盯着时雨半晌，一脸的迷茫，看了半天才问："你们……是谁？"

"啊？！"

结尾　每个结局都是开始

老四并没有像林教瘦希望的那样去投案自首，他毕竟还只是一个孩子，有着太多的幻想，对警察还是充满恐惧。当然，警察也在继续缉捕他。

赵小燕和齐佳已经收拾好行李，各自提着箱子准备离开了。赵小燕对这里还有点依依不舍，对于困扰了她很长时间的这种感觉，赵小燕也曾经想过，自己莫非是喜欢上了林教瘦？而这种事情，赵小燕自己还没有足够的心理准备，所以胡思乱想了很长时间，最终还是决定先回珠海再说。所以就跟齐佳一起，买了车票准备回去。

临行前赵小燕又去看了张姐一次，得知齐修远辞职了，没有人知道他去了哪里。

林教瘦只是因为轻微脑震荡引起了短暂性失忆，很快就恢复了，然后他又坚持要出院。胖老板那边时雨没有拿那些好处，自己又顺利拿到了梦想已久的合同，欣喜之余，觉得自己又没损失什么，也就不再追究时雨骗他这件事，又听说林教瘦受了伤，所以就让他在家里休息。

林教瘦帮着赵小燕收拾好行李，又把他们送到了门外。

赵小燕有点伤感地说："你的伤还没有好，不要送了，先回去吧。"

林教瘦笑着说："没事，我送你们到楼下吧。"

赵小燕有点不好意思地说："这段时间给你添了那么多麻烦，把你累坏了，而且又害你受了伤。我在这里又一直找不到工作，实在不好意思再打扰你了。"

林教瘦就笑着说："可千万别这么说。你们能住在这里我也很开心，而且我们都已经是朋友了。下次再来北京，还记得我这个朋友就行。"

赵小燕突然放下行李，一把抱住林教瘦："其实……要是再住上一段时间，没准我会……会爱上你的。"赵小燕的身体有点发抖，脸也涨得通红，似乎是鼓起了很大的勇气。或许这个告别方式，赵小燕也是苦苦想了很久的。

齐佳的脸色变了，虽然他已经看出一些不对，但怎么也没想到赵小燕会突然做出这种举动。

林教瘦的脸色也变得通红，不过他却不是因为害羞，而是因为喘不上气来了。赵小燕的身材本就比他高大，紧张之下又不知不觉地用了全力，所以林教瘦感觉自己的胸口像是被铁箍给箍起来了一样，立刻觉得呼吸困难，就断断续续地说："求……求你了，千……千万别爱我！我快被……被你勒死了，你……你快放手！"

赵小燕也只是抱了一下，就放开了手。齐佳舒了一口气："那我们赶快走吧。"

赵小燕说："好吧，再见了。"

林教瘦也松了一口气，说："再见！"

赵小燕提起行李，正想走，手机却突然响了起来，她只好又把行李放下，接起电话。

林教瘦和齐佳只能听到赵小燕说："平姐姐……哦，是啊，我们要回去了……嗯，是啊，一直没找到工作……"然后赵小燕的声音突然提高了几度，"真的？好！那我明天就去！谢谢平姐姐！"说完把手机挂上，然后高高兴兴地提起行李，就又往林教瘦的屋子里走。

林教瘦和齐佳都愣住了，林教瘦拉住赵小燕问："怎么了？你不是要快点赶火车吗，怎么又不去了？"

赵小燕说："嗯，是不回去了。"

齐佳连忙问："为什么？"

赵小燕说："前几天我跟平姐姐告别，说了没找到工作的事。刚才平姐姐打电话给我，说她有个朋友在一所民办学校当教务处主任，她问了一下那里正好缺体育和音乐老师，就让我明天去面试！正好我是师范专业毕业的，一定没问题的。而且那个学校据说离这里很近，看来我还要在这里打扰一段时间了。"说完就高高兴兴地提着行李又跑回屋里去了。

林教瘦看着齐佳，齐佳也看着林教瘦，两人在门口呆立了很久。

外面雷声阵阵，大雨如注。